Jochen Frech

HUNT – Kein Weg zurück

Thriller

MAXIMUM

Als ich mich umdrehte, stand sie plötzlich vor mir. Wie ein Geist, aber doch ganz aus Fleisch und Blut. Unversehrt und mit ihrem süßesten Lächeln im Gesicht.

Alexander ‚Lex' Caviazel lebt nach einem Motto: Alles oder nichts! Der mittelmäßig erfolgreiche Surf-Profi träumt seit Jahren davon, sich in der Weltspitze zu etablieren. Auf der Rückfahrt nach einem Weltcuprennen vom Gardasee nach Köln streikt der Motor seines gelben Bullis. Notdürftig repariert, aber unter der Bedingung, dass der Motor nicht mehr abgestellt werden dürfe, fährt er los.

Bei einem Tankstopp mit laufendem Motor wird plötzlich die Beifahrertür aufgerissen. Die wortgewandte und attraktive Liechtensteinerin Marie bittet ihn darum, sie ein Stück mitzunehmen. Gemeinsam setzen sie ihre Fahrt fort.

Doch schon bald lässt Marie die Maske fallen und klärt Lex über ihre wahre Identität und ihren Daten-Diebstahl in einer Liechtensteiner Bank auf. Sie hat einen USB-Stick entwendet, auf dem sich die Daten von über dreißigtausend Steuersündern befinden, mit dem sie einen groß angelegten Coup geplant hat.

Es beginnt eine scheinbar ausweglose Odyssee kreuz und quer durch Europa, immer auf der Flucht vor einer Meute internationaler Polizisten und brutalen Gangstern. Die beiden kommen sich näher und nach einer waghalsigen Überfahrt auf einem Containerschiff nach Montevideo beginnen Marie und Lex gemeinsam, die betroffenen Steuersünder um hohe Geldbeträge zu erpressen. Auf vermeintlich sicherem Boden agierend wächst ihr Vermögen in astronomische Höhe. Aber dann geschieht das Unaussprechliche und Lex verliert sich in einer ambivalenten Mischung aus Wut und Trauer …

JOCHEN FRECH

HUNT

KEIN WEG ZURÜCK

THRILLER

MAXIMUM

Hauptstraße 33
27299 Langwedel
www.maximum-verlag.de

1. Auflage 2022

Lektorat: Dr. Rainer Schöttle
Korrektorat: Herwig Frenzel
Satz/Layout: Alin Mattfeldt
Umschlaggestaltung: Alin Mattfeldt
Umschlagmotiv: © Volkswagen Aktiengesellschaft, Aleix.G.U. / Shutterstock
E-Book: Mirjam Hecht

Druck: Booksfactory
Made in Germany
ISBN: 978-3-948346-58-4

Für L.M.

„Jedes Spiel sieht fair aus, wenn alle Teilnehmer gleichermaßen betrogen werden.“

Stephen King

I wish I, gave a fuck
Livin' like I got nine lives but I ain't (Ain't)
I'm sorry if I did you wrong
'Cause I don't know where I'm going

Ramzoid – *9 Lives*

Intro

Man sagt, Katzen hätten sieben Leben. Die Engländer behaupten sogar, es wären neun, weshalb ich die britische Version bevorzuge. Ich heiße Alexander Caviazel. Nicht wie James, der berühmte Schauspieler, der sich in der Mitte mit einem *e* schreibt. Meine Schwester prahlte beharrlich damit, dass wir und dieser Schönling gemeinsame rätoromanische Vorfahren hätten.

Unter uns gesagt, auf so einen Scheiß gab ich nie etwas.

Meine Kumpel und eine Handvoll Journalisten nannten mich Lex. Ich bin Surf-Profi, oder war es. Ganz wie man es betrachtet. Ansonsten gibt es nicht allzu viel über mich zu erzählen. Vielleicht noch dies: In den zweiunddreißig Jahren meines bisherigen Lebens habe ich mehr als die Hälfte meiner Resets bereits verbraucht. Die der englischen Redensart, versteht sich.

Vielleicht auch nur vier.

Aber das ist eine andere Geschichte.

I stood at the bottom of some walls
I thought I couldn't climb
I felt like Cinderella at the ball
just running out of time
So I know how it feels to be afraid
And think that it's all gonna slip away
Hold on, hold on

SMASH – *Crazy Dreams*

Illusions

In dem Traum, der sich beinahe jede Nacht in meinen Schädel schleicht, brettere ich nach einem gestandenen *No-Hand-Backloop* auf die Tribünen am Strand zu. Ich sehe, wie die Zuschauer mit weit aufgerissenen Augen von ihren Plätzen aufspringen, als ob eine brennende Boeing 747 im Sturzflug auf sie zuhalten würde. Ich stelle mir die Gesichter der Kampfrichter vor, wie sie die Köpfe schütteln über die Dummheit, einen sicheren Weltcupsieg mit einem entbehrlichen Manöver so leichtfertig aufs Spiel zu setzen. Warum nehme ich nicht die Hände vom Rigg und beende den Contest mit einem simplen, aber halbwegs spektakulären *Flaka Diabolo*?

Mein Vorhaben ist der reinste Wahnsinn.

Größenwahn. Raserei.

Oder eine Mischung aus allem.

Mittlerweile schätze ich meine Geschwindigkeit auf knapp siebzig Stundenkilometer, und mich trennen nur noch etwa hundert Meter von den Zuschauern, von denen die ersten panisch die Tribünen verlassen, weil sie glauben, ich würde tatsächlich wie ein Selbstmordattentäter in die Menge rasen. Ich presse meine salzigen Lippen aufeinander und hoffe verbissen auf das Wunder.

Eine Welle. Einen Brecher.

Nichts Gewöhnliches.

Eine Big Wave, die in der Lage ist, mich in den Himmel zu schießen, in eine Höhe, die es mir ermöglicht, etwas zu tun, was noch keinem zuvor gelungen ist. Mein Trainer würde mir jetzt zurufen, dass ich atmen und die Schulterblätter replatzieren sollte.

Aber ich kann nicht.

Weder atmen.

Noch entspannen.

Stattdessen verkrampft sich mein Körper, wird zu einer Einheit mit dem Hundert-Liter-Board und dem Sieben-Quadratmeter-Segel.

Alles oder nichts.

Noch sechzig Meter.

Die Wasseroberfläche ist jetzt hart wie Beton. Der auflandige Wind bläst wie ein Berserker und drängt mich unerbittlich auf das Ende aller Hoffnungen zu.

Das Brett unter meinen Füßen stöhnt wie ein Stier, dem der Matador im letzten Akt der Corrida mit dem Degen den Todesstoß verpasst.

Lange wird das Material dieser ungeheuren Belastung nicht mehr standhalten.

Noch dreißig Meter.

Plötzlich passiert es. Ohne jedes Zutun.

Der ohrenbetäubende Schlag einer Welle katapultiert das Brett senkrecht in die Höhe. Eine horrende Energie schleudert mich der Sonne entgegen.

Aller Lärm weicht augenblicklich einer beängstigenden Stille.

Alles geschieht von selbst.

Der Triple-Loop. Der dreifache Salto.

Ich habe keine Angst.

Ich spüre gar nichts mehr und weiß, dass dies der großartigste Moment in meinem Leben sein wird.

Peng!

An dieser Stelle reißt der Film.

So abrupt, als hätte jemand den Stecker des Projektors aus der Wand gerissen. Die grellen Bilder weichen einer bleischweren Dunkelheit, in der ich schweißgebadet nach einem Ausgang taste, den schalen Geschmack von warmem Champagner im Mund und das Gefühl, auf der Stelle kotzen zu müssen.

Eines Tages werde ich den Traum zu Ende träumen.

Eines Tages werde ich herausfinden, ob ich es geschafft habe.

Yesterday
All my troubles seemed so far away
Now it looks as though they're here to stay.

The Beatles – *Yesterday*

Today

Halleluja!

Jedes Mal, wenn ich so einem gottverdammten Pfaffen begegne (und davon gibt es in Südamerika eine ganze Menge), kommen mir unweigerlich die Bilder meiner Beerdigung in den Sinn. Der wolkenverhangene, asbestgraue Himmel über dem Gräberfeld des Kölner Südfriedhofs. Die düster dreinblickenden Menschen, wie sie sich vornübergebeugt im Halbkreis um den Sarg versammelt haben, die Hände unbeholfen zum Gebet gefaltet, den Kopf mit diesem Hundeblick zur Seite geneigt. Einige haben tatsächlich geflennt. Verlogenes Pack.

Der Pfaffe fing mit dem üblichen Schönreden an, das nicht im Entferntesten etwas mit meinem Leben zu tun hatte. Hinzu kam die abgeschmackte Beschreibung meines plötzlichen und unbegreiflichen Dahinscheidens. Warum glauben diese Gottesmenschen immer, alles erklären zu müssen? Ich finde, das Bodenpersonal des Allmächtigen wird von Tag zu Tag miserabler. Egal. Zugegeben, meine Eltern und ein paar meiner besten Kumpel, Lenny, Chris, Rob und Marty (eigentlich Martin, aber wir fanden, dass er Michael J. Fox in *Zurück in die Zukunft* verblüffend ähnlich sah), mit denen ich Wochen zuvor noch auf Achse gewesen war, taten mir leid. Wenn ich es richtig gesehen hatte, musste Robert – dem gewöhnlich die Sonne aus dem Hintern schien – von einem Rettungssanitäter betreut werden.

Armer Rob, tut mir echt leid.

Ist ja auch blöd, wenn einer in diesem Alter einfach so von

der Bildfläche verschwindet. Aber schließlich konnte (oder wollte) ich nichts mehr daran ändern, und zwischenzeitlich habe ich mich weitestgehend damit abgefunden, nicht mehr unter den Lebenden zu weilen. Jedenfalls nicht mehr derjenige zu sein, der ich einmal war. Ach so – Valentina, meine Ex-Verlobte, hätte mir natürlich auch leidgetan, aber sie hat die Trauerfeier boykottiert, war ja klar. Hätte ich nicht anders gemacht. Blöd nur, dass ich ihr und meinen Kumpel die ganze Misere nicht mehr erklären konnte.

Verdammt! Ich will einfach nicht mehr daran denken. Funktioniert aber leider nicht. Wenn nur der Pfaffe endlich aus meinem Blickfeld verschwinden würde. Irgendwo habe ich mal gelesen, dass das menschliche Gehirn diametral auf das Wort „nicht“ reagiert: Schließen Sie die Augen, und denken Sie *nicht* an einen rosafarbenen Elefanten. Und? Klappt nicht, stimmt's?

Fuck!

Seven stars, seven days
Seven sins, seven gates
Seven angels, seven skies
Seven sins, seven lives
Seven towers, seven lives
Seven wonders, seven lives
Traces, many faces,
lost in the maze of time ...

Enigma – *Encounters*

The Other Day

Der Regen schlug derart wütend gegen die Windschutzscheibe, dass ich jeden Augenblick damit rechnete, sie würde in tausend Stücke zerbersten. Als ob eine aufgebrachte Menge Demonstranten mich ohne Unterlass mit faustgroßen Steinen bewerfen würde. Ein Mob jenes Elements, das ich für gewöhnlich allen anderen um Längen vorzog: Wasser.

Aber in diesen Augenblicken brachte mich der monsunartige Niederschlag beinahe um den Verstand. Ich war müde und hatte Kopfschmerzen. Seit Stunden kämpfte ich gegen den Schlaf und den zähen Drift der Blechlawine, aus der es kein Entrinnen gab. Warum führte ein Unwetter mittlerer Größenordnung (denn mehr war es in Wirklichkeit nicht) stets zu einem solchen Chaos auf den Straßen Europas? Jedes Jahr die gleiche Verwirrung beim ersten Wintereinbruch. Im Ernst, der Wettersturz war bei Weitem nicht so dramatisch, als dass man nicht wenigstens hätte sechzig fahren können. Aber die Tachonadel meines alten VW-Busses tänzelte seit Stunden zwischen null und zwanzig hin und her. Hinzu kam seit dem Anstieg zum San-Bernardino-Pass das hässliche Warnlicht der Reservelampe. Ich beschloss, mein Glück nicht länger zu strapazieren und vor der nächsten Raststätte den Blinker zu setzen. Fünf Stunden Stop-and-go waren definitiv genug. Ich musste dringend etwas essen, ein paar Liter Sprit in den Tank füllen und wenigstens drei Koffeintabletten einwerfen. Der Gedanke an den Halt und den Umstand, dass eine längere Pause nicht infrage kam, verschlechterte meine Laune auf Schulnote fünf bis sechs.

Am Vormittag war die verdammte Karre nicht angesprungen. Der Mechaniker in der Werkstatt in Torbole brachte den Motor zwar von lauten Flüchen begleitet zum Schnurren, ermahnte mich aber väterlich, ihn auf keinen Fall mehr abzustellen. Keine leichte Übung, wenn man die Nacht zuvor mit seinen Surfschülern durchgefeiert und schlappe neunhundert Kilometer vor sich hatte. Aber ich musste zurück nach Köln, Valentina würde sonst vollends durchdrehen. Bestimmt lag zur Begrüßung wieder eine ihrer To-do-Listen auf dem Küchentisch. Bei der Vorstellung, dass ich ihr dieses Mal die Hälfte des Preisgelds auf den Tisch knallen würde, musste ich grinsen: zwölfeinhalbtausend Euro! Dafür konnte ich mir eine Menge freie Zeit kaufen.

Komisch, jedes Mal, wenn sie bei einem meiner Weltcuprennen zu Hause blieb, schaffte ich eine gute Platzierung. Grund genug, die Beziehung zum hundertsten Mal infrage zu stellen. Eigentlich war es offensichtlich: Valentina und ich passten null Komma null zusammen. Ihrer Meinung nach war ich ein hoffnungsloser Draufgänger und würde mit meinem Sport nie eine Familie ernähren können. Wenn es nach ihr ginge, sollte ich meine Surfbretter (und damit mein Leben) an den Nagel hängen, einem ordentlichen Beruf nachgehen und zu guter Letzt um ihre Hand anhalten, damit wir endlich so eine spießbürgerliche Hochzeit veranstalten könnten wie der Rest unseres Freundeskreises. Und nicht zu vergessen: Kinder in die Welt setzen. Weil es seit geraumer Zeit kein anderes Thema mehr gab, weder im Kreis der Familien noch bei Treffen mit Bekannten, ja nicht einmal mehr am Stammtisch.

Verdammter Scheiß!

Ganz anders war es auf dem Wasser. Die Nase im Wind und die Hände am Rigg, am liebsten bei Windstärken über fünfzig Knoten, wenn die meisten Greenhorns ihr Zeug längst zusammengepackt hatten.

Manchmal fragte ich mich, was mich damals geritten hatte, Valentina ein zweites Date vorzuschlagen.

So wie jetzt, während dieses dämlichen Unwetters auf dieser beschissenen Schweizer Autobahn zwischen Chur und wer weiß wie weit ich mittlerweile gekommen war. Am liebsten hätte ich auf der Stelle kehrtgemacht und wäre so lange in Richtung Süden gebrettert, bis ich es vor lauter Hitze nicht mehr hinterm Steuer ausgehalten hätte. Irgendwohin, wo es genügend Wind gab und ein endloses Meer zu meinen Füßen. Dabei kamen mir die Kapverden in den Sinn, wo ich vorhatte, mich nach meiner Karriere häuslich niederzulassen. Hauptsache weit genug weg von all den Spießern in meinem Leben, meiner pedantischen Verlobten und dem ganzen damit zusammenhängenden Ärger, der vermutlich jenes Quäntchen ausmachte, das mir den Durchbruch in die absolute Weltspitze versperrte. Ich wollte die Sache mit Valentina so rasch es ging beenden, hatte aber nicht die geringste Ahnung, wie ich das anstellen sollte.

In dem Moment, als ich den Bulli auf die Ausfahrt einer Raststätte lenkte, wurde ich von einer so mächtigen Windböe erfasst, dass das Fahrzeug, wie von einer unsichtbaren Faust getroffen, wieder auf die Autobahn zurückgeschleudert wurde. Irritiert trat ich auf die Bremse und schaffte es gerade noch, den Wagen wieder auf die Abbiegespur zu schaukeln. Der Nordwind war jetzt so stark, dass ich, nachdem ich vor der Zapfsäule geparkt hatte, nicht in der Lage war, die Fahrertür mehr als einen Spaltbreit zu öffnen. Ich kletterte auf der anderen Seite aus dem Bus, füllte den Tank bei laufendem Motor und marschierte mit einem unguten Gefühl in die Verkaufsräume, wo ich von einer Geräuschkulisse empfangen wurde, die mich an das Chaos auf dem Indira-Gandhi-Flughafen in Neu-Delhi erinnerte. Kinder stopften sich auf dem Boden sitzend ihre Pommes in rot-weiß-verschmierte Mäuler. Es roch nach Schweiß und ranzigem Fett, und das gesamte Restaurant war bis auf den letzten Stuhl mit übellaunigen Gestalten gefüllt. Ich sah zu, diese Arche Noah der Sturmgeschädigten so schnell wie möglich zu verlassen, nahm mir eine Handvoll Essbares und zwei Flaschen Cola aus dem Regal und drängte zum Ausgang.

„Wollen Sie etwa bei dem Wetter weiterfahren?", fragte mich die Kassiererin.

„Muss", entgegnete ich, ohne die geringste Lust, mich auf einen Small Talk einzulassen. Ich schnappte mein Wechselgeld und machte mich auf den Weg nach draußen.

„Na dann, gute Fahrt", rief sie mir hinterher. „Und passen Sie auf!"

Manchmal hege ich den Verdacht, dass mich die Leute aufgrund meiner langen Haare mit einem Sozialarbeiter vom Typ *Retter der gebrochenen Herzen* verwechseln. Vielleicht sollte ich mir ein fieses Tattoo auf die Stirn stechen lassen.

Der Wind schlug mir hart ins Gesicht. Auf den Betonplatten der Rastanlage tanzten Getränkedosen Boogie-Woogie. Ich beeilte mich, zurück in den Bus zu kommen, und ärgerte mich sogleich darüber, dass ich meine Fotoausrüstung auf dem Beifahrersitz zurückgelassen hatte. Die Nikon bedeutete mir viel, nicht zuletzt, da ich hin und wieder ein paar Bilder an Surfmagazine verkaufte und die Kamera mir damit einen lukrativen Nebenverdienst bescherte. Valentina wusste davon nichts und würde es auch nie erfahren.

Ich stellte die Heizung auf volle Pulle und lenkte den Wagen auf eine Sperrfläche vor ein Zufahrtstor für Beschäftigte, an dem zwei überdimensionale Halteverbotsschilder prangten. Ich kümmerte mich im Allgemeinen nicht besonders um derartige Vorschriften, und schon gar nicht an diesem Abend und noch viel weniger auf dieser Raststätte, auf der sämtliche Stellflächen mit Falschparkern belegt waren. Ich wollte in Ruhe meine Stullen essen und danach die elende Heimreise fortsetzen.

Durch den dichten Regen und die schwarzen Wolkentürme hindurch zeichneten sich schemenhaft die Lichter von Vaduz ab, die sich in der Peripherie der Liechtensteiner Residenzstadt wie Lampions über die endlose Hügelkette verteilten. Ich warf einen Blick auf mein Mobiltelefon. Halb acht. Valentina hatte sich kein einziges Mal gemeldet. Natürlich wusste sie von meinem zweiten Platz am Neusiedler See. Am Abend war in der *Tagesschau* ein Dreißig-Sekunden-Spot gezeigt worden, und die *Süddeutsche* hatte mir tags darauf eine halbe Seite gewidmet. Dieses Miststück!

Wütend biss ich in eine Tomate-Mozzarella-Baguette und würgte den Happen im nächsten Moment wieder aus. Wer immer dieses Sandwich zubereitet hatte, musste ein Faible für *Pesto alla Genovese* haben und hatte gleich ein ganzes Glas darauf geschüttet. Ich griff nach dem Salamibrötchen und beschloss, sobald ich die deutsche Grenze passiert hätte, eine ordentliche Mahlzeit einzunehmen.

Im nächsten Augenblick wurde die Beifahrertür aufgerissen.

Listen up everyone there's something wrong
We got the answers in our sights now
But somehow still we struggle along
Looking for solutions in a threatening sky
But we never get an answer
Just a chorus of voices wondering why
We're stuck here without a peaceful day.

Pennywise – *Peaceful Day*

Before

Als Kind träumte ich den großen Traum vom Fliegen – wie vermutlich die meisten Jungs. Ich wollte Kunstflugpilot werden und mit waghalsigen Manövern die Welt begeistern (und natürlich reich werden). Als ich den Wunsch zu Hause das erste Mal äußerte (ich muss in der dritten oder vierten Klasse gewesen sein), brachen meine Mutter und meine fünfzehn Jahre ältere Schwester in Tränen aus. Mein Vater verließ mit versteinerter Miene gar das Zimmer. Ich verstand die Welt nicht mehr. Erst ein paar Tage später nahm er mich mit auf den Friedhof und führte mich zu einem Grab, auf dem der Name Johannes Caviazel stand: 1980 bis 1988. Ich kapierte immer noch nichts, bis mir mein Dad auf seine umständliche Art erklärte, dass ich einen Bruder gehabt hatte, der ein Jahr vor meiner Geburt bei der Flugkatastrophe in Ramstein ums Leben gekommen war. Zusammen mit meinem Onkel, meiner Tante und meinen beiden Cousinen, von denen ich bis dahin auch noch nie etwas gehört hatte. In der Familie wurde nie über diese Tragödie gesprochen.

Fakt war, das Thema Flugzeuge war mit meinem Bruder und meiner Verwandtschaft ein für alle Mal gestorben. Stattdessen spielte ich ein paar Jahre leidenschaftslos Fußball und übte mich bis zum blauen Gürtel in Karate. Mit fünfzehn fuhr ich zum letzten Mal mit den Eltern in die Ferien und durfte am Lac de Morat, in der Westschweiz, einen Surfkurs für Anfänger besuchen. Nach dem Theoriegeplapper stand ich endlich auf dem Brett, richtete das Segel auf, spürte den Wind in meinem Rücken und nahm Fahrt auf. Intuitiv tat ich, was ich tun musste, um bei einer schnellen Wende nach Luv Höhe zu gewinnen, und auf Anhieb gelang mir ein Shift. Später, als der Wind und die Wellen zunahmen und die anderen Kursteilnehmer längst an den Strand zurückgeschickt worden waren, fuhr ich meinem Surflehrer einen astreinen Cut-Back nach. – Ich war für diesen Sport geboren.

Im Jahr darauf gewann ich die deutschen Jugendmeisterschaften in der Kategorie Raceboard, und kurz danach wurde ich als jüngster Rider in die Bundesligamannschaft des Segelklubs Bayer Uerdingen aufgenommen. Ich fuhr acht Jahre lang Weltcuprennen in der Königsdisziplin Waveriding, und ab und an stellte ich mein Können in einem Freestyle-Contest auf die Probe. Beides mit den unterschiedlichsten Resultaten und zu meinem Bedauern ohne jedwede Kontinuität. Manchmal gelang mir einfach alles, so wie bei meinem letzten Rennen, und an anderen Tagen hatte ich das Gefühl, das erste Mal auf dem Brett zu stehen. Irgendwie spiegelten sich in meinen sportlichen Leistungen mein gesamter Werdegang und das einzige Motto, nach dem ich bislang gelebt hatte, wider: Alles oder nichts!

So don't expect the best
You won't be disappointed when you take a bite and watch
The worm crawl back inside
Don't believe the fairy tales of
Million dollar happiness
Los Angelesistic lifestyles
{Drinking} Chardonnay {over a lobster salad brunch}

NOFX - *Bleeding Heart Disease*

The Other Day

Als die Tür aufflog, vermutete ich schon eine Streife der berüchtigten Schweizer Autobahnpolizei, die mir wegen des Falschparkens ein ordentliches Bußgeld aus der Tasche ziehen und obendrein meinen Bus auf den Kopf stellen würde. Stattdessen blickte ich in das verängstigte Gesicht einer jungen Frau.

„Kann ich mitfahren?" Irgendwie passte ihre raue Stimme nicht zu ihrem mädchenhaften Äußeren. Ohne eine Antwort abzuwarten, zwängte sie sich neben meiner Sporttasche und Spiegelreflexkamera auf den Beifahrersitz. Erst jetzt bemerkte ich, dass sie völlig durchnässt war. Sie fror, und ihre Lippen waren blau angelaufen. Außerdem keuchte sie vor Anstrengung, als hätte sie einen Marathon absolviert. Ihr einziges Gepäckstück war ein triefend nasser Lederrucksack. *Eine blonde Meerjungfrau, die ins Netz meines Trawlers geraten ist*, dachte ich schmunzelnd. Eine ziemlich hübsche überdies. Fehlte nur noch, dass ihr ein Clownfisch aus der Jackentasche hüpfte. Der Geruch ihrer feuchten Kleidung breitete sich im Wagen aus, und die Scheiben beschlugen, während sie mich vor Kälte zitternd wie ein begossener Pudel anstarrte, bis mir einfiel, dass sie mir eine Frage gestellt hatte. Ich zögerte. Mein Bauchgefühl sagte mir, dass irgendetwas an dieser Situation faul war, aber dann überwogen Neugierde und Mitleid, und ich antwortete ihr mit einem gezwungenen Nicken.

„Wohin willst du?", fragte ich und reichte ihr ein Päckchen Taschentücher.

„Fahr einfach los“, erwiderte sie. „Vielleicht erwischen wir das Schwein noch.“

„Wie bitte?“

„Mein Freund ist einfach weitergefahren. Wir haben uns gezofft.“

„Ziemlich uncool“, sagte ich, biss von meinem Brötchen ab und legte den Gang ein. „Was für ein Auto fährt er denn?“

„Nun mach schon!“

Für gewöhnlich hätte sich jetzt meine natürliche Reaktanz eingeschaltet (der Fachbegriff für körpereigenen Blindwiderstand gehörte zu den wenigen Dingen, die mir von meinem abgebrochenen Sportpsychologie-Studium noch geblieben waren), aber irgendwie gelang es dem Mädchen, diesen Schutzmechanismus zu umgehen.

Vielleicht lag es daran, dass ihre Stimme trotz des Befehls jetzt wie eine Oper von Verdi klang. Vielleicht auch wie ein klarer Gebirgsbach. Jedenfalls so außergewöhnlich, dass ich im Traum nicht auf die Idee gekommen wäre, ihrem Wunsch nicht zu entsprechen. Ein anderer Grund könnte ihr Parfum gewesen sein, das allmählich alles andere im Bus überlagerte und mich an einen Strauß duftender Norita-Rosen erinnerte. Ich reihte mich, ohne besonderen Ehrgeiz, ihren wütenden Macker einzuholen, in die Fahrzeugkarawane ein. Dabei fiel mir auf, dass sie ständig in den Rückspiegel starrte.

„Ich bin Alexander“, sagte ich.

„Marie“, entgegnete sie geistesabwesend.

„Wie lange standest du im Regen, Marie?“, fragte ich, als ich erneut bremsen musste. Zunächst reagierte sie nicht auf meine Frage.

„Ich meine, wie lange ist dein Freund schon auf und davon?“, hakte ich nach.

Da beugte sie sich zu mir herüber und drückte mir einen feuchten Schmatz auf die Wange. „Ich bin so froh, dass ich dich getroffen habe“, hauchte sie mir ins Ohr.

Ich war völlig perplex. Dieser Kuss war der erotischste Knutscher auf die Backe, den ich jemals bekommen hatte. Erklären kann ich diesen Eindruck nicht. Was für ein Teufelsweib war denn da in meinen Wagen gestiegen?

„Grün.“

Ich riss die Augen auf. „Was?“

Marie deutete mit einem Kopfnicken auf die Lücke vor uns. Ich schloss auf und bot ihr die Handtücher und Klamotten von Valentina an, die immer auf Vorrat in einem Regalfach vor sich hingammelten. Für die wenigen Fälle, bei denen sie mich auf meinen Reisen in der „heruntergekommenen Sardinenbüchse“, wie sie meinen geliebten Bus nannte, begleitete, um am Ende des Tages doch im Hotel übernachten zu wollen.

„Reist du immer ohne deine Freundin?“, wollte Marie wissen, während sie nach hinten kletterte.

„Ich bin verlobt“, antwortete ich und fügte hinzu: „Aber wie es scheint, nicht mehr lange.“

Marie ging nicht darauf ein und begann sich am Boden sitzend die nassen Kleider vom Leib zu zerren. Ich beobachtete sie im Innenspiegel, wie sie sich splitternackt die Haare trocken rubbelte. Ihr Körper wirkte im Halbdunkel grazil, wohingegen Beine und Po darauf hindeuteten, dass sie viel Sport trieb. Radfahren oder Stepper, tippte ich. Oder beides.

„Wie weit ist es bis zur Grenze?“, tönte es von hinten.

„Vielleicht fünfzig Kilometer“, sagte ich. „Warum?“

Marie zwängte sich wieder auf den Beifahrersitz. „Nur so.“

Sie hatte sich den grauen Jogginganzug ausgesucht, den ich Valentina voriges Jahr zu Weihnachten geschenkt hatte.

„Slip habe ich keinen gefunden", sagte Marie und starrte aus dem Seitenfenster.

Mir war klar, dass sie mich damit provozieren wollte. Allein deswegen ging ich nicht auf die Bemerkung ein, aber ich muss zugeben, dass mich die Vorstellung ein wenig erregte. Ich richtete meine Aufmerksamkeit auf den schleppenden Verkehr. Der Starkregen hatte nachgelassen. Stattdessen zuckte am Horizont eine ganze Serie von Blitzen aus dem Nachthimmel und tauchte die Umgebung in ein surreales Blau, gefolgt von einem düsteren Donnergrollen, das mich an eine Staffel Kampfjets erinnerte, die früher im Tiefflug über die Rhein-Main Air Base schossen. Wie immer wühlte dieser Eindruck auch den hässlichen Bodensatz meiner Nachforschungen zum Tod meines Bruders und zu den Ursachen auf, die zu der Katastrophe von Ramstein geführt hatten. Der dumpfe Schlag der Kollision des Unglückspiloten Ivo Nutarelli mit den beiden Maschinen seiner Kameraden der Kunstflugstaffel Frecce Tricolori. Das brennende Wrack des Jets, wie es nach Explosion und Absturz immer weiter in die Zuschauermenge hineingeschlittert war und ein Feuersturm aus Kerosin die schreienden Menschen erfasst hatte …

„Hat dir gefallen, was du vorhin gesehen hast?"

Maries Frage riss mich aus meinem Albtraum. Ich verstand zuerst nicht, dann nickte ich selbstbewusst. „Du treibst regelmäßig Sport?"

„Männer stehen doch für gewöhnlich auf Titten."

„So genau habe ich nicht hingeschaut", erwiderte ich und starrte auf den Tiertransporter vor uns.

In regelmäßigen Abständen zwängten sich einige Schweinerüssel durch einen Spalt des Bretterverschlags und verschwanden wieder in der Dunkelheit.

„Marc fährt einen weißen Ferrari California, Münchner Kennzeichen“, sagte Marie.

„Wäre es nicht besser gewesen, an der Raststätte zu warten?“, entgegnete ich. „Er wird es sich bestimmt anders überlegen und sich auf die Suche nach dir machen.“

Im Fußraum ertönte die Melodie von *Nothing Else Matters*. Marie bückte sich, nahm ihr Mobiltelefon aus dem Rucksack, drückte den Anruf weg und schaltete das Gerät aus. „Dann steht *er* eben jetzt im Regen.“

Ich zuckte mit den Schultern.

„Marc ist ein arrogantes Arschloch.“

Ich dachte spontan an den Ferrari, hielt aber den Mund.

„Falls du denkst, ich hätte mich in sein Auto verliebt, irrst du dich gewaltig.“

Ich konnte mir ein Grinsen nicht verkneifen.

„Versteh das nicht falsch, aber dort, wo ich herkomme, spielt Geld keine Rolle.“

„Na, dann.“

„Was?“

„Herzlichen Glückwunsch“, sagte ich.

„Wovon redest du, verdammt noch mal?“

„Dort, wo ich herkomme, leben wir quasi von der Hand in den Mund. Vielleicht hättest du an eine andere Autotür klopfen sollen.“

„Was für ein Blödsinn“, sagte Marie und fing an zu schluchzen.

Ich runzelte die Stirn und reichte ihr eine Packung Taschentücher.

„D-a-n-k-e", stammelte sie. Marie löste den Gurt, beugte sich zu mir und klammerte sich schließlich wie ein Äffchen an mich. „Weißt du", flüsterte sie, „ich bin noch nie in so einer beschissenen Situation gewesen. Für deine Hilfe bin ich dir unendlich dankbar." Wieder küsste sie mich auf die Wange. Ihr rechter Arm raubte mir die Sicht, und ich war gezwungen, meinen Kopf von ihr wegzudrehen. Im letzten Moment sah ich die viel zu nahe Silhouette des Viehtransporters und trat mit voller Wucht auf die Bremse. Postwendend brach das Heck aus, und der Bulli schlitterte mit der Breitseite dem mächtigen Hindernis entgegen. Wenige Zentimeter davor kam der Wagen zum Stehen.

„Bist du übergeschnappt?", brüllte Marie hysterisch.

„Ich konnte nichts sehen!", rief ich zu meiner Verteidigung.

„Idiot!"

„Hast du sie eigentlich noch alle?"

Hinter uns betätigte jemand die Hupe. Am liebsten wäre ich aus dem Fahrzeug gesprungen und hätte den Typen verdroschen. Stattdessen lenkte ich den VW-Bus auf den Seitenstreifen und reihte mich von dort wieder in den Verkehr ein. Hoffentlich war keines der Schweine vor Schreck gestorben.

„Du hast mir mit deinem Getue die Sicht versperrt", fügte ich erklärend hinzu.

„Wird nie wieder vorkommen", erwiderte Marie trotzig.

Irgendwie hatte ich von diesem Intermezzo die Schnauze voll und machte mir Gedanken, wie ich Marie am schnellsten wieder loswerden könnte. So anregend die Begegnung zu Beginn auch gewesen war, ich gewann zunehmend den Eindruck, dass etwas mit dieser Frau nicht stimmte.

Und derartige Himmelhoch-jauchzend-zu-Tode-betrübt-Stimmungen hatte ich von Valentina weiß Gott schon genug abbekommen.

„Möchtest du deinen Freund nicht anrufen?"

„Wozu?"

„Ihr macht einen Treffpunkt aus, und ich bringe dich hin."

„Du willst mich loswerden?"

Ich erwiderte nichts.

„Gut, dann halt an."

„Was soll das?"

„Du sollst anhalten! Ich steige aus, dann bist du mich los. Genügen fünfhundert Euro für die paar Kilometer und die Fetzen deiner Tussi?"

Marie zückte ihre Geldbörse und warf mir einen Schein vor die Füße.

„Das ist doch Quatsch", sagte ich. „Wo willst du denn hin bei diesem Wetter?"

„Meine Sache."

„Warum rufst du ihn nicht einfach an?"

„Er kann mich mal." Sie deutete mit ihrer Geldbörse in meine Richtung. „Und du – du kannst mich auch mal."

„Wie soll es jetzt weitergehen, wenn ich fragen darf?"

Marie hob den lilafarbenen Schein auf und hielt ihn mir unter die Nase. „Du bekommst den hier und nimmst mich mit bis nach Deutschland. Dann verschwinde ich, basta."

Ich nickte und ärgerte mich, dass ich ihren ersten Vorschlag nicht einfach akzeptiert hatte. Andererseits zweifelte ich daran, dass ich es übers Herz gebracht hätte, sie unter diesen Bedingungen mitten im Nirgendwo abzusetzen.

Wir fuhren schweigend weiter. Marie hatte die Knie angewinkelt und den Kopf seitlich darauf abgelegt. Ich trank einen Schluck Cola und drückte meine letzte Koffeintablette aus dem Blister. Mir würde nichts anderes übrig bleiben, als die Nacht durchzufahren. In Köln würde ich den Bus gleich auf den Schrottplatz bringen und dort zum letzten Mal abstellen. Zu Hause angekommen, würde ich Valentina einen Infekt vortäuschen und zwei Tage durchschlafen. Ich erinnerte mich nicht daran, wann ich mich zuletzt so kaputt gefühlt hatte. Die Frau auf dem Beifahrersitz trug ihren Teil dazu bei. Ich verspürte nicht die geringste Lust mehr, mich mit ihr zu unterhalten. Während ich Maries blonde Kurzhaarfrisur betrachtete, kam mir Paris Hilton in den Sinn. So musste es sein: Marie war eines dieser verzogenen Kinder reicher Eltern, die nach Lust und Laune den Jetset genießen konnten, ohne einen Finger dafür krumm zu machen, und die gelernt hatten, Männer mit ihren Reizen und Launen nach Belieben zu manipulieren. Mit so einer Frau würde ich nicht für viel Geld ins Bett steigen, und natürlich war mir aufgefallen, dass sie flach wie ein Brett war.

Der Regen hatte weiter nachgelassen, und wir kamen zügiger voran. Ich musste gähnen und schaltete den CD-Spieler ein. Pennywise – der geschmeidige Punkrock war jetzt genau das Richtige. Ich warf einen Blick zur Seite. Marie kauerte noch immer in ihrer Embryonalhaltung. Es war mir egal, ob sie die Musik mochte oder sich daran störte. Bis zur Schweizer Grenze waren es noch vierzig Kilometer und bis nach Deutschland noch mal etwas mehr als die Hälfte. Wenn der Verkehr so weiterlief, wäre ich sie in einer Stunde los. Die Vorstellung stimmte mich heiter. Ich wippte mit dem Kopf im Rhythmus von Byron McMackins harten Schlägen auf die Drums mit.

It's a promise in the night I'll be okay.

The superlative is telling me that help is on the way.

Gegen Ende des Songs gab Marie ihre Trotzhaltung auf und kramte in ihrem Rucksack. Ich drehte die Musik leiser. „Suchst du was Bestimmtes?“

„Was geht dich das an?“

Blöde Kuh, dachte ich, drehte kopfschüttelnd wieder am Lautstärkeregler und konzentrierte mich auf die Fahrbahn. Komisch, dass mir kurz der Gedanke kam, sie könnte eine Waffe in ihrem Rucksack versteckt haben und sie mir im nächsten Moment an den Kopf halten. Wenig später schaltete Marie die Musik aus. Ich warf ihr einen bösen Blick zu. „Was soll das?“

„Würdest du bitte am nächsten Rastplatz anhalten?“

„Falls du vorhast auszusteigen – sehr gerne.“

Marie starrte mich entsetzt an und brach erneut in Tränen aus. Ich verkniff mir eine Bemerkung. Ich warf den Player wieder an und fuhr schweigend weiter. Ich war so wütend, dass ich mir nichts sehnlicher herbeiwünschte als einen Parkplatz, eine Haltebucht oder irgendeine gottverfluchte Möglichkeit, endlich diese launische Megäre loszuwerden.

Wider Erwarten hatte ich doppeltes Glück: Ein Hinweisschild tauchte im Scheinwerferlicht auf, und überdies beruhigte sich Marie schneller als gedacht, was mich in meinem Verdacht bestätigte, dass ihr Geflenne doch nur eine Masche war.

„Ich muss pinkeln“, sagte sie, nachdem ich den Wagen in eine Parkbucht gelenkt hatte. „Wartest du?“

Ich nickte, obwohl mir der Gedanke gefiel, einfach weiterzufahren, während sie hinter einem Busch kauerte. Sie griff nach den Papiertaschentüchern und verschwand in der Dunkelheit. Ich kämpfte gegen meine Neugierde, einen Blick in ihren Rucksack zu werfen. Wenig später kehrte sie zurück. „Sorry."

„Wegen?"

„Vorhin. Ich hatte einfach Angst."

„Schon gut."

„Alexander?"

„Was?"

„Ich habe keinen Pass."

Ich runzelte ungläubig die Stirn. „Und jetzt?"

„Ich weiß es nicht. Er muss bei Marc im Auto liegen."

„Dann haben wir ein Problem. Mit dem Bulli werde ich an der Schweizer Grenze immer angehalten."

„Du könntest mich irgendwo rauslassen und auf der anderen Seite wieder abholen."

„Vergiss es."

„Bitte!"

Ich schüttelte den Kopf. Marie griff in ihre Tasche und zauberte einen weiteren Fünfhunderter hervor. „Ich leg den obendrauf. Komm schon!"

Ich raufte mir die Haare. Einerseits hatte ich nicht die geringste Lust auf so eine gequirlte Scheiße, andererseits gefiel mir die Vorstellung, so einfach in den Besitz der beiden Scheine zu kommen. Marie hatte wieder ihren Hundeblick aufgesetzt.

„Kein Geflenne mehr?"

Sie lächelte mich an wie ein Kind zur Weihnacht. „Versprochen."

„Wie stellst du dir das vor?"

„Hast du eine Straßenkarte?"

„Nein."

Vorsorglich ließ ich die tausend Euro in meinen Shorts verschwinden. „Aber das hier."

Dann steckten wir die Köpfe über dem Display meines Mobiltelefons zusammen.

Ich muss zugeben, dass es mir Spaß machte, einen Schlachtplan auszubaldowern, um Marie über die grüne Grenze zu schmuggeln. Ich war beinahe enttäuscht, wie einfach sich die Situation, zumindest in der Theorie, darstellte. Am Rand des Grenzstädtchens St. Margrethen gab es ein Strandbad, das unmittelbar an den Rhein grenzte. Von dort waren es etwa fünfhundert Meter Fußweg am Fluss entlang bis zur österreichischen Grenze. Wir vereinbarten einen Treffpunkt, und keine zehn Minuten später machte sich Marie auf den Weg. Zum Abschied küsste sie mich ungeniert auf den Mund. Ich meinte sogar ihre Zungenspitze zu spüren. Jedenfalls etwas, das nach *mehr* schmeckte. Verdammt.

Als ich mich wenig später dem heruntergelassenen Schlagbaum auf vielleicht zwanzig Fahrzeuglängen näherte, ahnte ich, dass etwas vorgefallen sein musste. Gespannt verfolgte ich, wie jeder Wagen einer strengen Kontrolle unterzogen wurde. Während sich ein Dutzend Grenzbeamte um die Papiere und Insassen kümmerten, schlichen Hundestreifen um die Blechkarossen. Ich zerbrach mir den Kopf darüber, wie ich den Uniformierten erklären sollte, dass ich den Motor nicht abstellen durfte. Schließlich war ich an der Reihe. Ich kurbelte das Fenster nach unten und hielt meinen Pass ins Freie.

„Allein unterwegs?", knurrte der Grenzer.

„Ja."

„Woher kommen Sie?"

„Gardasee." Ich wusste, dass Schweizer Zollbeamte keine langen Erklärungen mochten.

„Wohin geht die Reise?"

„Köln."

„Haben Sie in der Schweiz einen Stopp eingelegt?"

„Ich habe getankt."

„Wo?"

Da ich mich nicht an den Namen der Raststätte erinnerte, gab ich an, dass es kurz nach Chur gewesen war.

„Haben Sie etwas zu verzollen?"

„Nein."

„Einen größeren Geldbetrag an Bord?"

Ich schüttelte den Kopf.

„Wie alt ist der Wagen?"

„Baujahr 1974."

„Schönes Fahrzeug."

Ich nickte.

„Gute Fahrt."

Ich schluckte und legte den Gang ein. So billig war ich an der Schweizer Grenze noch nie davongekommen. Erleichtert machte ich mich auf die Suche nach meiner biestigen Meerjungfrau.

Marie erwartete mich im Lichtschein einer Straßenlaterne, ähnlich außer Atem wie am Abend auf der Raststätte.

„Du hättest nicht rennen müssen."

„Mir war aber danach."

„Alles in Ordnung?"

„Solange du weiterfährst."

Ich runzelte die Stirn. Mir fiel auf, dass sie häufig derart rätselhafte Antworten gab. Irgendwie schien sie in Gedanken immer einen Schritt voraus zu sein und alle Fragen, die sich auf die Gegenwart bezogen, zu ignorieren. Noch nahm ich ihr die Geschichte mit ihrem Freund ab. Sie war verwirrt oder vielleicht auch verletzt, weil er sie einfach hatte sitzen lassen. Ich hatte ja keine Ahnung, was dem Streit vorausgegangen war und was er ihr alles an den Kopf geworfen hatte, bevor er mit seiner blöden Angeberkarre davongebraust war.

Auf den folgenden Kilometern empfand ich ihre Gesellschaft sogar als angenehm, obwohl wir kaum miteinander sprachen. Marie wirkte nach diesem illegalen Grenzgang entspannter und wie geerdet.

Die Hochstimmung hielt nicht lange an. Kurz vor Bregenz bat sie mich zerknirscht, auf den Parkplatz eines Supermarktes zu fahren.

„Schon wieder Pipi?"

„Wir sollten uns überlegen, wie ich nach Deutschland komme."

„Marie! Hast du schon mal was von der EU gehört? Es gibt keine Grenzkontrollen mehr."

„Und wenn doch?"

„Hör mal zu! Ich habe noch sechshundert Kilometer zu fahren und keine Lust mehr auf Räuber-und-Gendarm-Spiele."

„Wie viel?"

Ich traute meinen Ohren nicht. „Du hast wirklich nicht mehr alle Tassen im Schrank."

„Fünfhundert? Tausend? Ich gebe dir tausend, okay?"

Zugegeben, auch dieses Angebot klang verlockend, aber dieses Mal gewann mein Stolz die Oberhand. „Du denkst wirklich, dass du dir mit Geld alles kaufen kannst, oder?"

„Ich hab Schiss!"

„Das nehm ich dir nicht ab."

Marie sah mir in die Augen und fing am ganzen Körper an zu zittern. Ich zog die Mundwinkel nach unten. „Ich glaube dir irgendwie gar nichts mehr, sorry!"

Als Reaktion begann sie sich auf dem Beifahrersitz auszuziehen und mir Valentinas Klamotten der Reihe nach an den Kopf zu werfen.

„Was soll das werden?"

„Ich gehe, du Arsch", brüllte sie.

Marie kletterte splitternackt nach hinten und begann in ihre nassen Kleider zu schlüpfen. Ich sah dieser Posse eine Weile zu, bis meine Vernunftstimme die Oberhand gewann. „Wenn du so durch die Stadt rennst, wird dich die erste Polizeistreife aufgreifen."

„Was dir ziemlich egal sein dürfte."

„Stimmt."

„Also, halt den Mund."

Sie hatte recht. Spätestens nach ihrem letzten Kommentar war es mir tatsächlich schnuppe. Ich war gedanklich schon dabei, diese Episode abzuhaken und mir die verblüfften Gesichter meiner Kumpel vorzustellen, wenn ich die Story beim nächsten Stammtisch zum Besten geben würde. Und ich war sicher, Rob würde mir zum Abschied ins Ohr flüstern, dass er sie an meiner Stelle wenigstens noch gefickt hätte. Er war schon in der Schule ein ziemlich vulgärer Kerl gewesen, allerdings von der Sorte, die nicht nur flotte Sprüche riss. Außerdem war er vermutlich der Einzige, der meine Beziehung zu Valentina von vorne bis hinten durchschaute. Ich sprach ungern vor anderen über mein Verhältnis zu ihr und redete auch nie schlecht über sie. Überhaupt waren unsere Partnerinnen an diesen

Herrenabenden selten Thema. Jedenfalls schloss ich aus Roberts regelmäßigen Andeutungen, dass er wusste, wie es um mein Sexleben bestellt war. Vielmehr, dass ich keines mehr hatte.

Hinter mir rumpelte es, und etwas fiel zu Boden. Marie lag stöhnend vor dem Kühlschrank, beide Hände auf die nackte Brust gepresst. Ich ignorierte ihr Gehabe, bis ich ein schweres Keuchen vernahm. Ich sprang vom Fahrersitz, zwängte mich nach hinten und schaltete die Deckenstrahler ein. Marie sah mich verängstigt an und schien mir etwas sagen zu wollen. Ihre Lippen bebten. Ich beugte mich über sie. Nach dem dritten oder vierten Röcheln bildete ich mir ein, sie verstanden zu haben. Ich hechtete nach vorn, schnappte mir ihren Rucksack, griff in die Vordertasche, stolperte wieder nach hinten und verpasste ihr zwei Sprühstöße mit dem blauen Notfallspray. Wenige Sekunden später ließ der Anfall nach. Marie drehte sich auf die Seite und japste nach Luft. Ohne großartig darüber nachzudenken, was ich tat, zog ich ihr die feuchte Jeans samt Unterhose wieder von den Beinen, hievte sie auf das Bett und wickelte sie in meine Schlafdecke. Sie griff nach meiner Hand.

„Tut mir leid."

„Schon gut", sagte ich und erwiderte ihren Händedruck. „Geht es dir besser?"

Marie nickte. „Können wir noch mal darüber sprechen, wie ich über die Grenze komme?"

„Du bist wirklich total durchgeknallt."

Ich ließ Marie kurz vor dem alten Grenzposten im österreichischen Lochau unter einer Eisenbahnbrücke aussteigen. Dieses Mal gab es keinen Kuss, dafür versöhnte sie mich mit einem Lächeln, für das ich sie vermutlich noch zehnmal über die Grenze geschmuggelt hätte. Auf der Weiterfahrt überlegte ich, ob ich mir am vereinbarten Treffpunkt einen Scherz erlauben und den Wagen außer Sichtweite abstellen sollte. Jedenfalls war ich der Meinung, dass ich jetzt mit Überraschungen an der Reihe war. Als ich wenig später sah, dass die Zollstation, an deren geschlossenen Rollläden ich bestimmt schon ein Dutzend Mal vorübergefahren war, heute hell erleuchtet war, schwante mir Übles.

Die Szenerie wirkte wie ein Filmset für ein B-Movie, das in der Zeit des Kalten Krieges spielte. Überall standen Polizisten mit Maschinenpistolen und kläffenden Schäferhunden. Auf den letzten Metern musste ich den Wagen im Slalom durch ein bizarres Labyrinth von Nagelgurten lenken. Schließlich wurde ich auf einen Stellplatz hinter dem Gebäude gelotst. Wie befürchtet, zwangen mich zwei Polizisten – allen Erklärungen zum Trotz – dazu, den Motor abzustellen. Seufzend zog ich unter vorgehaltener Waffe den Zündschlüssel ab und folgte ihnen in die Zollstation. Dabei wurde ich das dumme Gefühl nicht los, dass man mich bereits erwartet hatte oder glaubte, mit mir den großen Fang gemacht zu haben. In den Diensträumen herrschte ein reges Treiben. Ich wurde auf einen verstaubten Holzsessel geschubst und aufgefordert, die Klappe zu halten. Diese Behandlung gefiel mir ganz und gar nicht, dennoch hielt ich die Füße still. Ich hatte genug Erfahrung darin, wie sich derartige Kontrollen unnötig in die Länge zogen, wenn man sich unkooperativ verhielt. Abgesehen davon, dass auf dieser wiederbelebten Zollstation ziemlich miese Vibrations zu spüren waren.

Die Grenzer behandelten jeden Neuankömmling wie

einen Schwerverbrecher. Frauen und Kinder, Alte und sogar eine Rollstuhlfahrerin wurden angeraunzt, auf die Seite gestoßen oder einfach ignoriert.

Am meisten gingen mir die abfälligen Bemerkungen auf den Wecker. Ich kramte mein Mobiltelefon aus der Tasche, startete ein Sprachmemo und nahm mir fest vor, diesen Idioten im Nachgang einen Denkzettel zu verpassen.

„Hi, du Freak. Lass mal deine Fahrzeugschlüssel rüberwachsen!"

Die Aufforderung galt mir. Das Arschgesicht in seiner blauen Uniform war keine zwanzig und vermutlich noch feucht hinter den Ohren. Ich war stinksauer. Hinzu mischte sich die Sorge, dass sich an meinen Klamotten oder im Bus selbst vielleicht doch der eine oder andere Krümel Shit befand. Ab und an gehörte eine Bong einfach zum Lebensgefühl dazu. Fuck!

Nach einer geschlagenen Stunde bekam ich Ausweis und Schlüssel zurück und hoffte, der Spuk wäre vorüber. Stattdessen wurde ich von einer Polizistin mit einem unglaublich fetten Hintern in einen Vernehmungsraum geführt.

„Nehmen Sie hier Platz. Ich muss Ihnen noch ein paar Fragen stellen."

Wenigstens hatte sich der Tonfall geändert. Ich setzte mich ihrem Zeigefinger folgend an einen Bürotisch, auf dem einige Formulare und Pässe kreuz und quer verteilt lagen. Eine halb volle Kaffeetasse, ein angenagtes Croissant sowie ein Laptop vervollständigten das Tohuwabohu in diesem Laden. Während ich brav eine Litanei von langweiligen Fragen beantwortete, fiel mein Blick auf den Monitor des Rechners. Es haute mich fast vom Stuhl, als ich das Konterfei von Marie am unteren Bildrand entdeckte. Darüber entzifferte ich ihr Geburtsdatum und ihren vermutlich richtigen Namen: Theresa Chloé Zogg.

Dieses Miststück hat mich angelogen!

Ich versuchte meine Überraschung so gut es ging zu verbergen. Auf den zweiten Blick fand ich heraus, dass es sich bei dem Screenshot um einen internationalen Haftbefehl von Interpol handelte. Allerdings konnte ich nirgendwo lesen, weswegen nach ihr gefahndet wurde. Mir wurde schlecht, und ich fragte mich, ob die Grenzpolizei längst darüber im Bilde war, dass die Gesuchte bei mir im Wagen gesessen hatte. Ich war im Begriff, mir im Kopf ein paar Eckdaten für die Story zurechtzulegen, die ich den Beamten auftischen würde, als die Tür aufgestoßen wurde.

„Ist dieser Surf-Fuzzi noch hier?"

„Wir sind gleich fertig", entgegnete seine Kollegin.

„Der soll seinen Rostkübel wegfahren."

Am liebsten wäre ich aufgesprungen und hätte dem Schnösel die Faust in seinen altmodischen Henriquatre-Bart und die dahinter versteckte Fresse gerammt. Zum Glück erinnerte ich mich an das Sprachmemo, das in meiner Hose munter weiterlief. Zurück in Deutschland, würde ich diesem Großmaul und ein paar seiner Kompagnons mit einer Dienstaufsichtsbeschwerde derart den Arsch aufreißen, dass es sich gewaschen hatte.

„Sie können gehen", forderte mich die Polizistin auf.

Ich schnappte meinen Pass und die Schlüssel und verließ die Grenzstation so schnell ich konnte.

Ich bin kein religiöser Mensch, aber bevor ich einen Versuch wagte, den Motor zu starten, bekreuzigte ich mich (so gut ich das vermochte) und beschwor laut die Dreifaltigkeit. Gott musste mich zu diesem Zeitpunkt noch geliebt haben: Der Wagen sprang an, als ob er gerade vom Band gerollt wäre.

Ich stieß einen Freudenschrei aus, der mir auf der Stelle wieder die Aufmerksamkeit einiger Grenzpolizisten bescherte. Unter ihren misslaunigen Blicken rollte ich vom Hof, aber nicht, ohne ihnen in Gedanken beide Mittelfinger zu präsentieren.

Nie zuvor hatte ich derartige Glücksgefühle beim Überqueren der deutschen Grenze empfunden. Für den Moment erschien mir sogar das Leben mit Valentina in unserer beschaulichen Wohnung im biederen Stadtteil Rodenkirchen (ihr Vater, der ehrenwerte Richter am Kölner Landgericht, hatte sie uns vermittelt) wie das Paradies. Ich wollte nur noch nach Hause und fuhr, ohne einen Gedanken an Marie (oder Theresa) zu verschwenden, in Richtung Autobahn. Erst auf dem Zubringer kam sie mir wieder in den Sinn. Wie sie während ihres Asthmaanfalls fast erstickt wäre und jetzt irgendwo in der Nacht in den Klamotten meiner Verlobten auf mich wartete. Ich stoppte, wendete den Wagen und fuhr auf den leeren Parkplatz einer Schnellimbisskette. Mein Herz schlug mir bis zum Hals. Was sollte ich nur tun? Ich hatte dieser verlogenen Zicke versprochen, sie nach Deutschland zu bringen. Wenn sie auf ihrem Fußmarsch keinen Mist gebaut hatte, befand sie sich längst diesseits der Grenze. Folglich hatte ich meinen Teil der Vereinbarung erfüllt. Sollte sie doch sehen, wie sie allein zurechtkam. Eine Erklärung für das Verschwinden der Kleider würde mir schon einfallen. Und was den feuchten Wäscheberg dieser Xanthippe anging, hatte ich bei der Vorstellung, ihn sämtlich in die nächste Mülltonne zu kloppen, nicht einmal den Anflug eines schlechten Gewissens.

Diese falsche Natter wurde von Interpol gesucht. Ich hatte nicht die geringste Lust, mit ihr in Verbindung gebracht zu werden oder irgendwem zu erklären, wie es dazu gekommen war, dass ich sie eine Zeit lang an Bord gehabt hatte. Wenn ich nur gewusst hätte, weswegen sie gesucht wurde. Ich erinnerte mich daran, wie ich mir vorgestellt hatte, dass sie eine Waffe in ihrem Rucksack versteckt hielt. Fuck!

Es fiel mir schwer, mir Marie, oder wie immer sie auch hieß, als Mörderin vorzustellen. Andererseits gab Interpol sich nicht mit Handtaschenräubern ab. Ich wusste einfach viel zu wenig über diese Frau. Am meisten ärgerte ich mich darüber, dass ich mir überhaupt das Hirn zermarterte und nicht einfach weiterfuhr.

Ich zuckte zusammen, als in der Parkbucht neben mir plötzlich ein Wagen hielt. Ich klammerte mich am Lenkrad fest.

Nichts geschah.

Geflissentlich beugte ich mich über den Beifahrersitz und warf einen Blick nach draußen. Trotz der Dunkelheit erkannte ich die Silhouetten zweier Menschen, die gerade dabei waren, fummelnd und knutschend auf die Rückbank zu klettern. Was für eine Freakshow. Ich ließ mich zurück auf den Fahrersitz plumpsen und legte den Rückwärtsgang ein.

Wir hatten vereinbart, dass ich Marie am Beginn einer Zufahrtsstraße zu einem Campingplatz abholen würde. Ich fuhr dreimal daran vorüber, konnte sie aber nirgends ausmachen. Ich versuchte mir, ihre Reaktion vorzustellen, nachdem ich so lange nicht aufgetaucht war. Der unfreiwillige Stopp an der Grenze hatte etwa zwei Stunden in Anspruch genommen, Maries Gehzeit geschätzte zwanzig Minuten. Sie konnte überall hingegangen sein. Wütend, enttäuscht, was auch immer. Aber wenn sie auch nur ein bisschen Verstand hätte, wäre sie dortgeblieben. Wir hatten blöderweise keine Telefonnummern ausgetauscht. An die Polizei würde sie sich kaum gewandt haben. Bei diesem Gedanken fiel mir ein, dass sie von Anfang an gewusst haben musste, dass ihr der gesamte europäische Polizeiapparat auf den Fersen war, was einiges an ihrem Verhalten erklärte, mich aber keineswegs beruhigte. Sie hatte mich rücksichtslos für ihre Flucht benutzt, und ich Trottel war darauf hereingefallen. Noch hatte ich die Chance, halbwegs unbeschadet aus der Nummer herauszukommen, redete ich mir ein. Warum wählte ich nicht einfach die Hundertzehn und lieferte der Polizei den entscheidenden Hinweis? Allzu weit konnte sie noch nicht gekommen sein, und ich wäre der Held der Nacht, mein Foto morgen auf der Titelseite aller großen Zeitungen.

Vielleicht war es meine Abneigung gegen die Polizei, die mich davon abhielt. Oder die Art und Weise, wie ich von den Grenzbeamten behandelt worden war. Dabei fiel mir ein, dass das Sprachmemo noch immer lief. Ich schaltete die Funktion ab.

Ebenso störte mich die Vorstellung, dass eine ganze Armee von Ermittlern Jagd auf sie machte, wohingegen mir gefiel, dass wir es bisher geschafft hatten, den Häschern zu entkommen. Im Grunde wollte ich mich fein aus der Sache heraushalten, anderseits empfand ich eine Mischung aus Neugierde und Abenteuerlust. Es war verlockend, herauszufinden, wer sich hinter dieser Frau verbarg, was sie getan hatte und ob es möglich wäre, einhunderttausend Polizisten zu entkommen. Der reinste Wahnsinn.

Und ein ziemlich gefährliches Unterfangen, wie ich später

feststellen musste. Aber ich wäre nicht Lex Caviazel gewesen, hätte ich mich nicht auf die Suche nach Marie gemacht.

Alles oder nichts!

Ich fuhr einen verlassenen Bahndamm entlang und fand Marie schließlich ein paar hundert Meter entfernt, zwischen zwei riesigen Abfallcontainern, die auf einem verlassenen Fabrikgelände standen. Sie war gerade im Begriff, sich mit Weidenruten und Kartonagen ein Lager für die Nacht einzurichten. Ohne mich eines Blickes zu würdigen, setzte sie ihr Vorhaben stoisch fort. Sie wirkte entmutigt, antriebslos, und ihre Bewegungen waren mechanisch, beinahe roboterhaft.

„Marie!“

Keine Reaktion.

Ich fasste sie am Arm, woraufhin sie sich wie ein verängstigtes Tier von mir losriss und einige Schritte zurückwich.

„Ich wurde an der Grenze festgehalten.“

„Das habe ich dir doch prophezeit.“

„Was hätte ich denn tun sollen?“

„Deine Sache.“

„Verdammt!“

„Jetzt bist du ja hier.“ Sie warf einen Blick auf ihre Uhr. „Besser spät als nie.“

„Hast du zugehört? Die haben mich zwei Stunden in die Mangel genommen, und die übrige Zeit habe ich gebraucht, um dich zu finden.“

„Du hättest mich nicht suchen müssen.“

„Richtig.“

„Warum hast du?“

„Keine Ahnung.“

„Du hattest es mir versprochen“, zischte sie.

„Ich habe gesagt, dass ich dich nach Deutschland bringe."
„Stimmt."
„Also?"
Marie widmete sich wieder ihrem Provisorium. „Wir sind quitt. Setz dich in deine abgefuckte Karre und verschwinde endlich."
Ich sah ihr eine Weile zu. Der kleinste Windstoß würde ihr Kartonhaus zum Einsturz bringen. Zudem trug sie nur diesen dämlichen Jogginganzug und meinen viel zu großen Windbreaker.
„Willst du nicht mit zum Bus kommen?"
„Hau ab."
„Deine Entscheidung."
Marie drehte sich um und schlug mir mit der flachen Hand ins Gesicht. „Verdammt noch mal!"
Bevor ich darauf reagieren konnte, fiel sie mir um den Hals, küsste mich auf den Mund und klammerte sich so fest an mich, dass es wehtat. „Ich fahre mit dir", sagte sie fordernd. „Aber nur, wenn du mich keine Sekunde mehr allein lässt."
Sie zitterte am ganzen Körper wie Espenlaub. Ich spürte ihre Angst und war unfähig, etwas zu erwidern.
Mein Bauchgefühl sagte mir, dass es ein Riesenfehler gewesen war umzukehren. Spätestens jetzt hing ich wie eine Fliege im Netz der Spinne. Gleichzeitig malte ich mir beim Anblick der Kartonagen aus, was geschehen wäre, wenn ich nicht nach ihr gesucht hätte.
Mir schossen tausend gegensätzliche Gedanken durch den Kopf, und ich fühlte mich so beschissen wie seit Langem nicht mehr.
Aber ich glaube, mir wurde in diesen Momenten klar, dass

mit einem Mal alles fremdbestimmt war. Irgendeine bizarre Energie hatte uns zusammengeführt, gegen die wir beide machtlos waren.

Ein vorbeidonnernder Zug ließ uns aufschrecken. Wir mussten hier weg. Marie hielt sich noch immer wie ein kleines Kind an mir fest. Ich deutete mit einem Kopfnicken zum Bus, woraufhin sie ihre Beine fest um mich schlang.

„Ich lasse nicht los“, sagte sie.

„Dann trag ich dich eben.“

I have kissed honey lips
Felt the healing in her fingertips
It burned like fire, burned like fire
This burning desire, burning desire

I have spoke with the tongue of angels
I have held the hand of a devil
It was warm in the night, in the night
I was cold as a stone, cold as stone

But I still haven't found what I'm looking for

U2 - *I Still Haven't Found What I'm Looking For*

Before

Ich lernte Valentina in einer Zeit kennen, als ich noch Surfkurse für eine Hotelkette auf den Kanaren geben musste, um über die Runden zu kommen. Sie tauchte drei Jahre hintereinander im selben Hotel als Animateurin für das Kinderland auf. Immer in den Osterferien und mit ihrer besten Freundin, Jennifer. Eigentlich hatte ich zuerst ein Auge auf Jenny geworfen, die aber jeden Abend einen anderen Typen am Start hatte, was mir dann doch etwas befremdlich vorkam. Beide studierten Sportwissenschaften und hatten ziemlich unterschiedliche Zukunftspläne. Valentina wollte nach dem Abschluss unbedingt in die Forschung und sich mit der Entwicklung von Kindern und Jugendlichen beschäftigen. Stattdessen landete sie als Beraterin (das Wort Verkäuferin durfte man nicht verwenden) in einem Sportorthopädiegeschäft und verdiente vermutlich genauso viel wie eine Kassiererin im Supermarkt. Was aus Jennifer geworden war, die von einer Karriere in den USA geträumt hatte, weiß ich nicht, weil Valentina ihr ein paar Monate, nachdem wir zusammen waren, die Freundschaft gekündigt hatte. Der Grund dafür war, dass Jenny mich auf einer Party ziemlich offensichtlich angebaggert hatte. Um es genau zu sagen, hatte sie mir an der Bar in den Schritt gefasst, mein bestes Stück wie einen Salzteig geknetet und gefragt, ob ich Lust auf den Fick meines Lebens hätte. Ich hatte ihr unmissverständlich zu verstehen gegeben, dass sie auf der Stelle ihre Pfoten da wegnehmen und sich zum Teufel scheren sollte, woraufhin sie mir eine scheuerte, was natürlich für einen mittleren Aufruhr sorgte und mir keine andere Wahl ließ, als Valentina den Anlass dafür zu nennen. Unsere Beziehung war aus irgendeinem Grund nie richtig in Schwung gekommen. Vielleicht weil ich ständig unterwegs war, was Valentina aber von vorneherein klar gewesen sein musste. Dachte ich jedenfalls, wir hatten nie darüber gesprochen. Überhaupt sprachen wir so gut wie nie über Probleme. Mit dieser Schwamm-drüber-Mentalität und meinen vielen Reisen schlitterten wir über die Jahre in ein Fahrwasser von Gewohnheiten und pragmatischen Abhängigkeiten. Unser Sexleben hatte so begonnen, wie es aufhörte: mit Blümchensex und Kondomen – trotz Pille! Anfangs hatte ich immer wieder versucht, etwas Abwechslung ins Bett zu bringen, Dinge anzudeuten, die mir Spaß machten oder die ich ausprobieren wollte, aber Valentina konnte oder wollte sich nie darauf einlassen und gab mir beim geringsten Abweichen von der Routine mit einem Knurren zu verstehen, dass sie das nicht wollte. Irgendwann unterließ ich diese Versuche, und so blieb es bei geschätzt acht- bis zehnmal Missionarsstellung im Jahr.

Eins möchte ich an diesem Punkt klarstellen: Der Idiot in diesem ganzen Dilemma war ich. Genau so, wie dieser dämliche Fischer in dem Märchen mit dem Butt. Weil ich selbst bei den alltäglichsten Dingen zu blöd war, meine Bedürfnisse beim Namen zu nennen oder konsequente Entscheidungen zu treffen.

Last day of the rest of my life
I wish I would've known
'cause I didn't kiss my mama goodbye

P.O.D. - *Youth of the Nation*

„Interessiert es dich gar nicht, wie ich über den Fluss gekommen bin?" Marie gab sich auf der Weiterfahrt außergewöhnlich gesprächig, allerdings erst, nachdem wir die Autobahn erreicht hatten. Bis dahin hatte sie wieder alle paar Sekunden in den Rückspiegel gestarrt. Den Grund dafür kannte ich ja inzwischen, fand aber nicht den Drive, sie darauf anzusprechen.

„Welchen Fluss?"

„Idiot."

„Ehrlich, ich habe keinen gesehen."

„Okay, es war eher ein Bach, aber er markiert immerhin die Grenze."

„Also, wie?"

„Die einzige Möglichkeit bot die Eisenbahnbrücke. Und als ich genau in der Mitte war, kam so ein bescheuerter Güterzug angedonnert."

„Dann müsste die Frage lauten, wie du diese Nummer überlebt hast."

Marie lachte lauthals auf und legte ihre Hand auf meinen Oberschenkel. Ich trug immer noch Shorts, und ihre Finger fühlten sich weich und immer noch nach *mehr* an.

„Ich habe selten so einen ausgeschlafenen Typen wie dich getroffen."

„Ich habe seit dreißig Stunden kein Auge zugemacht."

„Du weißt genau, wie das gemeint war."

„Jetzt erzähl schon."

„Ich habe mich am Geländer festgeklammert und gehofft, dass da genug Platz ist."

„Was sonst?“

„Lass mich doch fertig erzählen.“

„Ich bin ganz Ohr.“

„Es hat nicht gereicht.“ Marie bückte sich und deutete auf das ausgefranste Loch und die fehlende Schnalle an ihrem Rucksack.

„Ups!“

„Da hättest du lange nach mir suchen können.“

Ich überholte einen Getränkelaster, der im Schneckentempo eine Steigung emporkroch. *Zwiefalter Klosterbräu – Das haben wir uns verdient.* Ein kühles Bier wäre nicht schlecht, dachte ich. Das Abschiedsfest am Gardasee lag eine gefühlte Ewigkeit zurück. „Wohin fahren wir überhaupt, Marie?“

„Sag du es mir.“

„Ich für meinen Teil beabsichtige immer noch, nach Köln zu gurken.“

„Warum nimmst du mich nicht einfach mit?“

„Was für ein Scheiß.“

„Das war ein Witz, du Spießer!“

„Warum rufst du deinen Macker nicht einfach an?“

„Das Thema hatten wir doch schon.“

„Ich kann dich nicht nach München bringen.“

„Da möchte ich auch nie mehr hin.“

„Es gibt gar keinen Marc und einen Ferrari mit Münchner Kennzeichen, stimmt's?“

„Spinnst du?“

„Gib's zu.“

„Natürlich existiert dieses Arschloch, aber es ist aus zwischen uns.“

„Solltest du ihm das nicht sagen?“

„Hey, was geht dich das an?“

„Du sitzt seit fünf Stunden in meinem Auto, und ich habe keine Ahnung, wohin du möchtest, und noch viel weniger, wer du bist."

„Wie spät ist es?"

„Halb zwei. Also?"

„Also was?"

„Wohin?"

„Kommen wir nach Ulm?"

„Ja."

„Dann steig ich dort aus. Ich kenne da ein paar coole Leute."

„Also Ulm?"

„Was soll die blöde Fragerei?"

„Ulm?"

„Leck mich." Marie verzog sich, ohne ein weiteres Wort zu verlieren, nach hinten und warf sich mit ihren dreckigen Schuhen aufs Bett. Ich schüttelte nur den Kopf und musste wieder an diese blonde Hotelerbin denken. Marie hatte nicht den geringsten Plan, und ich noch viel weniger. Ich fing an, Leitpfosten zu zählen. Mir war klar, dass sie mir kurz vor Ulm eine neue Lügengeschichte auftischen würde. Ich musste das Drehbuch dieser Odyssee umschreiben, wollte ich nicht völlig ziellos mit ihr kreuz und quer durch Europa gondeln – verfolgt von einer Meute internationaler Polizisten. Was hatte mich nur geritten, zurückzufahren und nach ihr zu suchen? Und warum hatte ich nicht genügend Eier in der Hose, um sie damit zu konfrontieren, was ich auf der Zollstation über sie in Erfahrung gebracht hatte?

Ich zermarterte mir das Hirn, bis ich Kopfschmerzen bekam, während Marie munter vor sich hin sägte. Auch das noch. Schnarchende Frauen waren so ziemlich das

Unerotischste, was ich mir vorstellen konnte. Ich setzte den CD-Spieler wieder in Gang und legte ein Album von P.O.D. ein. Ich liebte die Reggae-Einflüsse der Nu-Metal-Band aus San Diego. Vor zwei Jahren war ich extra nach Nürnberg gefahren, um die Jungs live zu erleben. Anstatt mitzugehen, hatte Valentina wegen der Benzinkosten einen Höllenstreit vom Zaun gebrochen. Meine nächste Braut musste einen ganzen Stapel Metal-T-Shirts in ihrem Kleiderschrank horten.

Call me blind, but I didn't see it coming
Everybody was running
But I couldn't hear nothing

Das Nächste, was ich hörte, war ein höllischer Schlag hinter meinem Rücken und das Splittern von Glas. Für den Bruchteil einer Sekunde nahm ich an, Marie hätte ein paar Flaschen umgeworfen, aber dann spürte ich, dass der Wagen schwammig auf die Lenkung reagierte und nach rechts driftete, als ob ein Reifen geplatzt wäre. Während ich alle Hände voll zu tun hatte, den Bus auf der Fahrbahn zu halten, sah ich im Rückspiegel einen SUV, der hinten links an meiner Stoßstange klebte und alles daransetzte, uns von der Straße zu drängen. Ich trat aufs Gas und schaffte es, ein wenig Abstand zwischen uns und den Land Rover zu bringen. Sekunden später rammte der schwere Geländewagen erneut das Heck des Busses. Dieses Mal krachte die Stoßstange scheppernd auf die Straße. Der Camper kam ins Schlingern, aber irgendwie gelang es mir, ihn wieder in die Spur zu bekommen.

„Fuck!", fluchte ich.

Marie brüllte wie am Spieß.

Wir fuhren in einen beleuchteten Tunnel. Ich tastete im Seitenfach nach meinem Handy (keine Ahnung, weshalb), während der Land Rover zum Überholen ansetzte. Es war Zufall, dass ich in dem Moment vor Schreck auf die Bremse trat, als der Geländewagen zu einem seitlichen Rammstoß gegen die Vorderräder ansetzte und ins Leere traf. Ich brachte den Bus zum Stillstand und sah dem SUV mit offenem Mund hinterher, wie er sich wie ein Brummkreisel um die eigene Achse drehte und schließlich gegen die gegenüberliegende Tunnelwand krachte. In diesem Augenblick tauchten zwei Scheinwerferpaare auf der Überholspur auf. Geistesgegenwärtig trommelte ich wie wild auf die Hupe. Aber es war zu spät. Das erste Fahrzeug schaffte es gerade noch, an dem Geländewagen vorbeizukommen. Der zweite, ein roter Kleinwagen, fuhr nahezu ungebremst in den Unfallwagen. Der Aufprall hallte wie eine Explosion von den Wänden. Dann trat eine gespenstische Stille ein. Ich war im Begriff, den Unfallopfern zu Hilfe zu eilen, als mir klar wurde, dass die Insassen des Land Rovers höchstwahrscheinlich noch am Leben waren. Panisch legte ich den Rückwärtsgang ein und setzte zurück.

„Was machst du?“, brüllte Marie.

Ich ignorierte ihr Gekreische und konzentrierte mich auf meinen halsbrecherischen Parforceritt gegen die Fahrtrichtung. Ich erreichte die Tunneleinfahrt und lenkte den Wagen in der Dunkelheit auf die Standspur. Dort schaltete ich die Beleuchtung aus. Währenddessen glaubte ich mich daran zu erinnern, wenige Hundert Meter zuvor an einer Abfahrt vorbeigefahren zu sein. Ich sah keinen anderen Ausweg und drückte aufs Gas. Ein paar Fahrzeuge fuhren laut hupend vorüber. Ich hupte vergeblich zurück, um sie vor der Gefahr im Tunnel zu warnen. Mir schwante, dass es zu einer Massenkarambolage kommen würde, was mir aber für den Moment egal sein musste. Ich rechnete jeden Augenblick damit, dass ein paar schwer bewaffnete Typen aus dem Tunnel gerannt kamen, um ihr Werk zu Ende zu bringen. Ganz abgesehen von der Möglichkeit, dass es einen zweiten Geländewagen geben konnte.

Marie setzte sich leichenblass neben mich. „Was ist passiert?"

Ich schüttelte den Kopf, ohne den Blick vom Rückspiegel zu nehmen. „Keine Ahnung."

Mir fiel ein Stein vom Herzen, als ich wenig später wieder den Vorwärtsgang einlegen und mich auf einer einsamen Landstraße vom Ort des Geschehens entfernen konnte.

Wir fuhren schweigend und völlig orientierungslos durch die oberschwäbische Hügellandschaft. Teilte sich die Straße an einer Kreuzung oder Einmündung, wählte ich stets die augenscheinlich weniger befahrene Route. Lange Zeit kamen wir lediglich an ein paar Aussiedlerhöfen vorbei, selten einem kleinen Dorf. Die Ortsnamen sagten mir nichts. Ich kannte mich in dieser Gegend nicht aus und wusste nur, dass wir uns etwa zwanzig Kilometer vom Bodensee entfernt hatten. Die wenigen Male, in denen uns ein Fahrzeug begegnete oder ein Scheinwerferpaar im Rückspiegel auftauchte, zuckte ich wie von der Tarantel gestochen zusammen, in dem festen Glauben, einen Geländewagen erkannt zu haben. Mit jedem Kilometer beruhigte sich mein Herzschlag. Ich ließ das Geschehene vor meinem inneren Auge Revue passieren und versuchte, mir einen Reim darauf zu machen.

Mir fiel auf, dass ich die Insassen des Geländewagens nicht gesehen hatte. Blöderweise erinnerte ich mich auch an kein Kennzeichen. Ob es sich um einen Zivilwagen der Polizei gehandelt hatte? Wohl kaum. Ich wollte nicht glauben, dass deutsche Polizisten einen Verdächtigen ohne ersichtlichen Grund rammten und von der Straße drängten. So etwas gab es nur in schlechten Kinofilmen. Anderseits war ich immer noch im Unklaren darüber, was Marie angestellt hatte oder in welchem Zusammenhang sie gesucht wurde. Mir war natürlich klar, dass der Angriff ihr gegolten hatte. Oder es hatte sich um eine fatale Verwechslung gehandelt? Was ich aber im Prinzip ausschließen konnte, da dreißig Jahre alte Bullis eine ziemlich seltene Spezies geworden waren und meiner überdies – auch aus der Distanz betrachtet – keine Anzeichen dafür bot, dass es sich bei dem Besitzer um einen reichen Auto-Liebhaber handeln könnte. Die Grübeleien verursachten mir abermals Kopfschmerzen. Ich griff nach dem Aspirin-Röhrchen im Handschuhfach und warf mir zwei Tabletten in die ausgetrocknete Kehle. Als der stechende Schmerz nachließ, wusste ich, dass es auf alle Fragezeichen nur eine Antwort geben konnte: Marie!

„Würdest du mir ein Bier aus dem Kühlschrank angeln?“

Meine Frage riss sie aus ihrer Apathie. Wortlos stapfte sie nach hinten. „Gibt nur noch eins“, sagte sie misslaunig.

„Reicht mir fürs Erste.“

„Verdammter Penner!“ Die Dose flog in hohem Bogen durch den Bus und knallte gegen die Frontscheibe. Ich trat vor Schreck auf die Bremse. „Bist du bescheuert?“

„Fahr einfach weiter.“

„Ich hör wohl nicht recht?“

„Fahr!“

„Nicht bevor du mir sagst, warum diese Typen hinter dir her sind."

„Was?"

„Du weißt genau, wovon ich spreche."

„Was willst du von mir, du blöder Freak?"

Am liebsten hätte ich sie am Kragen gepackt und aus dem Wagen gezerrt. Stattdessen schlug ich so lange auf das Lenkrad ein, bis mir die Knöchel wehtaten. Marie sah mir regungslos dabei zu.

„Du bist krank", sagte sie, nachdem ich mich abreagiert hatte.

„Ich?" brüllte ich und wandte mich wütend zu ihr um. „Wenn einer von uns beiden ein Problem hat, dann bist du es!"

„Jetzt bin ich aber gespannt." Ihr Tonfall reizte mich bis aufs Blut.

„Ich weiß, dass du von Interpol gesucht wirst."

„Wow."

„Ist das alles, was du dazu zu sagen hast?"

„Ich würde gerne mehr solche Storys über mich erfahren."

„Stimmt es etwa nicht?"

„Keine Ahnung, wovon du sprichst."

„Theresa – Chloé – Zogg! Klingelt es da vielleicht bei dir?"

„Schöner Name. Wer soll das sein?"

Mit einem Mal war ich verunsichert. Marie starrte mich mit leerem Blick an. Hinter ihrer Trotzmaske entdeckte ich die gleiche Furcht wie vor dem Grenzübertritt. Sollte ich mich getäuscht haben?

Ich atmete tief durch und hielt mir die kühle Bierdose abwechselnd an die Stirn und in den Nacken. Währenddessen erzählte ich ihr haarklein, was sich auf der Grenzstation zugetragen hatte. Marie ließ sich schwer auf den Beifahrersitz fallen und sah mir in die Augen. „Und du bist dir sicher, dass ich das war?“

Ich schnaufte lauthals durch die Nase.

„Kann es nicht sein, dass du dich geirrt hast?“

„Alles ist möglich“, gab ich klein bei.

„Ich mache dir einen Vorschlag. Du fährst mich in die nächste Stadt, und dann verschwinde ich. Für immer.“

„Gut.“

„Dann bist du mich ein für alle Mal los.“

Ich legte verstört den Gang ein.

„Ich kann dich gut verstehen“, sagte sie leise. „Du weißt nichts über mich, und dann auch noch so eine blöde Verwechslung.“

„Ich glaube, ich bin einfach nur müde.“

„Du kannst dich ja ausruhen, wenn ich weg bin. Vielleicht geht es dir dann besser.“

„Ja, vielleicht.“

„Was denkst du denn, wie hoch der Schaden an deinem Auto ist?“

„Keine Ahnung.“

„Ich bezahl dir das.“

„Der Wagen ist versichert.“

Marie lachte lauthals auf. „Gegen SUVs, die ihn absichtlich rammen.“

Jetzt konnte ich mir ein gequältes Prusten nicht mehr verkneifen, das stoßweise in einen Lachanfall überging. Schließlich brach ich bei dem Gedanken an das verdutzte Gesicht des Versicherungsfuzzis in brüllendes Gelächter aus. Marie hielt sich ebenfalls den Bauch vor Lachen, bis ihr Tränen aus den Augen schossen.

Wir gelangten an eine Einmündung, die auf eine Bundesstraße führte. Ich bog nach rechts ab und nahm einen Umweg in die nächstgrößere Stadt in Kauf.

Verdammter Idiot!

Warum ich das tat, kann ich nicht sagen. Ich glaube, in solchen Momenten setzt der Verstand einfach aus. Mir wurde zum wiederholten Mal klar, dass man manchmal Dinge tut, die man am liebsten vermeiden möchte, und dass man ausgerechnet von der Gefahr angezogen wird wie eine Motte vom Licht. Ich stellte mir ein Pulverfass vor, dessen viel zu kurze Zündschnur bereits zischte. Und obendrauf saß Alexander Caviazel, wie er leibt und lebt. Natürlich.

Seasons came and changed the time
When I grew up, I called him mine
He would always laugh and say
„Remember when we used to play?"
Bang bang, I shot you down
Bang bang, you hit the ground
Bang bang, that awful sound.

Nancy Sinatra – *Bang Bang*

Before

Gerade achtzehn geworden, fuhr ich mit ein paar Jungs aus der Clique in den Urlaub. Chris hatte von seinem Vater den Wagen für eine Reise an die Nordsee erschwindelt, dabei war unser Plan von Anfang an gewesen, bis an die südlichste Spitze Italiens zu fahren. Nach Le Cannella, um es genau zu sagen. Robert hatte uns mit einer Werbung für einen FKK-Campingplatz verrückt gemacht. *Empfohlen für aufgeschlossene Anhänger der Freikörperkultur*, stand in einer der Bewertungen. Auf der Fahrt sprachen wir über nichts anderes als die nackten Schönheiten auf dem Prospekt und die Bedeutung von Aufgeschlossenheit.

Es war ausgerechnet Lennard gewesen, der kurz vor Innsbruck darauf drängte, uns den Olympia Eiskanal anzusehen. „Die haben spezielle Tandem-Bobs, die von Weltklasseathleten gefahren werden“, meinte er. „Diesen Spaß sollten wir uns nicht entgehen lassen.“ Lenny war nie der Mutigste gewesen, dafür aber seit der Grundschule der Klassenbeste. Die meisten nannten ihn Einstein, sogar eine Handvoll Pauker in den naturwissenschaftlichen Fächern.

Kurzum, wir fuhren auf direktem Weg dorthin, buchten jeder eine Fahrt, die im Übrigen einen Höllenspaß machte (ich hatte mir schon in der ersten Kurve beinahe vor Angst in die Hosen gepisst), klopften abschließend große Sprüche im Bob-Café und tranken dazu reichlich Bier. Schließlich kam Chris mit dem schrägen Einfall um die Ecke, in der Nacht über den Zaun zu klettern und auf Plastiktüten den Eiskanal hinunterzufahren. Diese Idee spannen wir weiter. Ich schlug vor, dass wir uns in der Stadt Bobby-Cars besorgen und einen richtigen Contest auf Zeit veranstalten sollten. Wieder war es Lennard, der darauf drängte, meinen Vorschlag in die Tat umzusetzen, und sich bereit erklärte, die Kosten zu übernehmen. Wir fuhren in ein Sportgeschäft und besorgten uns zwei dieser knallroten Spielautos. Danach gab es kein Zurück mehr.

Wir warteten bis weit nach Mitternacht, bevor wir uns auf das Gelände schlichen. Ich musste natürlich den Anfang machen und schaffte es irgendwie, unbeschadet unten anzukommen. Es folgte Robert, der offensichtlich mehr gebremst hatte, als zu fahren, und über eine Minute länger brauchte als ich. Schließlich war Lennard an der Reihe, der über Handy noch große Töne spuckte, bevor er sich in die Tiefe stürzte.

Er kam nie unten an. Jedenfalls nicht lebend. Im Gutachten des Sachverständigen stand, dass er in einer der Schikanen die Kontrolle verloren und sich infolge des Überschlags das Genick gebrochen hatte.

Ich werde nie vergessen, wie sein lebloser Körper durch den Zielkanal schoss und auf der Hälfte der Bremsstrecke, genau vor mir, liegen blieb. Wie Lennard mich mit seinen toten Augen fragend angestarrt hatte. So, als ob ich ihm eine Erklärung dafür schuldig wäre, wie ich auf diese blödsinnige Idee gekommen war und ausgerechnet er hatte sterben müssen.

She fell to a long lost planet
And her lights went out
The eye of the master of darkness said
Dangerous, d-d-d-dangerous, dangerous games
She was playin' dangerous, d-d-d-dangerous
Dangerous games.

Alcatrazz – *Dangerous Games*

The Other Day

Wenn in Actionfilmen auf Autos geschossen wird, ist die Szene für gewöhnlich mit ohrenbetäubenden Knalleffekten untermalt, sodass der ganze Kinosaal erzittert. Man vernimmt das metallene Klicken des Schlagbolzens auf den Patronenboden, hört den Mündungsknall und zuweilen das Zischen der Geschosse auf ihrem Weg zum Ziel.

Als, kurz nachdem wir gemeinsam die Bierdose geleert hatten, das erste Geschoss die Heckscheibe des Busses durchschlug, war ich felsenfest davon überzeugt, dass sich das Geschirrregal in der Seitenwand gelockert hatte und das wenige Porzellan darin in tausend Stücke zersprungen war. Die Schussgeräusche selbst waren auch im weiteren Verlauf des Angriffs nicht zu hören. Aber als schließlich die beiden Hinterreifen beinahe zeitgleich platzten, Daunenfedern im Bus umherflogen und die Frontscheibe in sich zusammenfiel, begriff ich den Ernst der Lage. Auch auf die Gefahr hin, dass mir niemand glaubt: Ich hatte zu diesem Zeitpunkt keine Angst. Stattdessen führte ich die Befehle aus, die mir eine innere Stimme ziemlich unmissverständlich zurief. Zuerst brüllte ich Marie so lange an, bis sie endlich im Fußraum verschwunden war. Ich selbst duckte mich so weit es ging hinter das Lenkrad und versuchte krampfhaft, den Wagen aus dem Schussfeld unserer Verfolger zu lenken, was natürlich völliger Blödsinn war. Ich bog auf einen Feldweg ab und kurz danach auf die Zufahrt zu einem Bauernhof. Die Einschläge in das Stahlblech gingen unvermindert weiter. Insgeheim hoffte ich auf eine Reaktion der Bewohner oder irgendeine Möglichkeit der Deckung – eine Scheune oder Hecke, hinter der ich den Wagen zum Stillstand bringen konnte. Über das Danach machte ich mir keine Gedanken. Ich wollte einfach keine Kugel abbekommen. Der Schotterweg führte geradewegs durch das Gehöft hindurch und ging in ein Gefälle über. In meiner Äffchenstellung bekam ich kaum Druck auf das Bremspedal, sodass der Bus immer schneller wurde und kaum mehr zu steuern war. Das Fahrzeug tänzelte wie besoffen hin und her, und ich rechnete jeden Moment mit einem Überschlag. Schließlich kam ich auf die Idee, die Handbremse zu benutzen und den Motor abzustellen. Tatsächlich hatte ich das Gefühl, dass wir etwas langsamer wurden, was aber dem Umstand geschuldet war, dass wir zwischenzeitlich über einen Wiesenweg schlitterten – geradewegs auf einen Weiher zu, dessen Ufer sich im schwachen Mondlicht abzeichneten.

Ein oder zwei Schrecksekunden später blieben die Vorderreifen im Morast stecken. Ich schlug mit dem Kopf gegen das Lenkrad und verlor für ein paar Sekunden das Bewusstsein.

Als ich wieder zu mir kam, sah ich, wie Marie gerade von einem maskierten Typen an den Haaren aus dem Fahrzeug gezerrt wurde. Ich wollte ihr zu Hilfe eilen, wurde aber im selben Augenblick von hinten an der Schulter gepackt. Ich hatte noch nie eine Pistole an der Schläfe gehabt und folgte intuitiv dem Fingerzeig der Waffe ins Freie.

„Iidi ko mne!"

Der Typ stapfte rückwärts über den schmierigen Lehmboden. „Iidi ko mne!"

Ein ähnliches Geschrei drang von irgendwo in der Nähe an mein Ohr. Ich ahnte, dass jeder Widerstand zwecklos war.

Die Waffe zielte ständig auf mich, und so nervös, wie mein Widersacher mich im Licht der Taschenlampe fixierte, richtete ich meine gesamte Aufmerksamkeit darauf, keine falsche Bewegung zu machen.

Plötzlich ertönte hinter meinem Rücken ein Schuss. Ich erschrak zu Tode und stöhnte leise auf. Ein Schmerz durchfuhr meine Brust, der mit nichts zu vergleichen war. Dieses feige Dreckschwein hatte sie einfach getötet, und mich würde in wenigen Augenblicken das gleiche Schicksal ereilen. Was hatte sie nur getan, und wie war es diesen Russen überhaupt gelungen, uns aufzuspüren? Mein Aufpasser stand auf einmal vor mir und zwang mich mit vorgehaltener Waffe, auf den Boden zu knien und die Arme über dem Kopf zu verschränken. Dann fing er an, den Namen seines Kompagnons zu rufen, zwei- oder dreimal, ohne eine Antwort zu erhalten. Schließlich kramte er ein Mobiltelefon aus der Hosentasche, tippte umständlich eine Nummer ein und führte das Gerät ans Ohr, wobei er mir den Rücken zuwandte. Ich zögerte keine Sekunde, sprang auf und trat ihm mit voller Wucht in die Kniekehle, während ich mit beiden Händen versuchte, die Pistole zu erwischen. Der Mann kippte tatsächlich wie ein Klappmesser nach hinten, und es gelang mir, ihm während des Sturzes die Waffe zu entreißen. Anstatt die Pistole auf ihn zu richten, schleuderte ich Idiot die Knarre im hohen Bogen in die Nacht. Vom ersten Schreck erholt, sprang mein Kontrahent vom Boden auf, schlug mir ins Gesicht und trat mir in die Genitalien. Nach Luft schnappend fiel ich vornüber, unfähig, den darauffolgenden Schlägen und Tritten etwas entgegenzusetzen. Ich rollte mich instinktiv zusammen und hielt schützend die Hände über den Kopf.

Wieder traf mich seine Schuhspitze. Ich wälzte mich auf den Rücken, wollte aufstehen, mich wehren, doch mein Angreifer warf sich mit seinem ganzen Körpergewicht auf mich und legte seine Hände um meinen Hals. Der Würgegriff war so brutal, dass ich das Gefühl hatte, er würde mir mit bloßen Händen den Schädel vom Rumpf trennen. Unwillkürlich fing ich an, mit den Beinen zu strampeln, aber ich spürte, dass ich keine Kraft mehr hatte. Ich sah nur noch in seine kalten Augen. Den entschlossenen Blick. Wie er mich anstierte, voller Hass und darauf lauernd, wann ich endlich sterben würde.

Alle Kraft wich aus meinem Körper. Ich gab auf.

Den darauffolgenden Schuss hörte ich nicht mehr, dafür Maries Stöhnen, während sie versuchte, mich unter dem erschlafften Fleischklumpen hervorzuziehen. Ich kapierte gar nichts, spürte keine Schmerzen, fühlte mich taub, wie eingeschlafen oder betrunken. Einfach tot.

Ab und an öffnete ich ungläubig die Augen, bemerkte die Austrittswunde am Kopf meines Widersachers, aus der ständig Blut spritzte wie aus einem löchrigen Kühlerschlauch. Ich glaube mich zu erinnern, dass meine erste Sinneswahrnehmung der Gestank seiner Exkremente war. Der Typ hatte sich während seines Abgangs in die Hose geschissen. Ich schüttelte mich und half Marie, den Toten auf die Seite zu rollen. Erschöpft richtete ich mich auf, starrte ungläubig auf Marie und dann wieder auf die Leiche. Es dauerte ein paar Minuten, bis ich kapierte, dass wir gerade zum zweiten Mal dem Tod von der Schippe gesprungen waren.

Marie bückte sich und nahm das Handy des Toten an sich. In der anderen Hand hielt sie eine Pistole. Ich erinnerte mich an den Schuss, der die ganze Sache ins Rollen gebracht hatte. „Was ist passiert?"

„Er hat mich aufgefordert, den Inhalt meines Rucksacks auf den Boden zu leeren."

„Und dann?"

„Habe ich geschossen."

Ich verstand noch immer nicht und schüttelte mit geschlossenen Augen den Kopf.

„Wie zum Teufel bist du an seine Waffe gekommen?"

„Bin ich nicht."

„Ich verstehe nur Bahnhof."

Aber dann verstand ich sehr wohl: Sie hatte tatsächlich eine Schusswaffe in ihrem Rucksack! Was mir anfangs wie eine sexy Fantasie erschienen war, entpuppte sich nun als tödlicher Ernst.

„Komm erst mal wieder zu dir." Marie tätschelte mir die Wange, verstaute die Pistole in ihrem Hosenbund, erhob sich und hielt mir eine Dose Cola vor die Nase. „Trink."

„Wir sollten die Polizei rufen", sagte ich.

Marie beugte sich zu mir und drückte mir einen Kuss auf die Stirn. „Ich glaube, wir sollten vorher miteinander reden, Alexander."

Wir gingen zurück zum Bus, der ziemlich mitgenommen aussah. In meiner Verwirrung stolperte ich beinahe über die Leiche des anderen Killers. Wir setzten uns auf den Boden des Campers. Durch die zerschossenen Scheiben fegte der Wind. Ich streifte mir eine Jacke über. Marie starrte regungslos auf den Boden.

„Worüber sprechen wir?"

„Früher oder später würdest du es sowieso erfahren", erwiderte sie.

„Was meinst du?"

„Ich glaube, wir haben nicht allzu viel Zeit, Alex. Daher die Kurzform."

„Wovon sprichst du? Wieso haben wir keine Zeit, und warum rufen wir nicht die Bullen?"

„Du kapierst offenbar gar nichts, habe ich recht?"

Ich nickte bloß, den Kopf in den Händen vergraben.

„In Ordnung. Du musst mir jetzt genau zuhören, ja?"

„Du blutest aus der Nase."

„Ach ja? Du übrigens auch. Dann ist heute eben unser Red Nose Day."

Ich musste lächeln.

„Alex, ich arbeite für eine Liechtensteiner Bank und Versicherungsgesellschaft und habe vorige Nacht einen USB-Stick entwendet, auf dem sich die Daten von ungefähr dreißigtausend Steuersündern befinden."

„Und du heißt in Wahrheit Theresa … den Rest habe ich vergessen?"

„… Chloé Zogg."

„Okay. Für mich bleibst du Marie. Weiter."

„Ich, das heißt wir, werden polizeilich gesucht."

„Wieso wir?"

„Möchtest du dein Bild im Internet sehen?"

Ohne meine Reaktion abzuwarten, hielt sie mir ihr Mobiltelefon unter die Nase. Tatsächlich prangte mein Konterfei neben ihrem, als neuester Eintrag auf der Interpolseite WANTED PERSONS.

Ein Schauder durchfuhr mich.

„Waren das da Polizisten?" Ich deutete auf die Toten.

„Wohl kaum", entgegnete Marie.

„Was denn dann?"

„Ich kann nur vermuten, dass sich ein paar Leute mächtig ans Bein gepisst fühlen.“

„Du hattest nicht damit gerechnet, dass die Sache schiefgeht?“

„Ich hatte nicht damit gerechnet, dich zu treffen.“

„Hä?“

„Ich wollte das nicht. Das musst du mir glauben.“

„Ich habe nichts getan.“

„Interpol sieht das offenbar anders.“

„Ich kann alles erklären.“

„Auch die beiden Leichen?“

„Das war nicht meine Schuld.“

„Und wieso bist du nach dem Vorfall im Tunnel einfach weitergefahren? Mit mir!“

Ich stutzte. „Was schlägst du vor?“, fragte ich zitternd und warf nochmals einen Blick auf mein Fahndungsfoto. Dann nahm ich ihr das Gerät aus der Hand und durchstöberte die Interneteinträge der einschlägigen Nachrichtensender und Zeitungen.

Nichts. *Noch nicht*, dachte ich.

„Spätestens morgen sind wir überall in den Schlagzeilen“, sagte Marie.

„Was sollen wir tun?“ Mir wurde schlecht. Ich wollte weg von hier. Alles ungeschehen machen. Die Uhr zurückdrehen.

„Wir sollten schleunigst von hier verschwinden“, erwiderte Marie.

„Der Bus ist komplett im Arsch.“

„Vorher müssen wir die Leichen entsorgen.“

„Wie denn?“

„Ich hätte da eine Idee.“

Wir packten die nötigsten Dinge in meine Sporttasche und hievten die Toten auf das Bett des Campers. Anschließend manipulierte ich die Rückschlagventile der beiden Gasflaschen und platzierte sie unterhalb der Liegefläche.

„Die Hitze muss so stark sein, dass alles in die Luft fliegt", erklärte Marie.

„Es wird nichts übrig bleiben", entgegnete ich und schnappte mir die beiden Reservekanister. Wir wickelten uns Schals um Mund und Nase und verschütteten vierzig Liter Superbenzin im Bus. Anschließend legte ich mit dem restlichen Sprit eine Lunte bis kurz vor den BMW unserer Verfolger.

„Worauf wartest du?", drängte Marie.

Ich warf einen letzten Blick auf meinen geliebten Bulli, dann steckte ich das benzingetränkte Gras in Brand, hechtete ihr hinterher, sprang auf den Fahrersitz des X5 und drückte das Gaspedal durch. Im Rückspiegel verfolgte ich, wie das Fahrzeug binnen Sekunden lichterloh brannte. Ich war mir nicht ganz sicher, ob die Hitze des brennenden Benzins genügen würde, die beiden Gasflaschen zur Explosion zu bringen. Aber als wir das verlassene Gehöft erreichten, erzitterte plötzlich die Erde, gefolgt von einem apokalyptischen Donnerschlag. Ich stoppte den Wagen und warf einen Blick über die Schulter. Über der Talsenke stieg eine Feuersäule bis in den Himmel. Für ein paar Sekunden glühte die nähere Umgebung in stechendem Orange, dann wurde es wieder Nacht. Ich sah zu, diesen Vorort der Hölle so schnell es ging zu verlassen. Wohl wissend, dass da unten am Ufer des Weihers ein Großteil meines bisherigen Lebens gerade zu Asche verglühte.

Der Geländewagen erlaubte es uns, über Feldwege das Weite zu suchen, während auf den Straßen der Umgebung die ersten Blaulichter auftauchten. Erst als wir uns ungefähr fünf Kilometer entfernt hatten, lenkte ich den BMW auf eine Nebenstraße.

„Wohin jetzt?"

Marie warf einen Blick auf ihr Mobiltelefon. „Nächste Möglichkeit links."

In dem Moment überfiel mich eine Ahnung, wie uns die beiden Maskierten aufgespürt hatten. Ich riss ihr das Telefon aus der Hand, schaltete es aus und entfernte Akku und SIM-Karte. Marie starrte mich mit großen Augen an, bis es auch ihr zu dämmern schien. „Meinst du …?"

Ich wiederholte die Prozedur mit meinem eigenen Gerät und den beiden Handys der Russen. „Anders kann ich es mir nicht erklären."

„Scheiße!"

„Riesenscheiße."

„Wir müssen irgendwie nach Frankreich kommen. Nach Le Havre."

„Wozu?"

„Das verrate ich dir später", entgegnete Marie. „Vorher muss ich dir die ganze Geschichte erzählen."

„Okay."

„Vertrau mir."

„Wieso sollte ich?"

„Weil du keine andere Wahl hast."

Das stimmte zu meinem Bedauern. Auf der Weiterfahrt wurde mir nach und nach das ganze Dilemma bewusst, in das ich hineingeraten war. Die Polizei vermutete in mir einen Mittäter, der Marie zur Flucht verholfen hatte, was in gewisser Weise auch der Wahrheit entsprach. Spätestens am nächsten Tag würde mein Konterfei in allen Gazetten abgedruckt sein. Damit waren meine Karriere und meine Beziehungen endgültig im Arsch. Mein Freundeskreis würde mich für übergeschnappt halten, meine Eltern würden bei der Polizei unter Schock aussagen, dass sie mir so etwas niemals zugetraut hätten. Und überhaupt war zu diesem Zeitpunkt nicht mehr allzu viel von Alexander „Lex" Caviazel übrig, und ich saß noch immer an der Seite dieser Unglück bringenden Frau, die mich wie eine Bleiweste in den Abgrund zog.

Ich fühlte mich buchstäblich von allen guten Geistern verlassen. Vor weniger als zwölf Stunden war ich auf diesen Rastplatz in der Schweiz gefahren. Seitdem hatte sich mein Leben in ein komplettes Chaos verwandelt. Dennoch weigerte sich alles in mir, mich von der Hoffnung zu verabschieden, dass es irgendeine Möglichkeit gab, halbwegs unbeschadet aus dieser Nummer herauszukommen.

Aber wie? Wie zum Teufel sollte ich das anstellen?

„Frankreich also", sagte ich, weil ich diese düsteren Gedanken leid wurde und Marie dazu bringen wollte, ihren Mantel des Schweigens abzulegen. Schließlich war sie es, die mir diesen ganzen Mist eingebrockt hatte.

„Vielleicht sollten wir bald den Wagen wechseln", entgegnete sie kühl. „Oder wenigstens die Kennzeichen."

„Vielleicht sollten wir uns auch mal ausruhen."

„Dann lass mich ans Steuer."

Wir tauschten die Sitzplätze. Eigentlich war mir nicht nach schlafen zumute. Ich starrte wie gelähmt in den Nachthimmel und sah die Gesichter der Toten, dunkle Geländewagen und den brennenden Bus. Marie fuhr zügig, und ich merkte, dass sie den Wagen im Griff hatte. Das war beruhigend. Wenigstens das.

Wer war diese Frau?

Seit den beiden Schüssen am Weiher wirkte sie so abgeklärt wie Angelina Jolie als Lara Croft in *Tomb Raider* oder Uma Thurman als Kiddo in *Kill Bill*. War dies jetzt das wahre Gesicht von Theresa Chloé Zogg? Der Wölfin, die sich aus dem Schafspelz von Marie geschält hatte?

Ich konnte ihren richtigen Namen nicht einmal denken, so bedrohlich kam er mir vor. Hinter dieser Signatur verbarg sich eine eiskalte Verbrecherin, die ich mir einfach nicht vorstellen wollte. Ich warf einen verstohlenen Blick zur Seite. Marie bemerkte es sofort und lächelte mir zu. „Alles gut, Surf-Profi?"

„Bestens." Dann schlief ich ein.

Als ich wieder zu mir kam, dämmerte es bereits. „Wo sind wir?"

„Keine Ahnung", erwiderte Marie.

Ich versuchte, mich zu orientieren. Wir fuhren durch ein weitläufiges Tal, eingesäumt von dichten Tannenwäldern. Einen Steinwurf von der Straße entfernt schlängelte sich, unter einer Frühnebeldecke verborgen, ein Fluss durch die Landschaft. Die Gegend erinnerte mich an meine Reise durch Norwegen, als ich vor Jahren den gesamten Westen der Skandinavischen Halbinsel entlang der E6 erkundet hatte. Die Bilder lösten Fernweh in mir aus. Schmerzhaft verabschiedete ich mich von dem Wunsch, unbeschwert in ferne Länder aufbrechen zu können. Allmählich arrangierte ich mich mit dem Gedanken, auf der Flucht zu sein.

Vor was eigentlich, fragte ich mich.

Vielleicht war es so, dass ich seit Langem vor mir selbst

davongerannt war. Dass es in Wahrheit so war, dass Marie *mir* zur Flucht verholfen hatte oder zumindest den auslösenden Moment darstellte. Ich war mir nicht sicher, ob ich das wirklich wollte. Vielleicht wäre es klüger gewesen, in meinem vorherigen Leben doch ein paar Kompromisse einzugehen, sagte ich mir zähneknirschend.

Aber hatte ich eine Wahl gehabt?

Ich wusste, dass ich niemals Antworten auf all diese Fragen bekommen würde. Mir blieb nichts anderes übrig, als mich mit der aktuellen Situation auseinanderzusetzen, die genügend Herausforderungen bot. Jedenfalls mehr als die Ziegelsteine, die mir bis dahin in den Weg geworfen worden waren und über die ich in den meisten Fällen mühelos hinweggesprungen war. Mit einer Ausnahme: dem Triple-Loop, an dem ich mir bislang die Zähne ausgebissen hatte.

Vielleicht würde er mir nach dieser Aktion ja gelingen.

Well I know what competition means
and the feelings that it brings.
Friends that want to be on top,
you're on the list of friends to drop.
Success is what I want to feel,
at your expense it isn't real,
it's jealousy ... and jealousy's not true.
No it's not true ... at your expense.
In competition with you.

GORILLA BISCUITS - *Competition*

Before

Irgendwo hatte ich mal gelesen, dass Glück nur ein Sammelbegriff für Klugheit, Fleiß und Beharrlichkeit ist. Manchmal, wenn ich einen Contest gewonnen hatte oder mir sonst eine Sache gut von der Hand gegangen war, hatte ich mich gefragt, ob einfach nur Glück im Spiel gewesen war. Meistens erinnerte ich mich in solchen Momenten – ich nenne sie mein *inneres Exil* – an eine Begebenheit in meinem Leben, die ich als Meilenstein bezeichnen würde.

Als Elfjähriger hatte ich mir mit meinem Vater zusammen den Marathonlauf der Olympischen Spiele in Sydney angesehen. Die *Grünen* Spiele des neuen Millenniums. Es war ein launiger Sonntagnachmittag Ende September gewesen. Ich fand das Rennen langweilig, aber damals durfte ich nur Fernsehen glotzen, wenn einer der Elternteile mit dabeisaß, und von daher nahm ich beinahe alles mit, ab und an sogar den *Bergdoktor.*

Während des Rennens wurden immer wieder Rückblicke gezeigt, und in einer dieser Dokumentationen wurde der Erfolg des Äthiopiers Abebe Bikila 1960 bei den Spielen in Rom gewürdigt. Wie er barfuß als erster Afrikaner eine olympische Goldmedaille errungen hatte und dabei Weltbestzeit gelaufen war. Ich staunte nicht schlecht. Rund zweiundvierzig Kilometer mit nackten Füßen über den heißen Asphalt zu rennen, stellte ich mir ziemlich schmerzhaft vor. Mein Vater hingegen kommentierte diesen einzigartigen Sieg mit den Worten, Bikila habe einfach nur Glück gehabt, in keinen Stein oder eine Glasscherbe getreten zu sein.

Ich erinnere mich, dass ich regelrecht zornig wurde und lauthals protestierte. Schon damals ahnte ich, dass man für so ein Rennen wie ein Verrückter trainieren musste, außerdem argumentierte ich damit, dass es bestimmt viel schwerer war, ohne Schuhe zu rennen, als mit irgendwelchen teuren Hightech-Latschen. Mein Vater beendete die Diskussion mit seinem Lieblings-Totschlagargument, dass ich davon nichts verstehen würde, worauf ich wutentbrannt auf mein Zimmer rannte.

Von da an bin ich so oft es ging barfuß gerannt. Einmal lief ich so lange, bis mir die Füße bluteten und meine Eltern mich für geistesgestört erklärten. Als ich älter war, begann ich, das Leben dieses Ausnahmeläufers zu studieren. Ich kaufte mir Bücher über ihn und die Verfilmung seiner Geschichte mit Rasselas Lakew in der Hauptrolle, die vor einigen Jahren bei der Oscar-Verleihung für den *Best Foreign Language Film* nominiert worden war.

Kurzum: Abebe Bikila hatte nie Glück gehabt. Stattdessen war er klug, fleißig und beharrlich gewesen.

Ich muss oft an den Barfuß-Mann denken, obwohl er schon lange tot ist. Manchmal werde ich in Interviews gefragt, wer meine Vorbilder sind, und werde dann schräg angeglotzt, wenn ich den Namen des tapferen Äthiopiers nenne und nicht etwa Robby Naish oder Bjørn Dunkerbeck, der zweiundvierzig Mal Surf-Weltmeister wurde.

Irgendwie fühle ich mich bis heute mit Bikila verbunden, obwohl ich das Ende seiner Karriere nicht mit ihm teilen möchte. Ihm war genauso wenig – mit Ausnahme des Talents vielleicht – geschenkt worden wie mir. Wir hatten genauso viel oder genauso wenig Glück im Sport und im Leben gehabt: nämlich gar keins.

Man mag mich für einen Freak halten. Meinetwegen auch für einen Taugenichts, aber eines habe ich verstanden: dass Erfolg und Misserfolg immer zwei Seiten haben.

Und dass Glück keine davon ist.

Millions of memories of good times and bad
(A warm July day turned to rain)
Until one summer day turned out so sad
(why's this lesson filled with pain?)
It was the loss of a lifetime, the loss of my friend
(one day here and the next day gone)
Left so many in pain, asking, „Why did it end?"

RKL - *Will to Survive*

The Other Day

„Himmelreich." Marie grinste.

„Was?"

„Die Ortschaft eben hieß so."

Ich schaute in dem aufgeschlagenen Autoatlas auf meinen Knien, den wir im Handschuhfach des BMW gefunden hatten, auf der Karte nach und musste schmunzeln.

„Lachst du immer allein?"

„Du wirst es nicht glauben, aber wir fahren gerade durch das Höllental."

„Na, das passt doch", feixte Marie.

„Vermutlich liegen Himmel und Hölle nirgendwo so nahe beieinander wie hier."

„Warte mal, bis du mich besser kennengelernt hast."

Bevor ich etwas darauf erwidern konnte, tauchte am Ende einer lang gezogenen Kurve die Silhouette eines Streifenwagens auf, der es offensichtlich eilig hatte. Die Blaulichter auf dem Dach wirkten im Schein der aufgehenden Sonne wie zwei Kobolde, die zum impertinenten Krach des Martinshorns einen wilden Tanz veranstalteten.

Ich hielt den Atem an, während Marie unbeirrt weiterfuhr.

„Wir sollten uns von diesen ukrainischen Kennzeichen trennen", meinte sie, nachdem der Polizeiwagen an uns vorbeigerauscht war. „Besser noch, ein neues Auto organisieren."

„Wie stellst du dir das vor?"

„Darüber denke ich gerade nach."

„Du wolltest mir deine Geschichte erzählen."

„Nicht jetzt. Ich bin müde und wollte vorschlagen, dass wir uns nur noch nachts bewegen."

„Und was machen wir tagsüber?"

„Schlafen."

„Warum nach Le Havre?"

„Sag ich dir früh genug."

„In Frankreich ist es doch keinen Deut sicherer als in Deutschland oder der Schweiz. Oder sonst wo."

„Du musst mir einfach vertrauen, Alexander."

„Stimmt! Das erwähntest du bereits. Und jetzt, wo ich darüber nachdenke, finde ich auch, dass du total den Masterplan in deinem durchweichten Rucksack hast, der mich hoffnungsvoll an die Zukunft denken lässt." Marie schenkte mir nur ein müdes Lächeln, was mich noch mehr in Rage brachte. „Bestimmt hast du damit gerechnet, dass wir auf unserem Trip von wild gewordenen Killern angegriffen werden. Aber Marie-Theresa Superwoman hat mir auf diesem dämlichen Rastplatz ein paar Sekunden tief in die Augen geschaut und gewusst: Dieser Typ in seinem VW-Bus ist genau der Richtige für diese Mission!"

„Fertig?"

„Ich habe gerade erst angefangen."

„Weißt du was? Du bist ein richtig mieses Arschloch!"

„Daran habe ich heute auch schon gedacht."

„Was willst du eigentlich? Hast du es dir anders überlegt? Möchtest du aussteigen, die Bullen rufen?"

„Vielleicht sollte ich das wirklich machen."

„Dann tu's doch, Feigling!"

„Leider habe ich gerade kein Telefon zur Hand."

Marie griff nach den Einzelteilen ihres Handys und warf sie mir gegen die Brust. „Nimm meins, du blöder Arsch!"

Während ihres Wutanfalls gerieten die Räder des BMW auf den Randstreifen. Myriaden von Kieselsteinen knallten wie Maschinengewehrfeuer gegen den Unterboden und die Radkästen. Der Wagen driftete immer weiter nach rechts. Unterhalb des Tachometers tobten ein halbes Dutzend roter Kontrolllampen.

„Halt das Lenkrad fest!"

Ein Leitpfosten geriet von einem dumpfen Schlag begleitet unter die Räder des Geländewagens. Sekunden später noch einer. Endlich gelang es Marie, das Fahrzeug zurück auf die Fahrbahn zu lenken.

„Puh!"

„Was für ein mutiges Kerlchen du doch bist, Alexander Caviazel."

„Du kannst mich mal."

„Nichts lieber als das. Also?"

„Also, was?"

„Möchtest du hier aussteigen, oder soll ich dich irgendwo absetzen?"

„Das soll wohl ein Witz sein?"

„Die Vorzeichen haben sich eben geändert, Lex. Oder wie sagtest du, nennen dich deine Kumpel?"

„Erzähl mir deine verdammte Geschichte. Auf der Stelle!"

„Nicht bevor ich geschlafen habe."

„Wo willst du denn hier in der Gegend anhalten, ohne aufzufallen wie ein bunter Hund?"

„Da hinten zum Beispiel", sagte sie nur kurze Zeit später und riss das Lenkrad nach rechts. Das Heck des SUV schleuderte einen exakten Viertelkreis um die eigene Achse, und der Wagen setzte seine rasante Fahrt auf einem schmalen Feldweg fort.

Sie hat es wirklich drauf, dachte ich, und, da capo, kam mir abermals Lara Croft in den Sinn.

Ich entdeckte die frei stehende Scheune, die Maries Interesse geweckt hatte. Dahinter befand sich ein haushohes Fahrsilo. Über einem Rest Silage lag eine dicke Plastikfolie, die mit Dutzenden Lkw-Reifen beschwert war. Marie fuhr direkt in das überdimensionale Beton-U hinein und stellte das Fahrzeug quer zu der herabhängenden Folie. Der Boden war knöcheltief mit zerkleinerten Maispflanzen übersät.

„Worauf wartest du?" Ihre Stimme hatte sich wieder in jenen Befehlston verwandelt, den ich überhaupt nicht abkonnte.

„Was?"

„Beweg deinen Hintern, und zieh die Folie über den Wagen."

„Tolles Versteck", spottete ich. „Was machen wir, wenn der Bauer auftaucht?"

„Ihn erschießen."

„Findest du das witzig?"

„Arschloch."

Marie löste den Gurt, stampfte wutentbrannt um den Wagen und zerrte die Schutzfolie auf die Seite. Schließlich bedeutete sie mir, das Fenster zu öffnen. Die Silage verbreitete einen bestialischen, feuchtwarmen Gestank, der mich an diesen Dünger aus Pinguinscheiße erinnerte.

„Was siehst du, Surf-Profi?"

„Wie bitte?"

„Was. Siehst. Du?"

„Halb verschimmelten Mais, Frau Lehrerin."

„Klingelt da was bei dir?"

„Bist du jetzt völlig übergeschnappt?"

„Gibt es in Köln keine Kühe?“

„Leck mich doch am Arsch.“

„Das Zeug wird über das Winterhalbjahr verfüttert, nicht um diese Zeit.“

„Was die Bankangestellte alles weiß.“

„Idiot.“

Marie drapierte die Schutzfolie wie ein Leichentuch über den SUV. Anschließend machte sie es sich auf der Rückbank bequem.

„Ich bin aber gar nicht müde“, maulte ich und nahm den Autoatlas zur Hand.

„Das ist mir egal“, erwiderte Marie und zog sich eine der Decken über den Kopf, die noch aus meinem Camper stammten. „Übrigens habe ich drei Masterstudiengänge an der Hochschule St. Gallen absolviert“, fügte sie hinzu. „So viel zum Thema Bankangestellte.“

„Chapeau“, sagte ich und warf einen Blick auf die Straßenkarten.

„Lass mich in Ruhe.“

„Wäre es nicht klüger, wenn ich weiterfahren würde, während du alle viere von dir streckst?“

„Nicht am Tag und nicht mit diesem Wagen“, entgegnete Marie bestimmt. „Und jetzt halt endlich die Klappe.“

Ich war viel zu aufgekratzt, um wieder in den Schlaf zu finden. Die Dramatik dieses Stücks, in dem ich unfreiwillig zu einem der Hauptdarsteller avanciert war, wirkte wie Koffein auf mein zentrales Nervensystem. Und blöderweise auch auf meinen Darm. Ich warf einen Blick auf die Rückbank, wo Marie sich unruhig von einer auf die andere Seite wälzte. Ich beschloss zu warten, bis ihre Atemzüge gleichmäßiger wurden. Währenddessen bemerkte ich, dass die Musikanlage des Wagens mit einer handelsüblichen 3,5mm-Klinkenbuchse ausgestattet war. Offensichtlich galten in Osteuropa lässigere Verkehrsvorschriften. Oder gar keine. Ich angelte den Roll-up-Kopfhörer aus meiner Jackentasche und stöpselte ihn in das Gerät. Anschließend suchte ich nach einem brauchbaren Sender und stieß auf eine Nachrichtensendung. Die Themen langweilten mich, und ich war im Begriff, den nächsten Sender anzutippen, als ein Fahndungsaufruf angekündigt und die Bevölkerung dabei um Mithilfe gebeten wurde. Mir wurde heiß und kalt, während ich mit geballten Fäusten der Stimme des Moderators folgte. Danach war mir kotzübel. Ich wollte Marie wecken, spürte aber, dass ich den Brechreiz nicht länger unterdrücken konnte. Ich stürmte ins Freie und erbrach mich über dem stinkenden Futtermais. Gleichzeitig holte mich das Drängen meines Darms wieder ein. Ich streifte mir die Hose über die Knie und erleichterte mich an Ort und Stelle. Für den Moment war es mir egal, ob Marie das mitbekam oder mich gar dabei beobachtete. Die Stimme des Journalisten klang in meinem Inneren nach: *Bei den zur Unkenntlichkeit verbrannten Leichen handelt es sich laut Aussagen der Polizei um den 29-jährigen Alexander Caviazel aus Köln und die 27-jährige Wahl-Liechtensteinerin Theresa Chloé Zogg.*

Ich war tot.

Tot! – Tot! – Tot!

Die Endgültigkeit und der Schrecken des Wortes verloren sich, je öfter ich es vor mich hin brabbelte. Wohingegen die Sorge um meine Eltern und Freunde zunahm. Ja, in gewisser Weise auch um Valentina. Noch schlimmer als alles andere fühlte sich die Gewissheit an, nie mehr an einem Rennen teilnehmen zu können, zumindest nicht mit diesem Gesicht und unter diesem Namen. Meine Karriere war für alle Zeiten beendet. Zerstört. Tot, wenn man es so betrachtete. Dabei fühlte ich mich trotz meiner Übelkeit quicklebendig. Ich dachte ernsthaft darüber nach, beim Radio anzurufen und die Meldung in einer Livesendung zu dementieren, was natürlich völliger Quatsch war. Es half nichts, redete ich mir ein: Marie und mich gab es offiziell nicht mehr, und die Fahndung der europäischen Polizeibehörden richtete sich mittlerweile auf den schwarzen BMW, an dessen Kühlerhaube ich mich gerade festhielt, und die beiden Männer, die dem Umfeld eines mafiösen russischen Oligarchen zugeordnet wurden. Offenbar hatte ein Zeuge die wilde Verfolgungsjagd und die Schüsse der Polizei gemeldet.

Bei der Karambolage im Tunnel waren sieben Menschen ums Leben gekommen, darunter ein zwölfjähriges Mädchen. Sieben! Ich war den Tränen nahe und machte mir Vorwürfe. Hätte ich ihren Tod durch ein beherztes Eingreifen verhindern können?

Ich fürchtete die Antwort lautete Ja.

Wenn ich es richtig verstanden hatte, hatten in dem Land Rover drei albanische Auftragskiller gesessen, die in dem Fahrzeugwrack verbrannt waren.

Maries Worte kamen mir in den Sinn: *Ich kann nur vermuten, dass sich ein paar Leute mächtig ans Bein gepisst fühlen.*

Sie hatte von ungefähr dreißigtausend Steuersündern gesprochen, deren Namen sich auf einem USB-Stick in ihrem Rucksack befanden.

Ich war außerstande, diesen Gedanken zu Ende zu führen, und würgte den letzten Rest Galle aus meinem erschöpften Körper.

Selbst wenn die Polizei uns abgeschrieben hatte, ein paar

dieser *Leute* würden ganz bestimmt herausfinden, dass wir noch am Leben waren. Verdammte Scheiße!

Ich wischte mir den Hintern mit Maisblättern ab, was einen fürchterlichen Juckreiz zur Folge hatte, und war entschlossen, Marie zu wecken, als ich ein näher kommendes Motorgeräusch vernahm. Eilig zog ich meine Hose hoch und warf einen verstohlenen Blick durch ein Loch in der Schutzfolie. Ein älterer, dunkelblauer Passat steuerte genau auf das Fahrsilo zu und hielt unmittelbar davor an. Die Türen flogen ruckartig auf. In den beiden Gestalten, die sich wie eineiige Zwillinge glichen, aber durch einen Altersunterschied von etwa dreißig Jahren voneinander getrennt waren, vermutete ich den Eigentümer samt seinem Sohn.

„Haben wir euch endlich!", grölte der Alte, nachdem sie ausgestiegen waren. Beide umklammerten mit der rechten Hand eine Art Holzkeule, die sie wie englische Polizisten in die Handfläche der linken klatschen ließen.

„Raus da, ihr verfluchten Diebe!"

Ich kroch auf allen vieren zum Wagen, kletterte auf den Fahrersitz und legte Daumen und Zeigefinger um den Zündschlüssel.

„Marie", zischte ich leise und bekam auch nach dem vierten Versuch nur ein zufriedenes Rucksen zur Antwort. Der Umstand, dass ich die beiden durch die Folie hindurch nicht erkennen konnte, machte mich beinahe wahnsinnig.

„Wir wissen, dass ihr da seid!"

Mir schwante, dass es sich um ein Missverständnis handelte. Der Alte hatte von Dieben gesprochen. Vielleicht waren ihnen in der Vergangenheit Werkzeug, Futter oder gar Tiere entwendet worden. Womöglich war die gesamte Region von einer Diebstahlserie betroffen und diese beiden selbst ernannten Konstabler gehörten zu einer Art Bürgerwehr. Einen Erklärungsversuch zu wagen, hielt ich für aussichtslos. Die beiden stellten da draußen ihre Streitlust zur Schau, und auf eine Prügelei mit wütenden Landwirten konnte ich gerne verzichten.

Als sich die Schatten der zwei Raufbolde auf der Folie abzeichneten, startete ich den Motor.

„Dageblieben, ihr Dreckschweine!" Ihr Geschrei übertönte das Aufheulen der Maschine. Ich fuhr langsam an, wollte ich doch niemanden verletzen und den beiden die Möglichkeit geben, auf die Seite zu treten. Dabei trommelte ich auf die Hupe. In dem Moment, als Marie von der Rückbank hochschreckte, donnerten die ersten Knüppelschläge gegen die Karosserie. Noch immer klebte die verdammte Folie über dem Fahrzeug und raubte mir die Sicht. Ich kam mir vor wie bei Blinde Kuh. Ich trat aufs Gas, bremste, lenkte nach links und rechts, um die Folie abzuschütteln, leider ohne Erfolg. Marie, die zwischenzeitlich die Situation erfasst und auf dem Beifahrersitz Platz genommen hatte, öffnete das Fenster und zerrte an der Folie. Endlich gelang es ihr, einen Schlitz in das Plastik zu reißen und das zähe Material Stück für Stück zu zerteilen. Jetzt hatte ich die Möglichkeit, mich an der rechten Wand zu orientieren und geradewegs auf die Einfahrt zuzuhalten, worauf zwei Dinge gleichzeitig passierten: Zuerst schrie Marie vor Schmerzen auf, und im selben Atemzug prallte der Wagen wie ein Autoskooter gegen ein Hindernis, dem Geräusch nach aber weder gegen den Passat noch eine der Betonwände. Ich legte den Rückwärtsgang ein und setzte zurück. Marie hielt mir unterdessen ihre gequetschte Hand unter die Nase. Der kleine und der Ringfinger waren an den Kuppen aufgeplatzt wie kleine

Fischmäuler. Zu ihrem Jammern gesellten sich von jenseits des Wagens das Gegröle des Jüngeren und die anhaltenden Klagerufe des Alten. Was zur Hölle war da draußen los? Ich hielt an, öffnete die Tür einen Spaltbreit und zerrte das Plastik vollends auf die Seite. Mein erster Blick fiel auf den Alten, der sich am Boden vor dem Passat wand wie eine Schlange, der man den Kopf abgeschlagen hatte. Ich fluchte lauthals. Schon krachte der nächste Keulenhieb auf das Dach des SUV. Anstatt sich um den Verletzten zu kümmern, drosch der Jüngere jetzt wie ein Berserker auf den BMW ein. Im nächsten Augenblick zersplitterte die Seitenscheibe, woraufhin Marie angstvoll auf den Fahrersitz drängte. Instinktiv griff ich nach der Pistole, die ich unter dem Lenkrad deponiert hatte, und sprang aus dem Wagen.

„Aufhören. Sofort!"

Der Junge erstarrte in seiner Bewegung und sah mich mit großen Augen an. Dann holte er erneut zum Schlag aus.

„Euch zeig ich's!"

Ich betätigte, ohne nachzudenken, den Abzug und feuerte einen Schuss in die Wand hinter ihm. Postwendend hagelte es Betonsplitter. Ein paar trafen den Burschen im Rücken, andere den BMW, und einige stecknadelgroße Partikel streiften sogar mein Gesicht. Ich erschrak zu Tode und tappte benommen um die Motorhaube, bis die Mündung auf den wild gewordenen Knaben und den Mais im Hintergrund zielte.

„Den Prügel weg!", herrschte ich den Kerl an. Kreidebleich kam der vielleicht Fünfundzwanzigjährige der Aufforderung nach. „Und jetzt nach hinten", brüllte ich in der Absicht, die beiden Widersacher möglichst weit voneinander zu trennen.

Marie trat neben mich. „Was hast du vor?“

Ich zuckte mit den Schultern. „Jedenfalls lasse ich mich nicht von diesem verrückten Affen hier totprügeln.“

Ich drückte ihr die Waffe in die Hand. „Halt du ihn in Schach. Ich kümmere mich um den Alten.“

Ich ging zurück zum Wagen, kramte einen Erste-Hilfe-Kasten aus dem Kofferraum und wandte mich dem Verletzten zu. Er klagte über Schmerzen in der Hüfte und im Genick, war aber zu meiner Erleichterung imstande, seine Beine zu bewegen.

„Was habt ihr hier zu suchen?“, brummte der Alte.

„Wir wollten uns nur ein paar Stunden ausruhen.“

„Verdammt. Hier in der Gegend wurden in letzter Zeit immer wieder Scheunen geplündert und Geräte im Wert von über einer Million geklaut.“

„Denken Sie, Sie könnten Ihren Sohn zur Räson bringen?“

Der Alte nickte. „Helfen Sie mir auf die Beine.“

Ich schleppte ihn ans andere Ende des Fahrsilos, wo Marie den aufgebrachten Jungen immer noch mit der Pistole bedrohte.

„Beruhige dich!“, rief der Alte. „Das sind die Falschen.“

„Schon klar“, gab der Bursche zurück. „Aber sieh dir mal den Wagen an.“

Es dauerte, bis der Alte begriff. Die beiden standen jetzt direkt an der Silage. Der gehäckselte Mais türmte sich an dieser Stelle drei- bis vier Körperlängen in die Höhe.

„Wir haben die Sendung auch gehört“, versuchte ich zu beschwichtigen. „Die suchen zwei russische Mafiosi.“

„Die denselben Wagen fahren wie ihr!“, rief der Junge.

„Wir haben nichts mit denen zu tun.“ Mir traten

Schweißperlen auf die Stirn. „Das hier ist ein Geschäftswagen. Ich kann euch die Papiere zeigen."

„Da stimmt was nicht", sagte der Bursche an den Vater gewandt.

„Nehmen Sie doch bitte die Pistole weg", bat der Alte.

Marie warf mir einen fragenden Blick zu. Ich sah, dass sie der Unterhaltung nicht folgen konnte. Ich gab ihr mit einem Kopfnicken zu verstehen, die Waffe zu senken. Im selben Moment griff der Bursche hinter sich, schleuderte ihr eine Handvoll Silage ins Gesicht und stürmte nach vorn.

Marie riss instinktiv die Pistole nach oben und feuerte los. Die Geschosse schwirrten über die Köpfe der beiden Männer hinweg in die Wand aus gehäckseltem Mais. Was dann passierte, geschah so schnell, dass ich es nicht einmal mehr schaffte, den Kopf abzuwenden. Aus der obersten Schicht der Maissilage löste sich ein baggerschaufelgroßer Klumpen, stürzte jäh in die Tiefe und begrub den alten Mann unter sich. Dann brach der ganze Futterberg lawinenartig nach vorne weg und riss uns alle von den Beinen. Staubmassen wirbelten durch die Luft, raubten mir den Atem und versperrten mir die Sicht. In dem Tohuwabohu verlor ich derart die Orientierung, dass ich nicht mehr wusste, wo oben und unten, vorne oder hinten war. Als ich mich wieder aufgerappelt und der Staubnebel sich gelegt hatte, lugte von Marie nur noch der Kopf aus dem Futter hervor. Von dem Alten und seinem Sohn war nichts zu sehen und zu hören. Ich rannte zu Marie und begann sie mit den Händen freizuschaufeln. Je tiefer ich grub, umso größere Schwierigkeiten hatte ich, das klebrige Material beiseite zu schaffen. Schließlich gelang es ihr, die Beine frei zu treten und aus dem Loch zu klettern.

Marie schüttelte sich angewidert die Silage von der Kleidung. In der Hand hielt sie noch immer die Pistole. „Damit wäre ich wohl wieder an der Reihe", sagte sie verächtlich.

„Was meinst du?"

„Ein Leben für ein Leben."

„Du hast sie wirklich nicht mehr alle", gab ich fassungslos zurück. Ich stürzte mich auf die Stelle, unter der ich den Alten vermutete, und begann zu graben. „Los, worauf wartest du?"

„Vergiss es!", rief Marie.

Ich ignorierte sie und wühlte mich wie besessen durch die feuchtwarme Silage. Nachdem ich einen etwa halben Meter tiefen Trichter gegraben hatte, kam die dahinterliegende Masse ins Rutschen und machte meine Bemühungen zunichte. Verzweifelt wagte ich einen zweiten Versuch, dort, wo der Junge zuletzt gestanden hatte. Wenig später wiederholte sich das gleiche Phänomen und begrub alle Hoffnung, die beiden lebend ans Tageslicht zu befördern. Erschöpft ließ ich mich auf den schmierigen Futterteig fallen. Ich konnte und wollte nicht wahrhaben, dass es schon wieder Tote gegeben hatte. Ich ballte die Fäuste, schlug mir gegen die Stirn und brüllte wie ein wildes Tier. Ich beruhigte mich erst wieder, nachdem mir die Stimme versagte und die Ratio mich zum Nachdenken zwang.

Marie!, war mein erster Gedanke.

Zwar konnte ich ihr keinen direkten Vorwurf machen, dennoch gab ich ihr die Schuld für den ganzen Schlamassel, der mittlerweile elf Menschen (uns ausgenommen) das Leben gekostet hatte. E-l-f!

Marie kam den Maishügel emporgestapft und setzte sich neben mich. „Du kannst nichts mehr für sie tun."

„Ja.“ Mir war nicht mehr nach Sprechen zumute.
„Bist du okay?“
Ich schüttelte den Kopf.
„Lex, das war ein Unfall, oder etwa nicht?“
„Schon klar.“
„Wir sollten von hier verschwinden, meinst du nicht auch?“
„Das am Weiher, war das auch ein Unfall? Und die Toten im Tunnel?“
„Was?“
„Ist dir klar, dass es bereits elf Tote gibt?“
„Wie kommst du darauf?“
Ich erzählte ihr von der Radiosendung. Marie hörte mir schweigend zu. „Scheiße“, lautete ihr abschließender Kommentar.
„Kann man wohl sagen.“
„Was denkst du?“
„Nichts.“
„Du glaubst, ich wäre für all das verantwortlich, stimmt's?“
„Vorhin dachte ich tatsächlich etwas in der Art.“
„Und jetzt?“
Ich zuckte mit den Schultern.
„Niemand wollte das, und trotzdem ist es passiert. Wir können nichts davon rückgängig machen, Lex. Du nicht und ich auch nicht.“
„Was du nicht sagst.“
„Werde bitte nicht zynisch. Ich meine das ganz ernst.“
„Denkst du, mir wäre nach Späßen zumute?“
Ich war laut geworden. Marie rückte erschrocken von mir ab.
„Natürlich nicht.“

„Ich … ich bin tot, Theresa Chloé Zogg, falls du das vergessen hast!“, schrie ich mir meinen Frust von der Seele. „Die Polizei geht davon aus, dass ich mit dir gemeinsame Sache gemacht habe. Ich bin ein gottverdammter lebender Toter, und nur …“ Ich biss mir auf die Lippe, bis es wehtat.

Marie griff nach meiner Hand. „… weil du mich getroffen hast“, führte sie meinen Gedankengang zu Ende. In ihrer Stimme lag ein aufrichtiges Bedauern, das ich ihr abermals gegen meinen Willen abnahm. Verflucht!

Ich wünschte mir, dieser weibliche Dschinn würde auf der Stelle wieder in seiner Flasche verschwinden, und gleichzeitig wollte ich nicht, dass sich unsere Wege trennten. Was war nur mit mir los? Der glühende Matsch in meinem Hirn fühlte sich an wie ein Teilchenbeschleuniger, in dem sich ein Megacrash der injizierten Protonen ankündigte. Gleich würde alles in die Luft fliegen.

„Ich möchte dir einen Vorschlag machen, Lex“, flüsterte sie mir ins Ohr.

Ich schüttelte den Kopf und hörte mich gleichzeitig sagen: „Was denn? Was für einen beschissenen Vorschlag denn noch?“

Nachdem Marie mich in ihre Pläne eingeweiht hatte, beschlossen wir, uns von dem zerbeulten BMW zu verabschieden, entfernten die Kennzeichen und versteckten ihn unter einer schwarzen Plane im hintersten Winkel der Scheune. Danach setzten wir die Fahrt mit dem Passat fort. Im Wagen roch es nach Stall, Benzin und Öl. Im Kofferraum lagen Arbeitskleidung, Motorsägen, Äxte und anderes schweres Gerät. Marie schlug vor, bei nächster Gelegenheit einen Mietwagen zu organisieren.

„Es wird eine Weile dauern, bis die beiden gefunden werden“, mutmaßte sie.

„Wir müssen dennoch mit allem rechnen. Vor allem solltest du dich an die Verkehrsregeln halten. Ein Blitzer, und die Legende von unserem Tod ist dahin.“

„Du hast recht.“ Marie nahm den Fuß vom Gas.

„Um einen Mietwagen zu bekommen, musst du doch wenigstens einen Führerschein vorlegen, oder wie stellst du dir das vor?“

„Ich habe genügend Ausweispapiere.“

„Was?“

„Jetzt enttäuschst du mich aber, Lex.“

„Woher?“

„Surf-Profi! Ich bin ein schlaues Mädchen, falls dir das entgangen ist.“

„Du bist erwischt worden.“

„Das ist richtig, aber vermutlich nur, weil mein israelischer IT-Freund Mist gebaut hat.“

„Was ist mit ihm geschehen?“

„Das Sicherheitspersonal hat ihn festgenommen.“

„Aber du konntest entkommen.“

„Ich hatte Glück.“

„Wie wärt ihr nach Le Havre gekommen?“

„Falsche Frage: *Ich* hatte einen Flug von Zürich gebucht.“

„Und dein Kumpel?“

„Wäre nach Phnom Penh zu seiner Verlobten geflüchtet. Er ist mit einer Kambodschanerin liiert.“

„Okay. Und was passiert in Le Havre?“

„Dort checken wir auf ein Containerschiff ein und fahren über den Großen Teich.“

„Wohin?“

„Das verrate ich dir später."

„Wie war das mit dem Vertrauen?"

„Lex, du wirst merken, dass es besser ist, nicht alles auf einmal zu wissen."

„Du sitzt neben einem Toten. Vergiss das nicht."

„Du auch."

Wir mussten beide grienen. So klingt also Galgenhumor, dachte ich.

„Erklärst du mir nochmals das Procedere mit den Daten? Ich habe vorhin nur Bahnhof verstanden."

„Das ist ganz einfach. Stell dir vor, du hättest Steuern hinterzogen und deine Schätze ruhten, weit weg von den deutschen Finanzämtern, in einer Oase des Glücks. Zum Beispiel auf Malta, der Isle of Man oder in Liechtenstein, ganz egal. Wenn man dir auf die Schliche käme, würdest du zehn Jahre in den Knast wandern, alle Welt würde erfahren, dass du ein Betrüger bist, und du wärst verpflichtet, deine Steuerschuld bis auf den letzten Cent zu begleichen."

„D'accord."

„Jetzt stellst du dir vor, du bekämest von mir eine Nachricht, in der ich dir hieb- und stichfest beweise, dass ich über deine Betrügereien im Bilde bin und damit quasi in der Lage wäre, dich in die Hölle zu schicken, dies aber freundlicherweise gar nicht vorhabe."

„Sondern?"

„Du überweist mir innerhalb der gesetzten Frist einen Betrag, der in etwa fünfzehn bis zwanzig Prozent der länderspezifischen Steuervorteile – die du seit Jahren genießt – entspricht. Im Gegenzug garantiere ich dir, dass die Daten im Nirwana verschwinden und du sorgenfrei weiterbetrügen kannst."

„Und wenn ich auf deine Forderungen nicht eingehe?“

„Erhält dein zuständiges Finanzamt samt Staatsanwaltschaft von mir einen weniger freundlichen Brief, den ich dir im Entwurf – selbstredend mit deinen persönlichen Daten versehen – zur Ansicht, sozusagen als kleinen Vorgeschmack, gleich mitgesandt habe.“

„So einfach ist das also?“

„So kompliziert ist das, Lex.“

„Schon klar.“

„Wie lange arbeitest du … oder ihr … schon an diesem Coup?“

„Das ist ganz allein mein Job. Elias habe ich erst vor ein paar Monaten rekrutiert.“

„Okay.“

„Du möchtest wissen, seit wann die Planungen laufen?“

Ich zuckte mit den Schultern. „Nicht so wichtig.“

„Seit meinem dritten und letzten Selbstmordversuch vor elf Jahren.“

Womms! Wieder so ein Statement, das sie mir wie einen Brocken Fleisch vor die Füße warf. Mir wurde klar, dass ich so gut wie nichts über Marie wusste, außer, dass sie Temperament hatte und exzentrisch war. Vielleicht war es einfach ihre Methode, mich an der langen Leine und gleichzeitig bei Laune zu halten. Gute Marie, böse Marie, gefährliche Marie, verletzte Marie, eiskalte oder zuckersüße Marie, Killer-Marie und Ich-habe-keinen-Slip-an-Marie.

Vermutlich handelte es sich dabei um das irrsinnige Gesamtpaket einer extraordinären Frau. Jedenfalls erschienen mir meine bisherigen Bekanntschaften unter diesem Gesichtspunkt ziemlich mittelmäßig.

„Tut mir leid“, erwiderte ich, weil ich nicht wusste, wie

man sich gegenüber jemandem verhält, der offen über seine Suizidalität sprach. „Ich wollte nur sagen, dass ich froh bin, dass du noch lebst."

„Schon gut, Lex. Das ist vorbei."

Mir lag die Frage auf der Zunge, warum sie es dann erwähnt hatte, ließ es aber dabei bewenden.

„Du kannst schon mal in einen der Blaumänner schlüpfen", sagte sie wenig später.

„Was?"

„Wir sollten demnächst einen Tankstopp einlegen."

„Wieso ich?"

„Du hast die Typen gesehen, oder?"

Ich stellte mir Marie in der Arbeitskleidung des hünenhaften Bauernburschen vor und musste grinsen. „Wir würden glatt als Pat und Patachon durchgehen."

„Und direkt in die Klapsmühle wandern", fügte Marie hinzu.

„Hast du Bargeld?"

„Jede Menge."

Wir hielten an einer freien Tankstelle, in einem Dorf, dessen Name einem Zungenbrecher gleichkam, Hesselhurst. Jedenfalls hofften wir, dass unsere Gesichter in dieser ländlichen Abgeschiedenheit gänzlich unbekannt geblieben waren. Marie drückte mir einen ausgefransten Strohhut auf den Kopf und blieb im Auto sitzen. Trotz der Maskerade fühlte ich mich nicht besonders wohl, während ich an der Zapfsäule hantierte. Mich beschlich das seltsame Gefühl, von allen Seiten beobachtet zu werden. Ich warf einen verstohlenen Blick in den Kassenraum, der sich in einem alten Wohncontainer befand, konnte aber niemanden ausmachen.

Ich hielt Ausschau nach Überwachungskameras, entdeckte aber keine. Und doch spürte ich überall Augenpaare. Als ich mich auf den Weg zur Kasse machte, versuchte ich das abgeklärte Landei zu spielen.

Hinter der Verkaufstheke erwartete mich ein alter Kauz, der mich über die Ränder einer billigen Lesebrille hinweg von Kopf bis Fuß musterte. Ich reichte ihm zwei Fünfziger.

„Wo geht's hin, junger Mann?"

„In den Wald."

„Man kann nie genug Holz haben, sage ich immer."

„Da haben Sie recht."

„Er kommt aber nich' von hier, oder?"

Es war das erste Mal, dass ich meinen norddeutschen Dialekt verfluchte. Ich schüttelte den Kopf. „Zu Besuch", erwiderte ich verlegen. „Bei meinem Onkel."

„Dacht ich's mir doch."

„Bitte?"

„Na, von den Hinterwäldlern taucht hier selten einer auf." Er deutete auf das Kennzeichen des Passats. „Schütten sich lieber billiges Rapsöl aus dem Supermarkt in den Tank."

„Hm." Ich wollte so schnell es ging verschwinden, aber gleichzeitig keinen Argwohn erregen. Rasch nahm ich Wechselgeld und Quittung entgegen und wünschte einen schönen Tag.

Als ich auf halbem Weg zum Ausgang war, entdeckte ich mein Foto auf der Titelseite der Tageszeitung. Daneben das von Marie.

Ich schluckte und zwang mich weiterzugehen. Im selben Moment ertönte hinter mir die Stimme des Tankwarts, worauf ich wie vom Blitz getroffen stehen blieb.

„Kannst froh sein, dass ihr nicht über den Rhein müsst."

Verdammt! Ich atmete tief durch und drehte mich um.

„Was meinen Sie?"

„Die haben alle Grenzen dichtgemacht", tönte der Alte. „Wie im Krieg. Kilometerlange Staus, überall."

„Tatsächlich?" Ich rang mir ein Lächeln ab. „Zum Glück fahre ich jetzt zu meinen Hinterwäldlern."

Auf dem Weg zum Wagen ärgerte ich mich darüber, dass ich mir diesen Sarkasmus nicht hatte verkneifen können. Irgendwann würde mich so eine Unbeherrschtheit in Teufels Küche bringen.

„Was schlägst du vor?", wollte Marie auf der Weiterfahrt wissen, nachdem ich ihr von den Grenzkontrollen erzählt hatte.

„Wie eilig haben wir es? Ich meine, wann legt das Schiff ab?"

„Welches meinst du?" Marie lachte lauthals auf, als sie die Fragezeichen auf meiner Stirn bemerkte.

„Ich habe bei drei verschiedenen Gesellschaften Tickets gebucht", erklärte sie schließlich. „An unterschiedlichen Tagen, versteht sich."

Ich staunte nicht schlecht. „Okay, wann ist der finale Countdown für das letzte Schiff?"

„Welchen Tag haben wir heute?"

„Samstag."

„Übermorgen um zehn", sagte Marie. „Post meridiem."

„Ergo haben wir Zeit und könnten weiter nach Norden fahren", sagte ich.

„Was erhoffst du dir davon?"

„Weniger Kontrollen an den Grenzen zu Luxemburg oder Belgien."

„Ja, vielleicht“, sagte Marie.

„Außerdem sind wir tot. Vergiss das nicht.“

„Lex, ich habe Angst.“

„Vielleicht sollten wir uns für den Grenzübertritt trennen.“

„Kommt nicht infrage.“

„Unsere Fotos sind auf jedem Titelblatt.“

„Nein!“

„Nur eine Stunde, Marie. Wir verabschieden uns von dem Passat und marschieren jeder für sich über die grüne Grenze.“

Marie erweckte den Eindruck, über meinen Vorschlag nachzudenken. Plötzlich trat sie das Gaspedal durch. Ihr ganzer Körper schien sich von jetzt auf gleich zu verkrampfen. Mit den Händen umklammerte sie das Lenkrad so fest, dass ich glaubte, sie würde es im nächsten Moment herausreißen.

„Was tust du?“

Keine Reaktion.

„Marie! Was ist los?“

Keine Reaktion.

Wir überholten mit über hundertfünfzig Stundenkilometern einen Lastwagen in einer unübersichtlichen Rechtskurve.

„Willst du uns umbringen?“, brüllte ich.

Marie reagierte wieder nicht; sie wirkte wie ferngesteuert. Die Tachonadel erreichte mittlerweile die vorletzte Ziffernfolge der Anzeige. Einhundertachtzig! Ich hatte keine Idee, was ich tun konnte, um diese Höllenfahrt zu stoppen. Jede falsche Bewegung hätte einen Wahnsinnscrash zur Folge gehabt.

„Marie!“

Keine Reaktion.

„Theresa!“

Sie fuhr unbeirrt weiter.

Am Ende einer langen Geraden tauchten die Umrisse eines Dorfes auf. Irritiert umfasste ich ihr rechtes Bein und versuchte es vom Gaspedal wegzuzerren.

„Pfoten weg!“, brüllte Marie wie von Sinnen.

Es mag komisch klingen, aber in dem Augenblick kam mir das wie ein Teilsieg vor, auch wenn die Gefahr längst nicht gebannt war. Mit ihrem Gebrüll hatte sie sich in etwas Menschliches zurückverwandelt.

„Bitte halt an!“

Das Motorgeräusch war so laut, dass ich schreien musste und mich damit der Möglichkeit beraubte, beruhigend auf sie einzuwirken.

Wieder ignorierte Marie meinen Appell. Das Ortsschild rückte bedrohlich näher, ich konnte bereits die Großbuchstaben entziffern.

Ich kann nicht sagen, was mich geritten hatte, meine Taktik zu ändern. Später dachte ich, dass man in solchen Situationen vermutlich einen gewissen Punkt überschreitet, an dem irgendein Teil des Unterbewusstseins Überlebensstrategien entwickelt. Blöderweise hat man keinen Einfluss darauf, ob dieser Teil des *ES* es gut mit einem meint oder nicht.

„Ist das alles, was du draufhast?“, fauchte ich den Zombie neben mir an. „Kannst du nicht schneller fahren?“

Ich beobachtete, wie sie auf meine Provokation hin für einen Moment die Augen schloss und das Kinn vorstreckte.

Plötzlich trat sie mit voller Wucht auf die Bremse. Wenige Meter vor dem Ortsschild kamen wir zum Stehen.

„Dann fahr du doch“, sagte sie in einem Tonfall, als ob

nichts vorgefallen wäre. Sie stieg aus dem Fahrzeug, knallte die Tür zu und rannte auf einem Feldweg davon. Ich stutzte und musste an einen Film mit Richard Gere denken, in dem Edward Norton eindrucksvoll einen misshandelten Jungen mit gespaltener Persönlichkeit spielt. Im realen Leben war ich noch nie mit einem derartigen Phänomen konfrontiert worden. Ich rutschte auf den Fahrersitz, ignorierte das Verbotsschild und fuhr Marie hinterher.

Ich holte sie rasch ein und erwartete, dass sie mich erneut ignorieren würde. Stattdessen kam sie geradewegs auf mich zugerannt, riss die Fahrertür auf, zerrte mich am Hemdkragen aus dem Wagen und fing an, mit den Fäusten gegen meine Brust zu trommeln.

„Du verdammter Idiot", stammelte sie. Immer wieder. „Du verdammter Idiot!"

Ich verstand gar nichts und ließ sie gewähren, bis es mir zu blöd wurde. Ich packte sie an den Handgelenken. „Was ist mit dir los?"

Marie schüttelte nur den Kopf.

„Sprich mit mir!"

Sie sah mich mit ihren verheulten Augen an. „Ich werde nirgends allein hingehen. Vorher musst du mich erschießen."

„Das hat dich so in Rage gebracht?"

„Auch", erwiderte sie.

„Was noch?"

„Ich habe Angst, dass alles aus dem Ruder läuft."

„Wir hätten draufgehen können bei der Nummer eben."

„Das werden wir sowieso."

„Wie bitte?"

„Du hast es doch gehört!"

Ich wusste nicht einmal die Hälfte über ihren dämlichen Datenklau und angeblichen Plan, aber mir war klar, dass ich an dieser Stelle nicht den Kopf in den Sand stecken würde. In mir wehrte sich alles gegen diese Vogel-Strauß-Haltung, die Marie offensichtlich eingenommen hatte. Zurück blieb ein letzter Rest Zweifel, ob dies ein Teil ihres Spiels war. In jedem Fall hatte sie es geschafft, meinen Beschützerinstinkt zu wecken.

Wir saßen wieder gemeinsam vorne in der Achterbahn.

„Marie, ich bringe uns nach Le Havre, okay?"

„Davon bin ich überzeugt." Sie küsste mich auf den Mund. „Fahren wir?"

And both that morning equally lay
In leaves no step had trodden black.
Oh, I kept the first for another day!
Yet knowing how way leads on to way,
I doubted if I should ever come back.

Robert Frost – *The Road Not Taken*

Today

In den vergangenen drei Jahren habe ich, mit Ausnahme von Marie, mit niemandem über diese Fluchtgeschichte gesprochen. Mit wem auch? Ich bin sicher, dass mir kein Mensch auch nur ansatzweise glauben würde. Und falls doch – auch davon bin ich überzeugt –, würde mich der- oder diejenige für verrückt erklären. Mich fragen, wieso ich mich immer weiter in die Sache (oder sollte ich Scheiße sagen?) habe hineinziehen lassen.

Warum ich nicht auf die Bremse getreten bin.

Ich stelle mir diese Fragen jeden gottverdammten Tag und kann bis heute keine plausiblen Antworten darauf finden. Für jemanden, der so reich ist, dass seine Kohle für hundert andere dicke reichen würde, ist es leicht zu behaupten, mir wäre es nicht ums Geld gegangen. Aber es entspricht der Wahrheit. Mein Vermögen sichert mir mein tägliches Brot und ein paar andere Annehmlichkeiten. Mehr ist nicht, und ich würde mit jedem tauschen, der das Glück hat, seinen Alltag mit einem aufrichtigen Lächeln zu bestreiten. Es gibt nur wenige solcher Menschen, habe ich festgestellt. Aber sie existieren. Ich begegne ihnen ab und an, wenn ich in die Stadt gehe oder beim Bauern frisches Gemüse hole. Und dann erinnern sie mich an das, was ich verloren habe.

Also, es ging mir nicht um den schnöden Mammon. Schon damals nicht, als Marie, kurz nachdem sie in meinen Bulli gestiegen war, mit den lilafarbenen Scheinen nur so um sich geschmissen hatte, und auch nicht zu irgendeinem späteren Zeitpunkt.

Aber was war es dann? Im Vordergrund stand bestimmt, dass ich für tot erklärt worden war und überhaupt keinen Plan hatte, wie ich diesen Umstand wieder hätte geradebiegen können. Meine Karriere auf dem Surfbrett war hinüber, ebenso die Möglichkeit auf ein halbwegs normales Leben. Heute denke ich, dass es klug gewesen wäre, wenn ich mich der Polizei gestellt und versucht hätte, mithilfe meines Schwiegervaters in spe (dem ehrenwerten Richter) oder eines pfiffigen Anwalts Schadensbegrenzung zu betreiben. Ein anderer Grund war sicherlich, dass Marie in vielerlei Hinsicht auf mich gewirkt oder, anders ausgedrückt, teils bekannte, teils unbekannte Saiten in mir zum Schwingen gebracht hatte. Zum einen war es diese latente Erotik, die sie permanent ausstrahlte. Aber auch ihr ambivalentes Auftreten wirkte anziehend auf mich. Nicht hingegen ihre Aussetzer oder die zuweilen schier unmenschliche Brutalität. Die waren eher abstoßend. Aber diese klugen Gedankensprünge, ihre Fähigkeit, eine Situation zu erfassen und wie eine Impro-Theaterspielerin darauf zu reagieren – das faszinierte mich, ich gebe es offen zu.

Auch wenn ich mich im Nachhinein von ihr in vielerlei Hinsicht manipuliert fühle, hege ich inzwischen eine gewisse Wertschätzung für die Art und Weise, wie ihr dies bei mir gelungen ist. Und ich empfinde so etwas wie Liebe für sie, obgleich mir dieses Wort nicht (mehr) sonderlich gut gefällt.

Im Volksmund sagt man, jeder habe sein Schicksal in der Hand. Daran glaube ich seit Langem nicht mehr. Treffender finde ich Robert Frosts Gedanken in seinem Gedicht *Der nicht gegangene Weg*. Es hängt seit einiger Zeit über meinem Bett. Markiert habe ich mir folgendes Zitat:

Im Wald, zwei Wege boten sich mir dar,
und ich ging den, der weniger betreten war.
Und das veränderte mein Leben.

Wie recht er hat, der Poet … noch lange nach seinem Tod.

Und meinem.

Fuck!

There's a little black spot on the sun today
It's the same old thing as yesterday
There's a black hat caught in a high tree top
There's a flag pole rag and the wind won't stop

The Police - *King of Pain*

The Other Day

Gegen Abend gelangten wir in der Nähe von Merzig durch einen Zufall nach Frankreich. Ich hatte mich in der Peripherie der saarländischen Stadt verfahren und folgte nun einem Feldweg, in der Hoffnung, wieder auf die Landstraße entlang der Grenze zu kommen. Von dort wäre es nicht weit bis zur Staatsgrenze nach Luxemburg gewesen, wo wir mit nachlässigeren Kontrollen rechneten. Der Schotterweg führte immer weiter nach Südwesten, und ich suchte nach einer Möglichkeit umzudrehen. Schließlich gelangten wir an den Ortsrand eines kleinen Dorfes mit dem Namen Waldwisse. Völlig ahnungslos versuchte ich, die Hinweisschilder zu deuten und wunderte mich über die andersfarbigen Verkehrszeichen. Der Groschen fiel, als wir den auffällig gelb-roten Anstrich eines Eckhauses passierten. Darauf stand in großen Lettern: *Patisserie & Boulangerie Fousse.*

Ich wendete den Wagen und parkte in einer Seitenstraße.

„Was hast du vor?“, meldete sich Marie plötzlich zu Wort, die seit ihrem Aussetzer in eine seltsame Teilnahmslosigkeit versunken war. Ich hatte währenddessen Radio gehört, deutsche und französische Sender, und mit Beglücken festgestellt, dass sich unsere französischen Freunde weder für Maries Datenklau noch für die tödlichen Zwischenfälle auf unserer Flucht oder die Fahndung nach den russischen Mafiosi interessierten. Wohingegen in Deutschland die Bevölkerung weiterhin alle halbe Stunde über die Ereignisse in der vorigen Nacht informiert wurde.

„Ich besorge uns Croissants und Café au Lait“, erklärte ich.

Marie fiel mir zögernd um den Hals. „O mein Gott“, stammelte sie. „Wir haben es geschafft.“

„Das Glück der Tüchtigen“, sagte ich.

„Sekt“, rief Marie. „Oder besser Champagner!“

„Wie?“

„Vielleicht haben sie welchen. Dann wird gefeiert.“

Beim Anblick der Leckereien in den Auslagen wurde mir bewusst, wie hungrig ich war. Ich räumte zum Vergnügen der Besitzerin, die gerade schließen wollte, den halben Laden leer. Wir fuhren schmatzend über Nebenstraßen weiter ins Landesinnere, bis am Horizont die Positionslichter der Kühltürme eines Atomkraftwerks auftauchten. Wir hielten darauf zu und überquerten bei Kœnigsmacker die Mosel. Links und rechts des Stroms gab es Dutzende kleine Weiher und Seen. Es war fast elf, als wir den Wagen am Rand eines kleinen Weihers abstellten und beschlossen, hier die Nacht zu verbringen. Wir waren todmüde, Marie klagte über Kopfschmerzen. Ich kippte die Lehne des Fahrersitzes so weit es ging nach hinten.

„Aber vorher trinken wir noch“, entschied Marie und griff nach der Sektflasche, die ich erbeutet hatte. Wir tranken schneller, als es uns in unserem erschöpften Zustand guttat. Jedenfalls fühlte ich mich nach wenigen Schlucken stockbetrunken. Ihr hingegen schien der Alkohol nichts auszumachen.

Als die Flasche leer war, richteten wir uns notdürftig für die Nacht ein. Währenddessen warf ich einen Blick in den üppigen Kofferraum des Wagens. „Warum eigentlich im Sitzen schlafen?“, murmelte ich und klappte probehalber die Rücksitzbank um.

„Fantastisch", freute sich Marie.

Wir warfen die gesamten Gerätschaften der Bauern in den Weiher und lüfteten den Wagen so gut es ging. Danach bereiteten wir uns ein gemütliches Lager im Heck des Passats. Ich konnte die Beine der Länge nach ausstrecken und drehte mich zufrieden auf die Seite.

„Was soll das werden, Großer?", fragte Marie.

„Ich schlafe."

„Kehrst du deiner Partnerin immer den Rücken zu?"

„Ja", antwortete ich wahrheitsgemäß.

„Du hast von Trennung gesprochen." Sie strich mit der Hand von meiner Schulter bis zum Gesäß und wieder zurück.

„Ich möchte nicht darüber reden", erwiderte ich. „Nicht heute Abend."

„Du bist überall so fest", sagte Marie. „Voll durchtrainiert."

„Ich habe bis vor zwei Wochen noch an Weltcuprennen teilgenommen."

„Ich weiß. Tut mir leid."

Ich drehte mich zu ihr um und sah ihr in die Augen. „Was genau?"

Sie gab mir einen Kuss. „Dass du, wegen mir ..." Sie küsste mich aufs Neue. „Nicht mehr ..."

Ich erwiderte ihren nächsten Kuss und erstickte jedes weitere Wort im Keim. Bis wir erschöpft voneinander abließen und einschliefen.

Gegen Morgen pochte es vehement gegen das Seitenfenster. Ich schrak aus einem scheußlichen Traum hoch und schlug mit dem Kopf gegen den Dachhimmel. Ich wähnte die schwarz gekleideten Männer, die mich eben noch verfolgt hatten, vor der Tür. Marie kauerte sich ängstlich unter ihre Decke. Die Fenster des Passats waren von Atemluft beschlagen. Vorsichtig rubbelte ich ein handgroßes Guckloch frei, konnte aber nichts erkennen. Ich wagte es auf der anderen Seite, wieder ohne Ergebnis. Jetzt fing der Wagen an zu schaukeln. Marie stöhnte vor Angst. Ich berührte sie mit der Hand und spürte, wie sie innerlich bebte. Wüste Beschimpfungen drangen ins Wageninnere. Obwohl mir nicht wohl in meiner Haut war, beruhigte mich der Umstand, dass es französische Flüche und keine russischen Befehle waren. Ich schälte mich aus der Decke und warf einen kurzen Blick auf die Uhr. Halb fünf. Ich streifte mir ein T-Shirt über, schlüpfte in meine Jogginghose und öffnete das Fenster. Keine Armlänge entfernt glotzten mich zwei Augenpaare entgeistert an.

„Verschwindet von hier!“, rief der eine in gebrochenem Deutsch.

„Naturschutzgebiet“, fügte der andere hinzu. „Sonst rufen wir die Gendarmerie.“

Ich nickte. „Une minute“, sagte ich und kurbelte das Fenster nach oben.

„Angler“, sagte ich an Marie gewandt. „Los, beeil dich!“

Gegen sechs erreichten wir die Stadt Hettange-Grande, und ich besorgte ein Frühstück an einer Tankstelle in der Rue des Artisans. Marie deutete kauend auf eine Reihe von Gebrauchtwagen, die auf einem Parkplatz hinter dem Gebäude zum Kauf angeboten wurden. „Was hältst du von der hässlichen roten Familienkutsche da hinten?“

„Der Citroën?“

Marie nickte.

„Wie willst du das bewerkstelligen?“

„Wer wagt, gewinnt", sagte sie und schwang sich aus dem Passat.

Ich trank eilig meinen Kaffee leer, verbrannte mir dabei die Zunge und hastete ihr hinterher. Marie verwickelte den Tankstellenbesitzer in ein reges Verkaufsgespräch. Obwohl mir die französische Sprache durchaus geläufig war, verstand ich nur wenig. Gegen Ende ging es minutenlang um die in Frankreich üblichen Testkennzeichen. Marie wollte die Schilder bis Montagabend behalten, der Verkäufer beharrte darauf, sie spätestens am Abend wieder zurückzubekommen. Zuletzt blätterte Marie die fünfzehntausend für den Wagen auf den Tresen und legte noch mal tausend obendrauf.

„Und jetzt?", fragte sie provokant.

Der Verkäufer sah sie ungläubig an.

„Wir fahren nach Amsterdam und schicken Ihnen die Kennzeichen via Express zurück."

„Einverstanden", sagte der untersetzte Mann und reichte ihr seine fleischige Hand. Einen Griff unter die Theke später unterschrieb sie einen lässig formulierten Kaufvertrag auf Pergamentersatz. Marie legte einen Ausweis vor, wonach sie Christine Grébat hieß, und platzierte einen weiteren Fünfhundert-Euro-Schein darauf. Der Fettsack ließ das Geld mit einer raschen Handbewegung in seiner Brusttasche verschwinden und überreichte ihr kommentarlos die Papiere.

Ich folgte den beiden auf den Hof. Die Kennzeichen wurden montiert, und Marie nahm den Schlüssel in Empfang. Der Verkäufer empfahl sich mit einem süffisanten Lächeln.

„Was machen wir mit dem Passat?", erkundigte ich mich beeindruckt.

„Wir versenken ihn in einem dieser tausend Gewässer, die wir gesehen haben."

„Jetzt bei Tageslicht?"
„Wir haben keine andere Wahl."
Ich zuckte mit den Schultern.
„Fahr mir hinterher."
„Wieso Amsterdam?"
„Kannst du dir das nicht denken?"

Zwei Stunden später fanden wir eine geeignete Stelle unweit des Atomkraftwerks, das wir in der Nacht gesehen hatten. Eine abschüssige, dicht bewachsene Landzunge, die direkt in den Lac du Mirgenbach führte. Kein Mensch weit und breit, nur das Gekreische einiger Vögel im angrenzenden Wald. Am gegenüberliegenden Ufer zog eine Entenfamilie ihre Bahnen. Aus einem der konkav gewölbten Kühltürme des AKWs waberte dicker weißer Dampf.

„Woher wissen wir, ob der See an dieser Stelle tief genug ist?", fragte ich.

„Einer von uns beiden muss in den sauren Apfel beißen."

„Das ist nicht dein Ernst?" Ich schätzte die Außentemperatur auf unter zehn Grad.

„Schnick, Schnack, Schnuck?"

Was blieb mir anderes übrig, als mich darauf einzulassen?

„Dreimal?"

Ich nickte, streckte die Hand nach vorne und verlor den ersten Durchgang. Die darauffolgenden Runden gingen auf mein Konto. Marie zeigte sich als gute Verliererin. Ich war im Begriff, ihr anzubieten, trotzdem für sie ins Wasser zu gehen, als sie bereits splitternackt vor mir stand. Sie zwinkerte mir zu. „Ich wollte sowieso ein kühles Bad nehmen nach dieser heißen Nacht."

Ohne eine Reaktion abzuwarten, sprang sie in den See.

Ich bekam Gänsehaut vom Zuschauen. Marie schwamm einige Meter hinaus, atmete tief ein und verschwand unter der Wasseroberfläche. Ich schlenderte zum Passat und holte ein Handtuch aus der Sporttasche. Als ich meinen Blick wieder auf den See richtete, war von Marie nichts mehr zu sehen. Ich rannte besorgt ans Ufer. Wie viel Zeit mochte vergangen sein? Eine halbe Minute? Eine ganze? Zwei?

Ich sprang, ohne zu zögern, ins Wasser, versuchte die Stelle auszumachen, an der sie abgetaucht war, und ließ mich in die Tiefe gleiten. Das Wasser war selbst in einigen Metern Tiefe bei Weitem nicht so kalt, wie ich es befürchtet hatte. Später fiel mir ein, dass es sich um einen Kühlwasserspeicher des Kraftwerks handeln könnte. Das schwache Licht der Sonne reichte nur eine Körperlänge bis unter die Wasseroberfläche. Von da an kämpfte ich gegen einen dunstigen grünen Schleier, bei dem ich die Hand nicht vor den Augen sehen konnte. Zwei oder drei Meter tiefer stieß ich auf den sandigen Grund. Ich tastete mich wie ein Blinder, der seine Schlüssel verloren hat, kreuz und quer über den Seegrund, bis ich das Gefühl hatte, meine Lungen würden platzen. Halb ohnmächtig stieß ich mich mit letzter Kraft vom Boden ab und schaffte es gerade noch aufzutauchen. Ich saugte die frische Luft förmlich in mich hinein. Es dauerte, bis ich mich wieder orientieren konnte. Marie stand in das Handtuch gewickelt am Ufer und starrte mich ungläubig an. Ich paddelte an Land und streckte alle viere von mir. Sie beugte sich über mich. „Alles okay bei dir?“

Ich nickte.

„Was um alles in der Welt …?“

„Frag bitte nicht nach.“

„Okay.“

In dem Thriller *Der Staatsfeind Nr. 1* mit Will Smith in der Hauptrolle wird in der Anfangssequenz ein Kongressabgeordneter von ein paar fiesen NSA-Agenten hinterrücks ermordet. Die Szene spielt am Nebenfluss des Potomac im Occoquan-Park in Maryland, USA. Das Opfer wird, durch eine Injektion sediert, in seinen Wagen gezerrt, die Mörder verteilen eine Handvoll Tabletten im Innenraum und lösen die Handbremse. Die Limousine rollt eine Böschung hinab und gleitet sanft ins Wasser. Ein paar Luftbläschen steigen blubbernd auf, und der Wagen sinkt binnen Sekunden in die Tiefe. Wenige Augenblicke später gleicht das Setting wieder einem Naherholungsidyll der Extraklasse.

Schwachsinn, sage ich nur. Die Realität ist jedem Hollywoodfilm (sogar einem ausgezeichneten) immer drei Schritte voraus und um einiges komplizierter.

Nachdem wir den Passat für seine letzte Fahrt präpariert hatten, setzte ich mich ans Steuer und ging den geplanten Ablauf nochmals im Kopf durch. So, wie ich es bei meinen Rennen auch immer getan hatte.

„Los jetzt!“, drängte Marie.

„Lass mich in Frieden, oder mach es selbst.“

„Ist ja schon gut.“

Wenig später startete ich den Motor und legte bei geöffneter Tür den Gang ein. Ich beschleunigte auf etwa zwanzig Kilometer pro Stunde und hielt auf das Ende der Landzunge zu. Einen Steinwurf vom Wasser entfernt zog ich den Zündschlüssel ab, warf ihn ins Gelände und stellte mich, die Hände an der Dachreling festgekrallt, in den Türrahmen. Ich hatte mir ausgerechnet, dass ich es bei dieser Geschwindigkeit schaffen müsste, ein Stück neben dem Wagen her zu rennen und damit unbeschadet davonzukommen. Ich sprang und nahm die Beine in die Hand. Marie erzählte mir später, wie es sich aus ihrer Sicht zugetragen hatte. Kurz nach meinem Sprung holperte eines der Vorderräder über einen Stein, wodurch die Lenkung nach links gerissen wurde. Das Fahrzeug touchierte mich an der Hüfte, brachte mich zu Fall und überrollte mit dem Hinterrad meinen rechten Fuß. Ich blieb schreiend liegen, während der Passat etwa fünf Meter von der geplanten Stelle entfernt ins Wasser rauschte.

Marie kam angerannt. „O mein Gott!"

Ich drehte mich auf die Seite und betrachtete mein Fußgelenk, das bereits auf die Größe eines Tennisballs angeschwollen war. „Verdammt!", brüllte ich.

„Tut es sehr weh?"

Ich nickte. „Aber ich kann den Fuß bewegen."

Der Wagen saugte sich indes von einem lauten Glucksen begleitet voll mit Wasser.

„Was bedeutet das?"

„Es wird nur eine Bänderdehnung sein", mutmaßte ich.

Vom langsam versinkenden Passat war jetzt nur noch das über der Wasseroberfläche schaukelnde Dach zu sehen. Aus einem der geöffneten Fenster drängte die verbliebene Luft wie der Blas eines Wals in die Höhe.

„Dein Fuß wird ganz blau."

„Ich hatte das schon ein paarmal", sagte ich. „Ich bräuchte etwas zum Kühlen."

„Ich hole dir ein feuchtes Handtuch."

Während Marie sich auf den Weg machte, versank der Wagen vollends in der Tiefe. Gott sei Dank, dachte ich mir und stellte mir vor, wie lange es dauern würde, bis das Fahrzeug entdeckt, an Land gehievt und identifiziert werden würde. Die beiden Toten kamen mir in den Sinn. Wie sie in ihrem Grab aus vergorenem Futtermais vor sich hin verrotteten.

Marie wickelte das Handtuch um meinen Knöchel. Die kühlende Wirkung hielt nur wenige Sekunden. In diesem Moment dümpelte das Dach des Passats wieder an die Wasseroberfläche. Ich traute meinen Augen nicht. „Verdammter Scheiß!", fluchte ich.

Marie drehte sich erschrocken um. „Wie kann das sein?"

„Eine Luftblase vielleicht", sagte ich. „Oder die Reifen."

Ich wies sie an, im Bordwerkzeug des neuen Wagens nach einer Kneifzange zu suchen. Sie kehrte mit einem brauchbaren Tool zurück.

„Traust du es dir zu, die Ventile abzuzwicken?"

„Natürlich."

Es dauerte einige Zeit, bis der letzte Rest Luft aus den Pneus entwichen war, erzielte aber die gewünschte Wirkung. Der Wagen schien sich, von einem Ächzen begleitet, für immer in die Tiefe zu verabschieden.

Mit dem neuen Auto gönnten wir uns den Luxus Autobahn und kamen gut voran. Marie besorgte mir an einer Raststätte ein halbes Dutzend Eisbeutel samt einer Kühltasche. Ich bastelte mir eine Schlaufe für mein Bein, knotete sie am Angstgriff oberhalb der Tür fest und kühlte auf Teufel komm raus. Gegen Mittag erreichten wir Reims und zwei Stunden später die nordfranzösische Stadt Saint-Quentin. Ich hatte nur eine grobe Ahnung, wo wir uns befanden, und versuchte vor meinem inneren Auge eine Landkarte zu skizzieren, was mir nicht sonderlich gut gelang. Marie schien sich ihrer Sache sicher zu sein, also fragte ich nicht weiter nach. Wohingegen ich mir zunehmend Gedanken über die

Schiffsreise ins Unbekannte machte. Ich hatte weder einen Reisepass noch ein Ticket und nur die wenigen persönlichen Dinge, die mir geblieben waren. Mein Telefon (für immer zum Schweigen verdammt), meine Geldbörse, meinen nutzlos gewordenen Personalausweis, einen Kulturbeutel, ein paar Klamotten und Handtücher, eine russische Makarow-Pistole mit Schalldämpfer und zwölf Schuss Munition. Das war alles. Ich sprach Marie auf die Überfahrt an.

„Mach dir keine Gedanken, Lex", erwiderte sie.

„Tue ich aber."

„Heute Abend kümmere ich mich ein wenig um dein hübsches Gesicht." Sie lachte. „Und dann bekommst du die dazugehörigen Papiere."

„Was?"

„Nehmen wir einfach an, dass ich einen Plan C in der Tasche habe."

„Der wie aussieht?"

„Lex!"

„Verdammt! Versetz dich doch in meine Lage."

„Ich mache nichts anderes."

„Haha."

„Glaub, was du willst."

„Manchmal braucht es mehr als Worte, um jemandem zu vertrauen."

„Bist du ein Kontrollfreak?"

„Das hat damit nichts zu tun."

„Du hast vorige Nacht mit mir geschlafen. Ohne Gummi."

„Und?"

„Was würde deine Verlobte dazu sagen?"

„Dämliche Frage."

„Ich finde, wir sind mitten im Thema."

„Du willst mich doch nur provozieren."

„Und wenn schon."

Ich schüttelte den Kopf und starrte auf die vorbeirasende Landschaft. Karges Ackerland, wohin ich auch blickte. Hier und da ein Dorf, von denen eines wie das andere im Licht der fahlen Spätsommersonne wie vergessen wirkte. Ich versuchte mir vorzustellen, hier zu leben oder vielmehr leben zu müssen.

Womit würde ich meinen Unterhalt bestreiten? Im landwirtschaftlichen Betrieb meiner Eltern vielleicht. Oder als Arbeiter in irgendeiner Fabrik. Wäre ich längst verheiratet und hätte einen Stall voller Kinder? Das alles kam mir ungeheuer trostlos und fremd vor, als ob ich mich auf einem anderen Planeten befinden würde. Dabei lag meine Heimatstadt (was für ein bescheuerter Begriff, wenn man sich nirgendwo zu Hause fühlt) nur geschätzte vierhundert Kilometer entfernt. Offensichtlich hatte ich meinen Platz in der Welt noch nicht gefunden

„Am Anfang sah mein Plan vor, dass Elias mich bis Montevideo begleitet", unterbrach Marie meine Gedanken.

„Ach so."

„Was?"

„Uruguay also."

„Wenn alles vorbei ist, können wir dort ein neues Leben beginnen", sagte Marie. „Natürlich nur, wenn du mich weiterhin ertragen möchtest."

Komisch, dass sie gerade jetzt von der Zukunft sprach. „Ich werde darüber nachdenken."

„Elias war nur ein gottverdammter Nerd, Lex. Ich brauchte ihn, verstehst du das?"

Wie konnte sie ahnen, dass ich zuweilen grundlos

eifersüchtig wurde? Ich hatte nicht vor, ihr meine größte Schwäche auf die Nase zu binden. „Das ist doch völlig nebensächlich."

„Wo drückt dann der Schuh?"

„Vergiss es einfach."

Someone else's eyes
Someone else's arms
Someone else's obvious moves
I'm a jealous guy
I hear people talk
And it isn't hard to believe
I think you cheated on me

Gavin DeGraw – Cheated on Me

Before

Meine erste große Liebe hieß Kim. Ich lernte sie bei einem Weltcuprennen in Japan kennen. Kim gewann damals den Slalom in der Bucht von Omaezaki und ich das Kursrennen. Bereits während der gemeinsamen Flower Ceremony wusste ich, dass ich diese Frau haben wollte. Haben musste. Ich war damals neunzehn und gerade mit dem Gymnasium fertig. Kim steckte noch mitten in den Vorbereitungen für das Abitur. So oft es ging, fuhr ich mit der Bahn nach Braunschweig, wo sie – gerade erst volljährig geworden – in einer eigenen Wohnung logierte. Ihre Eltern waren das, was bei uns in der Familie als stinkreich bezeichnet wurde. Kim hatte sogar eine Zugehfrau, die dreimal in der Woche durch die Zimmer fegte. Aber trotz aller Privilegien gehörte sie zu den bodenständigsten Mädels, die ich bis dahin kannte. Kim sprach nie über Geld, trug Klamotten von Hollister und die üblichen Sneakers mit den drei Streifen. Ihre täglichen Einkäufe besorgte sie im Supermarkt, und als sie volljährig wurde, kaufte sie sich einen gebrauchten Smart, den ihr Vater abwechselnd mal als Schandfleck mal als Sargnagel bezeichnete. Kim scherte sich einen Dreck um die Etikette der Unternehmerfamilie. Stattdessen diskutierten wir an unseren freien Wochenenden über die fiesen Machenschaften der CIA oder die neuesten Boards und Segel, schmiedeten Karrierepläne als erfolgreichstes Sportlerpaar aller Zeiten und träumten von einem schmucken Häuschen am Meer. Wir sahen uns *Die Hochzeit des Figaro* in der Hamburger Staatsoper an, besuchten Lesungen von

Martin Suter (Kims Lieblingsautor) und fuhren Snowboard in Lake Louise.

Drei Jahre lang war ich überzeugt, die Liebe meines Lebens gefunden zu haben, und ging jeder anderen Frau (ohne mit der Wimper zu zucken) aus dem Weg.

Kurz nach dem Millennium verabschiedete sich Kim für ein Auslandssemester in die USA. Sie studierte damals Sportmanagement und meinte, mit dem Aufenthalt an der Johns Hopkins University in Baltimore, Maryland, die notwendigen Skills und Kontakte für ihr ehrgeiziges Berufsziel zu erlangen. Sie hatte sich nicht weniger vorgenommen, als nach dem Studium die Geschicke der Association of Surfing Professionals (ASP) zu lenken.

Tatsächlich bedeutete ihr Amerikatrip sowohl das Ende unserer Beziehung als auch ihrer sportlichen Karriere (und damit auch die Chance, auf den Chefsessel der ASP zu klettern).

Um es kurz zu machen: Kim hatte irgendwann zu Beginn des Semesters einen Fahrradunfall, verliebte sich in ihren Physiotherapeuten und kam nie wieder zurück. Ich erfuhr zwar noch, dass sie unter die Räder eines bekifften Autofahrers gekommen war, der mit sechzig Meilen über einen Supermarktparkplatz gebrettert war, mehr aber auch nicht. Anfangs telefonierte ich täglich mit ihren Eltern, nur um zu hören, dass es Kim nicht besonders gut ging und sie keinen Besuch empfangen durfte.

Die Wahrheit erfuhr ich auf die harte Tour und nachdem mein Mädchen längst die Klinik verlassen hatte.

Fred, ein Surf-Kollege aus Florida, rief mich ein paar Wochen nach dem Unfall an und sprach sein Bedauern darüber aus, was mit ihr passiert war und dass wir nicht mehr zusammen wären.

„Ich fand, dass ihr total gut zusammengepasst habt", näselte er mit seinem typischen American English in den Apparat und erzählte mir die ganze Story, nachdem ich den ersten Schock überwunden hatte.

Vor ein paar Jahren stieß ich durch einen Zufall auf ihr Facebook-Profil. Sie hatte sich mit ihrem Wunderheiler in Milford Mill niedergelassen und eine Familie gegründet. In dem Eintrag posierte sie im Bikini vor einem grasgrünen Cadillac, den sie von ihrem *Sweetie* zum Geburtstag geschenkt bekommen hatte. So eine Scheiße, dachte ich und verfluchte Mark Zuckerberg für seine blöde Erfindung.

Allerdings war nicht zu leugnen, dass Kim auf diesem Foto glücklich aussah. Verfluchte Scheiße!

I wanna be rich and I want lots of money
I don't care about clever I don't care about funny
I want loads of clothes and fuckloads of diamonds
I heard people die while they are trying to find them
...
I'll look at the sun and I'll look in the mirror
We're on the right track, yeah I'm onto a winner.

Lily Allen – *The Fear*

Wir passierten eine Verkehrstafel, die die Verzweigung auf die Nord-Süd-Autobahn 1 von Lille nach Paris ankündigte.

„Ich glaube, wir nehmen einen kleinen Umweg in Kauf", sagte Marie.

„Wozu?"

„Ich hätte da eine Idee …"

Ihr Vorschlag gefiel mir zur Abwechslung ausgesprochen gut, und etwa fünfzig Kilometer später begannen wir damit, auf den Rastplätzen nach geeigneten Lastwagen zu suchen.

Kurz vor Saint-Martin-sur-Cojeul entdeckten wir einen englischen Sattelzug der Spedition Wickford. Marie parkte den Citroën in einiger Entfernung, schlenderte mit dem Handy am Ohr über den Platz und warf einen beiläufigen Blick unter die Plane.

„Leer", berichtete sie freudestrahlend. „Was schlägst du vor?"

Ich schlüpfte in meine Badeschlappen und schaute mir das Fahrzeug in Ruhe an. Schließlich entdeckte ich an der Rückwand der Zugmaschine eine Werkzeugbox, die mit einem Gurt am Reserverad befestigt war. Wir mimten ein Liebespaar, knutschten eine Weile, behielten dabei den Lkw im Auge und passten eine günstige Gelegenheit ab. Als ein glatzköpfiger Typ mit hochrotem Kopf den Rasthof verließ und auf den Sattelschlepper zuhielt, flüsterte mir Marie etwas zu und ging dem Fahrer entgegen. Im Augenwinkel sah ich, wie sie ihn in ein Gespräch verwickelte, und beeilte mich, die wieder aktivierten Mobiltelefone der Russen unter dem

Werkzeug zu verstauen. In dem Moment, als ich den Riemen wieder festzurrte, hörte ich, wie Marie die Melodie von *Time to Say Goodbye* pfiff. Das war nicht abgesprochen, aber natürlich verstand ich die Message. Sekunden später wurde die Fahrertür des Lkws aufgerissen. Fahrig führte ich meine Arbeit zu Ende, während neben mir der Diesel ansprang. Ich schaffte es gerade noch, außer Reichweite des Hängers zu humpeln, als sich der Sattelzug zitternd in Bewegung setzte.

„Wie vermutet." Marie grinste zufrieden, als wir wieder im Wagen saßen. „Er fährt nach Calais und setzt mit der Fähre über. Dann geht die Reise nach Manchester, Liverpool und wieder zurück."

„Geil", sagte ich. „Und woher kam der Typ?"

„Marseille."

„Perfekt."

Wir fuhren zurück auf die E44. Die Aktion hatte uns gerade einmal eineinhalb Stunden gekostet. Ich war noch im Unklaren darüber, ob wir mit diesem Ablenkungsmanöver schlafende Hunde geweckt hatten. Marie hingegen war bester Laune, weshalb ich meine Bedenken (wieder einmal) für mich behielt.

Am späten Nachmittag erreichten wir Bolbec in der Region Haute-Normandie, knapp vierzig Kilometer von Le Havre entfernt. In exakt dreißig Stunden würde das Containerschiff die Leinen losmachen. Marie drängte darauf, ein Fachgeschäft für Frisörbedarf aufzusuchen. Aber nachdem wir einige Passanten gefragt hatten, die allesamt die Köpfe schüttelten, gab sie sich mit dem Intermarché in der Avenue Louis Debray zufrieden. Ich staunte nicht schlecht, als sie in der Drogerieabteilung eine Notiz aus ihrem Portemonnaie zauberte, auf der eine ganze Litanei von Farbtönen, Conditioner, Wasserstoffperoxid, Hitzeschutzspray und andere Dinge aufgelistet waren, von denen ich noch nie gehört hatte.

„Das brauchen wir alles, um einen anständigen Hebräer aus dir zu machen." Sie kicherte.

„Wie bitte?"

„Du hast es doch gehört."

„Ich kann kein Wort …"

„Das war Spaß."

Marie lenkte den Wagen auf den Parkplatz des Cimetière de Turgauville, einem Vorort von Le Havre.

„Was willst du auf dem Friedhof?"

„Das wirst du schon sehen", erwiderte Marie. „Warten wir, bis die Besuchszeit zu Ende ist."

Wir aßen Baguette und Käse und tranken mexikanisches Bier.

„Damit du dich an Lateinamerika gewöhnst", hatte Marie im Supermarkt gescherzt.

Kurz nach sechs wurde das Haupttor verschlossen. Eine weitere Viertelstunde später kletterten wir über eine mannshohe Mauer im hinteren Teil des Friedhofs. Wir gingen zu einer Wasserstelle, neben der ein Dutzend Gießkannen wie ein japanisches Glockenspiel im Wind hin und her schaukelten.

„Wir brauchen vor allem Wasser", erklärte Marie und begann ihre Utensilien auszubreiten. „Setz dich."

In der Ferne heulte eine Polizeisirene. Zum ersten Mal seit der Begegnung mit Marie konstatierte ich, dass mich das völlig kaltließ. Nach einer Stunde war ich fertig und musste mich widerwillig gedulden, mein neues Aussehen im Spiegel betrachten zu dürfen. Zuvor war meine Meinung zu einer Handvoll Perücken gefragt, und anschließend durfte ich Maries blonde Kurzhaarfrisur in ein nuttenhaftes Schwarz färben.

Als wir schließlich im Auto saßen, erkannte ich mich kaum wieder. Dafür wirkten der Typ auf meinem neuen Pass (ein Schwede mit dem Namen Thor Håkansson) und ich wie eineiige Zwillinge.

Marie hingegen erinnerte mich spontan an Natalie Portman in dem Film *Black Swan*. Mystisch und sinnlich.

Wir beschlossen, unsere neuen Identitäten auf die Probe zu stellen, und buchten ein Zimmer in einer heruntergekommenen Spelunke in der Nähe des Bahnhofs von Harfleur, etwa acht Kilometer östlich von Le Havre. Der Wirt, dessen Aussehen und Gehabe mich an eine Bulldogge erinnerten, war mir vom ersten Moment an unsympathisch. Er starrte Marie unverhohlen an und schien sich einen Dreck darum zu kümmern, ob es mich störte oder nicht. Sein Verhalten ermunterte ein paar Säufer, die an der Bar lehnten, Marie ebenfalls wie eine Straßenhure zu mustern.

Aus der Küche drangen säuerlicher Fischgeruch und die Flüche der Köchin. Ich stupste Marie in die Seite.

„Es ist nur für eine Nacht“, flüsterte sie mir zu und kritzelte ihren gefälschten Namen auf das Anmeldeformular.

Das Zimmer war um einiges gepflegter, als ich es erwartet hätte. Trotzdem hatte ich ein ungutes Gefühl im Magen. Marie streifte ihre Schuhe ab und ließ sich der Länge nach auf die Matratze fallen. „Besser als jeder Kofferraum, findest du nicht?“

Ich zuckte mit den Schultern und warf einen Blick aus dem Fenster. Unser Wagen parkte verlassen in einem trostlosen Hinterhof. Unterhalb unseres Zimmers lärmte der Generator einer Klimaanlage. Der Himmel war von grauen, tief hängenden Regenwolken überzogen.

„Trinken wir noch ein Bier?", fragte ich.

„Komm mal her, Großer."

Ich setzte mich neben sie auf die Bettkante.

„Zeig mir deinen Fuß."

„Geht schon wieder", sagte ich.

„Lass sehen."

Sie streifte meinen Strumpf ab und hielt ihre Hände mit etwas Abstand über die Schwellung. Ich war nie ein Esoterik-Freak gewesen, und von daher fand ich ihr Bemühen irgendwie lächerlich. „Was wird das, wenn ich fragen darf?"

„Halt still."

Mein Knöchel wurde wärmer und wärmer. Wie machte sie das bloß? Gleichzeitig erinnerte ich mich daran, dass Wärme bei Blutergüssen eher kontraproduktiv war. „Könntest du bitte …"

„Halt jetzt endlich die Klappe!"

Ich wollte widersprechen, als ich spürte, wie die Hitze anfing, nach oben zu wandern, das Bein empor, bis in den Oberkörper. Ich begann zu schwitzen, gleichzeitig fing der Fuß an zu kribbeln, später zu jucken, und schließlich machte sich ein angenehmes Taubheitsgefühl breit. Die Schwellung war beinahe vollständig verschwunden. Ich sah Marie fassungslos an. „Wie funktioniert das?"

„Keine Ahnung", erwiderte sie. „Hat mir mal jemand gezeigt."

„Ein chinesischer Wunderheiler?"

„Meine Mutter."

„Okay."

„Wie geht es dir?"

Ich bewegte das Gelenk, stellte mich auf die Füße und machte ein paar Schritte. „Das ist einfach unglaublich."

„Lex!"

Ich ließ mich wieder auf die Bettkante sinken.

„Du solltest dich etwas mehr entspannen."

„Was soll das jetzt?"

„Ich meine es ernst", sagte Marie. „Du siehst alles viel zu verkrampft."

„Ich besorg uns Bier, einverstanden?"

„Hörst du überhaupt zu?"

„Mir gefällt es hier nicht besonders. Hast du gesehen, wie dich die Typen an der Bar angeglotzt haben?"

„Das interessiert mich nicht."

„Dann ist es ja gut."

„Jetzt hör mir doch mal zu!"

„Was denn?"

„Wenn du die Sache mit mir bis zum Ende durchziehst, bekommst du die Hälfte der gesamten Kohle."

„Was bedeutet das?"

„Eine Menge Arbeit, das Risiko, jederzeit von einem Killerkommando auf offener Straße durchsiebt zu werden, und ungefähr vierhundert Millionen Dollar", erklärte Marie lakonisch.

„Und wo ist der Haken?"

„Es gibt keinen. Elias ist in Haft, und allein kann ich den Job nicht zu Ende führen."

„Wusste dein jüdischer Freund, wohin die Reise geht?"

„Uruguay?"

„Yep."

„Niemand wusste davon. Die Pässe habe ich für den äußersten Notfall herstellen lassen."

„Ich kenne mich nicht besonders gut aus mit Computern."

„Über deinen Part sprechen wir, wenn du dich entschieden hast."

„Wie lange gilt dieses Angebot?"

Marie warf einen Blick auf die Uhr. „Noch siebenundzwanzig Stunden und vier Minuten."

Ich betrachtete mein Sprunggelenk. Ich hatte vermutet, dass der Hokuspokus nicht lange wirken würde, aber für den Moment schien der Fuß komplett wiederhergestellt zu sein. Ich spürte, wie Marie mich beobachtete. Was hatte ich schon für Alternativen?

Scheiß der Hund drauf, dachte ich mir. „Wo muss ich unterschreiben?"

Marie fiel mir freudestrahlend um den Hals. „Ich liebe dich, Surf-Profi."

„Gehen wir jetzt ein Bier trinken?"

„Nichts lieber als das."

Wir fanden ein sympathisches Lokal in der Stadtmitte und bestellten Kronenbourg 1664. Im Hinterzimmer stand ein nagelneuer Billardtisch.

„Revanche gefällig?", fragte Marie.

„Für was?"

„Schnick, Schnack, Schnuck."

„Gerne."

Marie beherrschte das Spiel mit dem Queue, dennoch gewann ich die ersten Partien. Wir spielten bis weit nach

Mitternacht und tranken reichlich Bier. Schließlich holte mich die Müdigkeit ein, und ich verlor die Lust. „Gehen wir?"

„Noch eine Runde", forderte Marie.

„Ich bin am Arsch."

„Nur noch eine letzte", bettelte sie. „Mit Wetteinsatz."

„Du glaubst doch nicht …"

„Eine Million!"

„Das ist doch idiotisch."

„Lex, in ein paar Monaten bist du ein steinreicher Mann."

„Eine Million Euro?"

„Meinetwegen auch Dollar."

„Kleiner Unterschied, oder?"

„Wenn du verlierst, sind es immerhin noch dreihundertneunundneunzig Millionen."

„Ich werde aber nicht verlieren."

„Also?"

„Einverstanden." Von jetzt auf gleich war ich hellwach und krempelte meine Ärmel hoch.

Marie machte den Break, versenkte auf Anhieb drei Volle und bei ihrer zweiten Aufnahme gleich noch eine. Mir trat der kalte Schweiß auf die Stirn. Es gelang mir, den Vorsprung bis zu ihrer letzten Kugel auszugleichen, woraufhin Marie das Loch knapp verfehlte. Siegessicher brachte ich den Queue in Position und verpasste meinem Stoß den erforderlichen Effet. Zu meinem Entsetzen prallte die schwarze Acht zurück und verschwand in der Tiefe des gegenüberliegenden Lochs. Marie warf ihren Billardstock auf den Tisch und riss die Arme nach oben.

„Glückwunsch", sagte ich, während mir langsam dämmerte, dass ich soeben eine Million verspielt hatte. Von einem bislang virtuellen Vermögen zwar, das mir noch nicht mal gehörte und von dem ich keineswegs überzeugt war, dass es überhaupt jemals existieren würde. Aber faktisch hatte ich mich darauf eingelassen. Und verloren.

„Was schaust du denn wie ein begossener Pudel?" Marie knutschte mich fordernd auf den Mund. „Trinken wir noch einen Sekt?"

Um mein Gesicht zu wahren, nickte ich, obwohl mir zum Schreien zumute war.

Zurück im Hotel, zeigte sich Marie immer noch in Feierlaune. „Du kannst dir das Geld zurückholen, wenn du magst."

„Ich möchte jetzt schlafen, Marie."

„Und ich mit dir, Lex." Sie schmiegte sich an mich und tastete sich mit den Fingernägeln provozierend nach unten. „Für eine Million. Dann bist so reich wie zuvor."

„Das ist doch Unsinn."

„Spielverderber." Sie drehte mir den Rücken zu.

Ich löschte das Licht und schloss die Augen.

„Das war Spaß, du Idiot."

„Marie, bitte."

„Das mit dem Geld ist mir scheißegal, aber ich möchte jetzt mit dir Sex haben … weil ich dich mag. Hörst du, Lex, ich mag dich!"

„Ich dich doch auch", erwiderte ich, in der Hoffnung, endlich meine Ruhe zu bekommen.

„Und irgendwie ist es ja jetzt so, dass wir die nächste Zeit aufeinander angewiesen sind." Sie knipste ihre Nachttischlampe an. „Würdest du mir bitte den BH öffnen?"

„Marie."

„Ich möchte nackt schlafen, was ist schon dabei? Ich schlafe immer ohne Kleider."

Ich erfüllte ihr den Wunsch. Sie wandte sich zu mir um, bedeckte ihre winzigen Brüste mit den Händen, sah mich an und kicherte frech. „Weißt du, Lex, mir kommt es so vor, als wären wir beide auf einer einsamen Insel gestrandet oder in einem kaputten Aufzug stecken geblieben. Findest du nicht?“

„So ähnlich wird es wohl sein“, sagte ich gähnend und musste unvermittelt an einen Fahrstuhl in die Hölle denken.

Sie griff nach meinen Händen und führte sie an ihre Brustwarzen, dabei atmete sie mit geschlossenen Augen tief ein. „Komm!“, forderte sie mich auf. „Berühr mich endlich.“

In der Nacht wachte ich verschwitzt auf. Ich hatte geträumt. In meinem Traum war ich zu spät zum Hafen gekommen. Marie stand bereits an der Reling des ablegenden Schiffes und sah zu mir mit traurigen Augen. Ich brüllte so laut ich konnte gegen den Lärm der Maschinen an und versuchte ihr klarzumachen, dass ich meinen Schlüsselbund verloren hatte.

Ihr Gesicht sprach Bände. *Wozu denn Schlüssel?*

Mit dieser Frage und den verblassenden Bildern des Traums schlich ich auf die Toilette.

Ja, wozu eigentlich? Die Frage ging mir nicht aus dem Kopf, bis sie von der Sorge verdrängt wurde, ob ich den Bund überhaupt aus dem Passat genommen hatte. Ich zuckte zusammen, als ich während des Händewaschens in ein fremdes Gesicht starrte. Wie lange würde es wohl dauern, bis ich mich an diesen Typen gewöhnt hätte. „Hej Thor“, grüßte ich mein Gegenüber. „Alles okay?“ Thor schüttelte unmerklich den Kopf. Gar nichts war okay, überhaupt nichts. Ich ging auf leisen Sohlen zurück ins Schlafzimmer und durchwühlte meine Sporttasche. Marie schlief tief und fest. Ab und an gab sie ein leises Rucksen von sich.

Meine Suche nach meinem alten Schlüsselbund blieb ergebnislos.

Ich nahm die Fahrzeugschlüssel, schlüpfte in meine Turnschuhe und machte mich auf den Weg nach unten. Ein aschfahler Mond warf ein spärliches Licht auf den ohnehin schon gruseligen Hinterhof. Auf der Kühlerhaube des Wagens saß eine Katze, die sich fauchend davonmachte, als ich die Zentralverriegelung betätigte. Das Lederetui lag unter meiner nassen Jeans im Kofferraum. Die Hülle war fleckig geworden und roch nach dem Uran-Tümpel, in dem wir den Passat versenkt hatten. Nachdenklich betrachtete ich einen Schlüssel nach dem anderen. Mich überkam das seltsame Gefühl, dass diese Handvoll Metall das letzte Überbleibsel meines alten Lebens versinnbildlichte. Die vielen Abenteuer mit meinem geliebten Bulli, die knarzende Eichenholztür des elterlichen Wohnhauses und meine verschlossene Schreibtischschublade, in der sich mein Tagebuch und andere Erinnerungsstücke befanden, an die ich teilweise jahrelang nicht gedacht hatte und die ich mit einem Mal schmerzlich vermisste. Nicht zuletzt die Zugangsschlüssel zur Wohnung in Köln, die ich mit Valentina bis vor wenigen Tagen, wenn auch mit gemischten Gefühlen, geteilt hatte.

Die Laune überfiel mich wie ein Seebeben, dessen Epizentrum kilometerweit unter der Meeresoberfläche verborgen lag und bei dem die Frühwarnsysteme versagt hatten.

Ich erinnere mich daran, dass der Gedanke an die Zehnpfennigmünze meines Großvaters das Fass zum Überlaufen brachte. Der Glücksbringer, den er mir kurz vor seinem Tod heimlich zugesteckt hatte, schlummerte in einer Schatulle in meiner Nachttischschublade. Das Geldstück hatte ihm im Zweiten Weltkrieg während einer Granatexplosion das Leben gerettet, da er seinen Geldbeutel – entgegen den Vorschriften – in der Brusttasche verstaut gehabt hatte. Ein daumengroßer Metallsplitter prallte an der Münze ab, statt sich in sein Herz zu bohren. Ein anderer Grund war sicherlich mein Tagebuch, in dem ein paar Affären angedeutet waren, von denen Valentina auch posthum nichts erfahren sollte. Sie war mit allem, was passiert war, schon genug gestraft.

Ich schaute auf die Uhr. Viertel vor drei. In neunzehn Stunden würde das Schiff ablegen. Ich fing an zu rechnen. Die einfache Strecke nach Köln betrug etwa sechshundert Kilometer. Mit etwas Glück wäre ich gegen neun am Morgen dort und Valentina längst auf der Arbeit. Würde ich eine Stunde später den Rückweg antreten, selbst bei schlechten Verkehrsbedingungen, wäre ich zwei oder drei Stunden vor der Abfahrt wieder hier.

Während ich mich zurück ins Zimmer schlich, war mir längst klar, dass ich diese Fahrt machen würde. Ganz egal, ob Marie die Idee gut fand oder nicht. Sie schlummerte noch immer wie ein erschöpftes Tierchen in ihrer Embryonalhaltung. Sollte ich sie wecken?

Je länger ich über meinen verrückten Plan nachdachte, desto klarer wurde mir, dass Marie einen Riesenterz veranstalten würde, auf den ich keine Lust hatte. Ich schrieb eine Notiz und versprach, in jedem Fall rechtzeitig am Hafen zu sein. Aus irgendeinem Grund pinselte ich ein Herz darunter, vermutlich in der Hoffnung, die zu erwartende Wut ein wenig zu dämpfen. Dann stahl ich mich wie ein Dieb aus dem Zimmer.

Obwohl ich kurz vor Köln in den morgendlichen Verkehrswahnsinn hineinfuhr, schaffte ich die Strecke in etwas mehr als fünfeinhalb Stunden. Punkt neun stand ich mit dem Citroën in einer Parallelstraße, von wo aus ich einen Blick auf unseren Balkon werfen konnte. Alles wirkte ruhig und zugegebenermaßen auch vertraut. Es kam mir so vor, als wäre ich Jahre weggewesen. Schon holten mich erste Zweifel ein, ob es klug wäre, nach Le Havre zurückzufahren. Aber dann fiel mir ein, dass ich gar nicht mehr anders konnte. Vielleicht würde ich an einem Kiosk noch eine Zeitung erhaschen können, in der meine Todesanzeige abgedruckt war. Ich drehte eine Runde um den Block und sah kurz in die Tiefgarage. Valentinas Cinquecento war nirgends zu entdecken. Schließlich wagte ich mich zu Fuß in die Nähe des Hauseingangs und vertraute darauf, dass mich niemand in meinem neuen Look erkennen würde. Zur Sicherheit stülpte ich mir eine Basecap von Lukoil über, die ich an einer Tankstelle im belgischen Mons ergattert hatte.

Ich klingelte vorsichtshalber, und als niemand darauf reagierte, ging ich ins Haus. Ich eilte die Treppen nach oben, verschwand so schnell es ging in der Wohnung und schloss leise die Tür. Als ich mich umdrehte, traute ich meinen Augen kaum. In den Zimmern herrschte ein völliges Durcheinander. Sämtliche Schubladen waren herausgerissen, Schränke leer geräumt, und der Inhalt lag wahllos auf dem Boden verstreut. Im ersten Moment glaubte ich an einen Wutanfall von Valentina, aber als ich in ihr Arbeitszimmer trat und das gleiche Chaos vorfand, ahnte ich, dass eingebrochen worden war. Ich rannte in mein Zimmer, in dem ein noch viel größeres Tohuwabohu herrschte als in den anderen. Jetzt war ich mir sicher, den Anlass zu kennen.

Ich kann nur vermuten, dass sich ein paar Leute mächtig ans Bein gepisst fühlen.

So eine verdammte Scheiße!

Ob die Wohnung noch immer im Visier unserer Verfolger war? Ich rutschte auf Knien über das Durcheinander und suchte wie ein Verrückter nach den Habseligkeiten, derentwegen ich hergekommen war. Ich wurde richtig panisch, weil ich mir kaum vorstellen konnte, dass Valentina unter diesen Umständen einen normalen Arbeitstag im Geschäft verbringen würde. Ob die Polizei schon hier gewesen war? Jedenfalls deutete nichts darauf hin. Keinerlei Tatortermittlung. Ich gab mir fünf Minuten. Hinter dem Schlafsofa fand ich die Schatulle mit dem Zehnpfennigstück meines Großvaters. Mein Tagebuch fehlte, genauso wie die beiden Ordner, in denen sämtliche Verträge und Kontaktadressen meinen Sport betreffend abgeheftet waren. Mein Laptop war weg, ebenso die beiden großen externen Festplatten, auf denen sich meine Fotosammlung der letzten zehn Jahre befand. Zum Teufel noch mal!

Mir blieb nichts anderes übrig, als den Rückzug anzutreten. Im Türrahmen stehend, wandte ich mich ein letztes Mal um. „Leb wohl, Alexander Caviazel", murmelte ich, dann tappte ich auf leisen Sohlen zur Wohnungstür. Um sicherzugehen, dass die Luft rein war, spähte ich durch den Türspion und bemerkte, wie die zwei alten Jungfern gegenüber gerade ihre Wohnung verließen, beide in Schwarz gekleidet. Ich hielt die Luft an.

„Schlimm, schlimm", seufzte die eine.

„Das kannst du wohl sagen", meinte die andere.

Sie starrten auf unsere Tür, als würden sie nur allzu gern einen Blick in die Wohnung dahinter werfen.

„Erst stirbt der Mann, und jetzt wurde bei dem armen Mädchen auch noch eingebrochen."

„Man sieht in die Menschen nicht hinein, sage ich immer."

„Da hast du wohl recht."

Sie verschwanden außer Sichtweite. Aus dem Treppenhaus hallten ihre Stimmen nach. Plötzlich dämmerte es mir. Ich kramte im Zeitungsständer nach der *Rundschau*, fand aber nur ältere Ausgaben. Ich ging ins Esszimmer und sah mich in der Küche um. Schließlich entdeckte ich eine Gesprächsnotiz neben dem Telefon. Als ich die Stichworte überflog, lief es mir eiskalt über den Rücken. Valentina war nicht bei der Arbeit, sondern auf dem Weg zum Südfriedhof. Jetzt fiel es mir wie Schuppen von den Augen. Ich wusste, dass Beerdigungen dort für gewöhnlich um elf abgehalten wurden. Ich warf einen Blick auf die Uhr. Noch fünfzig Minuten. Eigentlich konnte ich mir diesen Abstecher zeitlich nicht leisten, aber ich musste der Zeremonie beiwohnen. Wann bot sich schon einmal die Gelegenheit, die eigene Beerdigung miterleben zu können? Was für ein makabres Oxymoron!

Auf dem Weg zum Friedhof kam ich an einer Sparkasse vorbei und hielt, einem spontanen Einfall folgend, an. Im Zusammenhang mit dem Einbruch war es doch völlig plausibel, dass die Einbrecher meine EC-Karte entwendet hatten und damit Schabernack trieben. Ich hatte auf meinem ganzen Trip, bevor es zu der Begegnung mit Marie gekommen war, kein einziges Mal mit der Karte bezahlt. Ich brauchte Bargeld und wollte für die erste Zeit nicht auf sie angewiesen sein. Das einzige Problem stellten die Überwachungskameras dar. Ich fuhr zur Star-Tankstelle an der Brühler Straße und kaufte mir ein ganzes Dutzend goldbeschichteter Notfalldecken und Klebeband. Auf dem Parkplatz hinter der Bank bastelte ich mir ein Bonbon-Kostüm, wie Kim und ich es an Karneval schon einmal gemacht hatten. Es war mir völlig egal, wie bescheuert das aussah. Dann begab ich mich auf den Weg in den Schalterraum. Die wenigen Passanten, denen ich begegnete, schmunzelten nur. Offensichtlich konnte man sich in dieser Stadt nicht dämlich genug verhalten.

Ich reizte ohne schlechtes Gewissen den gesamten Dispokredit in Höhe von dreitausend Euro aus, weil ich sicher war, dass in diesem Fall die Bank für den Schaden aufkommen würde. Außerdem waren mit meinem Tod zwei Lebensversicherungen fällig geworden, sodass Valentina finanziell keine Not leiden würde.

Auf der Weiterfahrt stopfte ich den ganzen Krempel in den Mülleimer einer anderen Tankstelle, während ich mich für die Rückreise mit Sprit versorgte.

Das unübersichtliche Gelände des Kölner Südfriedhofs beherbergt knapp fünfzigtausend Grabstätten auf einer Fläche von über sechzig Hektar. Ich entdeckte meinen Namen an einer Infotafel am Eingang und näherte mich der Zeremonie über den Bereich des Britischen Ehrenfriedhofs. Von meiner Position aus konnte ich das frisch ausgehobene Grab gut sehen, in das gerade der Sarg herabgelassen wurde. Meine Totenkiste. Valentina konnte ich nirgendwo ausmachen, dafür meine Eltern und Freunde. Mir war einfach nur schlecht, während ich der Grabrede und den Schauerliedern lauschte, die eine Blaskapelle lustlos begleitete. Als die vielleicht einhundert Trauergäste in Reih und Glied nach vorne traten und ihre Blumen und Zweige in die Tiefe warfen, trat ich den Rückzug an. In dem Moment, als ich hinter einem der hinkelsteingroßen Grabmale hervortrat, bemerkte ich zwei Männer im Schatten einer Kapelle, etwa zwanzig, dreißig Meter entfernt, die gerade im Begriff waren, ihre Armeeferngläser in Futteralen zu verstauen. Ich duckte mich rasch weg und suchte im Schutz der Bäume das Weite. Obwohl ich die beiden nur für den Bruchteil einer Sekunde gesehen hatte, wusste ich Bescheid. Offensichtlich hatten alle Gangster denselben Dresscode: schwarze Klamotten, Sonnenbrille, kurze Haare.

Wie bescheuert war das eigentlich?

Ich rannte zurück zum Wagen und jagte in Richtung Autobahn. Dieses Mal war ich es, der mit der Nase am Rückspiegel klebte. Ich wusste nicht, ob mich die beiden registriert hatten. Und blöderweise wusste ich auch nicht, mit welchem Fahrzeug sie unterwegs waren. Ich fragte mich, was diese Typen auf der Beerdigung zu suchen hatten. Herausfinden, ob ich wirklich tot war? Wohl kaum.

Ich konnte mir nicht vorstellen, dass es eine Leichenschau gegeben hatte. Ein solches Feuer wie das, in dem ich gestorben war, hinterließ kaum Überreste. Bestenfalls hatte ein Foto von mir im Sarg gelegen. Ich war mir sicher, dass diese Idioten niemals ahnen konnten, dass ich höchstpersönlich bei der Beerdigung aufkreuzte, auch wenn sie davon ausgegangen waren, dass ich noch am Leben war. Oder vielleicht doch? Waren sie mir womöglich schon auf der Herfahrt gefolgt?

Ich bretterte rastlos die A4 entlang, bis mir eine Idee kam. Kurz vor Aachen hielt ich an einem Rasthof und wählte an einem öffentlichen Fernsprecher die Nummer der Pension bei Le Havre. Ich erkannte die Stimme der Bulldogge und fragte nach Marie.

„Die ist weg“, sagte er mürrisch. „Hat was für Sie dagelassen.“

„Was denn?“

Es knackte in der Leitung, dann war die Verbindung unterbrochen. Ich probierte es noch ein paarmal, vergeblich. Schließlich ließ ich es bleiben und setzte meine Flucht fort. Der Verkehr war stellenweise zähflüssig, und ich kam nur schleppend voran. Kurz nach zwei passierte ich Lüttich. Von hier waren es bestimmt noch fünfhundert Kilometer. Ich dachte an meinen Traum und den bescheuerten Schlüsselbund. Ich stellte mir Marie vor, wie sie mich nach dem Aufwachen verflucht hatte, und spielte mit dem Gedanken, aufzugeben und mich der Polizei zu stellen. Dann malte ich mir aus, wie Marie und ich es schafften, in Südamerika ein neues Leben zu beginnen. Valentina kam mir in den Sinn, und ich fragte mich, wie es ihr ging. Meine Eltern und Freunde, wie sie am Grab gestanden hatten. Die vermeintlichen Killer. Die Männer im Tunnel und die Angler am See. Der Landwirt und sein Sohn. Marie und ich im Kofferraum des Passats.

Und während dieser Tsunami in meinem Kopf wütete, fuhr ich immer weiter und weiter. Oft registrierte ich kilometerlang nicht, was um mich herum geschah. Erst als ich wieder zum Bremsen oder Überholen gezwungen war, wurde mir bewusst, wie weit ich mich gedanklich vom Verkehrsgeschehen wegbewegt hatte. Ich zwang mich, wachsamer zu sein, fuhr bei offenem Fenster, schlug mir links und rechts auf die Wangen. Und doch lief das Programm weiter, bis ich gegen halb acht an der Ausfahrt nach Bolbec vorbeikam, wo Marie und ich tags zuvor eingekauft hatten. Noch zweieinhalb Stunden, und ich musste vorher noch bei dieser bescheuerten Pension vorbei.

Um acht war ich dort.

Bulldogge brummelte irgendetwas davon, dass er keine Postfiliale wäre und verlangte zwanzig Euro extra. Dabei wedelte er mit dem Briefumschlag vor meiner Nase hin und her. Ich knallte ihm einen Fünfziger auf die Theke und rannte zurück zum Wagen.

Noch zwei Stunden.

Marie hatte mir das Ticket hinterlegt und eine Notiz hinterlassen, dass wir – für den Fall, dass ich tatsächlich kommen würde, was sie ja nicht glaubte – getrennt einchecken und während der ersten Tage auf See keinerlei Kontakt pflegen sollten. Am Ende schimpfte sie mich noch einen liebenswerten, aber jämmerlichen Feigling.

Ganz ehrlich, ich hatte Schlimmeres befürchtet.

Außerdem hatte sie einen weiteren Fünfhundert-Euro-Schein in dem Umschlag hinterlegt.

Noch siebzig Minuten.

Ich donnerte zum Aéroport Le Havre Octeville, parkte den Wagen wie geplant auf einer Stellfläche für Langzeitparker, riss die Kennzeichen aus der Halterung, steckte die Schilder in den vorbereiteten Umschlag, rannte vor die Abflughalle und warf das Paket in einen Briefkasten. Anschließend nahm ich ein Taxi zum Hafen.

Noch dreißig Minuten.

Stop the war you fucking whore
Wake up it feels like a dream
But the nightmare continues now

Total Chaos – *Nightmares*

Before

Zehn Jahre, nachdem sich an jenem elften September die beiden Flugzeuge in die Türme des World Trade Centers gebohrt hatten, war ich in der Juniorennationalmannschaft die unangefochtene Nummer eins gewesen. Ich gewann jedes Rennen und wurde in der Presse als Topfavorit für die bevorstehende Weltmeisterschaft auf Hawaii gehandelt. Ich hatte einen richtigen Höhenflug, und wenn man so etwas noch nicht selbst erlebt hat, kann man es vermutlich kaum nachvollziehen. Viele träumen davon, einmal ganz oben zu stehen, bewundert zu werden, von Fans umjubelt und in den Medien präsent zu sein, Geld oder zumindest die Chance zu haben, mit dem, was man tut, in absehbarer Zeit reich zu werden. Man verliert, ohne es zu merken, die Bodenhaftung. Man denkt, alles würde wie von selbst gehen und dieses Hochgefühl würde bis zum Jüngsten Tag andauern. Natürlich habe ich in dieser Zeit intensiv trainiert. Genau genommen hatte ich viel härter als jemals zuvor gearbeitet. Aber das lag ganz einfach daran, dass ich gar nichts anderes hätte tun können. Mit jeder Sprosse auf der Karriereleiter nehmen auch die Zwänge zu. Selbst wenn einem die ganze Welt zu Füßen liegt, so tut sie es nicht deswegen, weil die Leute dich mögen, sondern nur deshalb, weil du stellvertretend das geschafft hast, wovon andere nur träumen. Wittert die Meute eine Chance oder Möglichkeit, deinen Platz einzunehmen, verschwindest du genauso schnell von der Bildfläche, wie du aufgetaucht bist. Ja, ich bin überzeugt, dass viele für Ruhm und Erfolg über Leichen gehen würden, aber das ist eine andere Geschichte.

Mein Trainer hatte mich oft genug gewarnt. Er kannte mich vermutlich besser als ich mich selbst. Er wusste um meine Schwächen – Frauen und Partys. Ich trank zwar nur mäßig Alkohol und rauchte nur alle paar Wochen eine Bong. Aber beides tat mir nicht gut, am wenigsten die langen Nächte. Ich schlief zu wenig. Zuweilen fehlte mir die Aufmerksamkeit im Training, und meine Regenerationszeiten zogen sich aus diesem Grund in die Länge. Trotzdem gewann ich die Rennen, vielleicht weil ich zum damaligen Zeitpunkt mehr als nur ein Quäntchen besser war als meine Konkurrenten.

Am Abend vor dem Abflug feierte ich die Nacht durch. Ein paar Bekannte wollten mich gegen Mitternacht nach Hause begleiten und gaben mir gut gemeinte Ratschläge. Aber ich schlug alle in den Wind. Ich wollte feiern und große Sprüche reißen. Irgendwann in der Nacht trat ich ans Mikrofon und lud die ganze Gesellschaft zu meiner Weltmeisterschaftsfeier ein. Ich würde mich nur kurz ans andere Ende der Welt entschuldigen, um den Pott zu holen, und dann würde ich eine Sause der Extraklasse schmeißen.

Ich weiß nicht mehr, wann und wie ich nach Hause gekommen war. Ich weiß nur, dass mich kurz nach acht das Klingeln meines Mobiltelefons aus dem Schlaf gerissen hatte. Ich werde diesen ersten Ton, der an diesem Morgen an mein Ohr drang, nie mehr vergessen, weil er den Sturz von der Erfolgsleiter einläutete. Der Ernst der Lage wurde mir schlagartig bewusst.

„Lex!“ Es war mein Trainer. „Wo bist du?“

„Auf dem Weg.“

„Wir hatten acht vereinbart.“

„Ich stecke im Stau“, log ich frech.

„Das glaube ich dir nicht.“

Ich schluckte, und mir wurde klar, dass ich es niemals bis zum Abflug schaffen würde.

„Lex?"

„Ich habe verschlafen. Es tut mir leid. Ich kann es mir nicht erklären. Es tut mir …"

„Du hast gestern gefeiert, habe ich recht?"

„Daran ist doch nichts Schlimmes."

„Tassilo hat mir von der Party und deinem Auftritt erzählt."

Er wusste alles. Es hatte keinen Zweck mehr zu leugnen.

„Es wird nicht wieder vorkommen."

„Das hoffe ich, Lex. Für dich. Und das meine ich wirklich so. Aber du wirst nicht mit nach Hawaii kommen."

„Wie?"

„Du hast richtig verstanden. Jemand anderes wird für dich an den Start gehen."

„Aber ich könnte doch mit dem nächsten Flieger …"

„Ich werde meine Entscheidung nicht rückgängig machen."

„Das geht nicht. Keiner aus dem Team kann …"

„Ich hoffe, dass dir das eine Lehre sein wird. Wir reden, wenn ich zurück bin."

„Bitte nicht!"

„Ich muss jetzt auflegen, Lex. Die Fluggesellschaft macht Probleme wegen der Boards."

Ich schleuderte das Handy gegen die Wand, brüllte wie ein Rasender und schlug mir die Fäuste an der Bettkante blutig. Als ich mich halbwegs beruhigt hatte, schlüpfte ich in meine Kleider, schnappte mir das Gepäck, das im Flur bereitstand, und setzte mich in ein Taxi. Ich bot dem Fahrer zusätzliches Geld an, damit er schneller fuhr. Ich wählte die Nummer meines Trainers, aber er ging nicht mehr an den Apparat.

Es war die schlimmste Fahrt meines Lebens. Ich hatte nicht den geringsten Plan, wie ich die Situation noch geradebiegen konnte. Aber ich musste es versuchen. Alles oder nichts!

Als ich endlich am Terminal ankam, rannte ich zum Schalter und drängelte mich, allen Buhrufen zum Trotz, in der Warteschlange nach vorn.

„Die Maschine rollt gerade auf ihre Startposition", sagte die Blondine am Schalter mit einem mitleidigen Lächeln.

Ich sank auf die Knie und hatte das Gefühl, in meine eigenen Abgründe zu stürzen.

Dieses Erlebnis ist für mich so eng verhaftet mit den Bildern der einstürzenden Türme des World Trade Centers, wie kein anderes. Das hört sich vielleicht dumm und respektlos an angesichts der Tatsache, dass an 9/11 Tausende Menschen in den Tod gerissen wurden, aber die Ereignisse dieses Vormittags waren für mich in diesen Momenten gleichbedeutend mit dem Crash meines Lebens. Dem der ganzen Welt.

I am the passenger
And I ride and I ride
I ride through the city's backside
I see the stars come out of the sky
Yeah, they're bright in a hollow sky
You know it looks so good tonight
I am the passenger

Iggy Pop – *The Passenger*

The Other Day

Zehn Minuten vor der Abfahrt stoppte das Taxi am Quai des Amériques, einer der unzähligen Schiffsanlegestellen im Hafen von Le Havre. An der *CCM Fort St Georges* war die Mannschaft bereits damit beschäftigt, die hinteren Leinen des riesigen Containerschiffs loszumachen. Ich beeilte mich, an die Zugangsbrücke zu kommen. Über den hochhausartig gestapelten Containern ertönte die Schiffssirene und ging mir durch Mark und Bein.

„Daran müssen Sie sich gewöhnen!“, rief mir einer der beiden Kontrolleure zu. Ich reichte ihm mein Ticket.

„Passenger Thor Håkansson?“

„Ja.“

Er suchte umständlich meinen Namen auf einer Liste. Ich gab vor, ihm dabei zu helfen, und suchte stattdessen nach Maries Pseudonym, konnte aber keine Christine Grébat ausmachen. Ich stutzte, während der Angestellte einen Haken neben meinen Namen setzte und nach dem Pass verlangte.

War es möglich, dass Marie sich gar nicht an Bord befand? Dass sie mich auf diese Weise loswerden wollte?

„Gute Reise“, wünschte mein Gegenüber.

Ich zögerte.

„Fehlt etwas?“

Ich verneinte und schritt zögernd die Gangway nach oben. Ein Steward begleitete mich zu einer Innenkabine, die mir auf den ersten Blick wie eine Gefängniszelle vorkam. Hier sollte ich fünfundzwanzig Tage auf See verbringen? Der Steward schien mir mein Missbehagen anzusehen.

„Stimmt etwas nicht mit der Kabine?“

„Alles bestens“, sagte ich abwehrend. „Meine erste Schiffsreise. Ich werde mich daran gewöhnen.“

Gleich nachdem er die Tür hinter sich zugezogen hatte, ließ ich mich auf die Koje fallen und überflog noch einmal die Zeilen, die Marie mir hinterlassen hatte, konnte aber keinerlei Zwischentöne herauslesen, die meinen Argwohn bestätigten. Ich legte die Notiz beiseite und sah mich stirnrunzelnd um. Der Umstand, dass es in meiner Kabine nicht einmal ein Fenster gab, wirkte beklemmend. Dabei hatte ich mir vorgestellt, zu jeder Tages- und Nachtzeit einen Blick aufs offene Meer werfen zu können.

Marie! War sie an Bord oder nicht? Ich würde es herausfinden, spätestens bei der ersten gemeinsamen Mahlzeit. Was, wenn nicht? Ich hatte nicht die geringste Ahnung. Der nächste Halt wäre Dakar, aber was wollte ich im Senegal? Anschließend würde das Schiff in Rio de Janeiro und ein paar Tage später in Santos vor Anker gehen. Und schließlich in Montevideo. Ich wusste nichts über Uruguay, rein gar nichts. Vermutlich war Spanisch, wie in den meisten südamerikanischen Ländern, die vorherrschende Sprache. Reichlich dünne Informationen für einen Neubeginn, dachte ich mir. Während ich mir überlegte, ob ich mir ein Bier organisieren sollte, schlief ich ein.

Als ich am nächsten Morgen bei Sonnenaufgang auf das Vorderdeck trat, bot sich mir ein überwältigender Ausblick. Die glühende Linse der Sonne, kaum größer als ein Tennisball, teilte den Horizont in einen orangebraunen, wolkenverhangenen Himmel und ein braunschwarzes, funkelndes Meer. Ich hatte das Gefühl, am Anfang der Unendlichkeit zu stehen. Ein unbeschreibliches Gefühl der Freiheit überfiel mich. Beinahe hätte ich die Arme in den Himmel gereckt. Mit einem Mal war ich dankbar, hier zu sein. Gleichzeitig wuchs die Zuversicht in mir, dass ich, wo auch immer ich beschloss, von Bord zu gehen, irgendwie klarkommen würde.

Passagier Thor Håkansson auf dem Weg ins Taka-Tuka-Land.

Ich fragte mich zum Frühstücksraum durch und genehmigte mir zusammen mit einem älteren französischen Ehepaar ein üppiges Morgenmahl. Ich wartete auf Marie, aber nach der fünften Tasse Kaffee gab ich auf. Den übrigen Morgen verbrachte ich in meiner Koje und setzte meine Erkundungstour erst am späten Nachmittag fort. Neben Hunderten von Containern und dem atemberaubenden Meerblick gab es nicht allzu viele Annehmlichkeiten an Bord: einen Fitnessraum, nicht viel größer als meine Kabine, eine verbeulte Tischtennisplatte ohne Netz und einen Fernsehraum mit Plastikstühlen. Von den anderen Mitreisenden lernte ich im Lauf der ersten drei Tage auf See ungefähr ein Dutzend kennen, die aus den unterschiedlichsten Gründen gebucht hatten. Eine vierköpfige Damen-Yoga-Gruppe, alle um die sechzig, in ausgeflippten Klamotten, die sich ständig aus Hesses *Siddhartha* vorlasen und den Autor bei jeder sich bietenden Gelegenheit zitierten. Zwei Globetrotter, die vorgaben, in der Region um Minas de Corrales nach Gold suchen zu wollen. Das französische Ehepaar, das die Reise in einem Preisausschreiben gewonnen hatte, und noch zwei Mädels um die dreißig, die ständig Hand in Hand gingen und sich wie Zwillinge kleideten. Frachtschiffreisen waren offenbar etwas für Andersdenkende. Die restlichen Passagiere, inklusive Marie, schienen wie von der

Bildfläche verschwunden. Einmal fragte ich den zweiten Kapitän, der nur mit den Schultern zuckte und mich an ein Büro im Untergeschoss verwies, das ich nicht fand. Danach gab ich die Suche und das Warten auf. Ich fing an, mich mit dem Gedanken anzufreunden, Marie niemals wiederzusehen, was sich gar nicht so schlecht anfühlte. Mein Leben entschleunigte sich in diesen ersten Tagen auf See komplett. Die Fußverletzung war zufriedenstellend ausgeheilt, ich konnte schlafen, meinen Gedanken nachhängen und fühlte mich seit Langem wieder fit. Ich fragte mich, wo Maries Reise hinging, und am Abend kam mir sogar in den Sinn, dass die Geschichte mit den Steuerdaten nur eine Ente gewesen war. Einzig der Aussicht, in absehbarer Zeit Multimillionär zu werden, trauerte ich ein wenig nach. Vielleicht würde ich in meiner neuen Heimat einen guten Surf-Spot antreffen und könnte mich dort als Trainer verdingen. Es gab schlimmere Schicksale. Am Abend fing ich an, einen Brief an meinen Kumpel Rob zu verfassen, um ihm die ganze Misere zu erklären, warf ihn aber vor dem Schlafengehen in den Mülleimer.

Am Morgen des vierten Tages stand Marie plötzlich im Frühstücksraum, schenkte sich eine Tasse Kaffee ein und verschwand wieder, ohne mich eines Blickes zu würdigen. Ich musste mit offenem Mund dagesessen haben, denn eine der Yoga-Tanten erkundigte sich postwendend, ob es mir gut ginge. Und mit einem Schlag war das Unbeschwerte verflogen wie die Kondensstreifen der Langstreckenflugzeuge, die täglich über unsere Köpfe hinwegzogen. Sie hatte einen langen Zopf getragen (in eine der Perücken geflochten, die ich ausgewählt hatte) und den Eindruck des braven Mädchens vom Lande erweckt. Ich war sicher, dass sie erneut ihre Identität gewechselt hatte, was ja auch schlau war, da sie mit der vorigen den Wagen gekauft hatte. Ich schlenderte den ganzen Tag auf dem Schiff umher, schlich in regelmäßigen Abständen wie ein Suchhund durch die Kabinengänge und hielt in den Aufenthaltsräumen nach ihr Ausschau. Vergebens. Marie hielt sich in irgendeiner Kabine versteckt. Ich war sicher, dass sie mich gesehen hatte, aber was blieb mir anderes übrig, als auf einen Impuls von ihr zu warten?

Zwei Tage später kam sie an meinen Frühstückstisch.

„Ist hier noch frei?", fragte sie in gebrochenem Englisch.

„Aber ja."

„Alicia García-Álvarez." Sie reichte mir die Hand.

Ich ließ mich auf das Spiel ein. „Thor Håkansson."

„Freut mich."

„Ganz meinerseits."

„Wohin reist du?"

„Montevideo."

„Wie schön, ich auch."

„Was machst du in Uruguay?"

„Ich studiere Architektur in der Hauptstadt, und du?"

„Besuche meinen Dad."

„Dann noch eine gute Reise. Wir sehen uns."

„Äh, ja. Gute Reise."

Ich war im Begriff, ihr hinterherzurennen, als ich die Kritzelei auf der Serviette entdeckte: *Lass es uns langsam angehen!*

Was sonst: Frau García-Álvarez bestimmte das Tempo.

Und der Wettergott natürlich.

In der Nacht kam ein gigantischer Sturm auf. Über Lautsprecher wurden wir aufgefordert, uns mit einem Gurt, der am Gitterrost der Koje angebracht war, festzuschnallen. Ich hatte auf dem Wasser schon viel erlebt, aber dass ein Schiff dieser Größenordnung wie ein Roller-Coaster in einer Endlos-Helix hin und her geschleudert wurde, jagte mir eine Höllenangst ein. Nach wenigen Minuten wusste ich nicht mehr, wo oben, unten, links oder rechts war. Mir wurde schlecht, und ich erbrach mich über meine Kleidung und mein Laken. Erst in den Morgenstunden ließ die Heftigkeit des Orkans nach. Ich schnallte mich los, ging auf die Toilette, wusch mich und schlüpfte in frische Kleider. Während des Frühstücks entschuldigte sich der Kapitän höchstpersönlich für die Unannehmlichkeiten und betonte im gleichen Atemzug, dass dies ein vergleichsweise harmloses Unwetter gewesen sei.

Ich traf Marie um die Mittagszeit auf dem hinteren Deck.

„Gut geschlafen?“, erkundigte sie sich mit einem Grinsen.

„Wie in Abrahams Schoß.“

„Kabine siebzehn“, sagte sie. „Heute Abend starten wir mit dem Computerkurs.“

Bevor ich etwas erwidern konnte, war sie verschwunden.

Marie zog mich förmlich in ihre Kabine, als ich gegen neun bei ihr anklopfte.

„Hat dich jemand gesehen?“

„Ich bin doch nicht blöd.“

Sie fiel mir um den Hals und küsste mich. „Ich bin froh, dass du zurückgekommen bist.“

„Du solltest mir eben vertrauen.“

„Witzbold.“

Ich erzählte ihr von dem Einbruch und den Typen auf dem Friedhof.

„Scheiße", sagte Marie. „Das wird nicht besser werden."

„Was meinst du damit?"

„Sobald wir die ersten Forderungen in die Welt schicken, kann es richtig brenzlig für uns werden."

„Aber wir sind doch tot."

„Dann jagen sie eben den unsichtbaren Dritten."

Ich musste unweigerlich an Valentina denken. „Na klasse."

„Ich habe dir gesagt, dass dies kein Ponyhof wird."

„Aber auch nichts von einem Selbstmordkommando erwähnt."

Marie lachte. „Du hast doch erst zwei von deinen sieben Leben verbraucht."

„Die Engländer behaupten, es wären neun."

„Umso besser", meinte Marie und führte mich an einen Tisch. „Komm, wir fangen an."

In den darauffolgenden Nächten lernte ich alles über IP-Verschlüsselung und Wegwerf-Mailadressen, sämtliche Tricks und Kniffe, Spuren im Internet für immer zu beseitigen, und wie die Verschleierung von virtuellem Geld via Onlinebanking und Scheinkonten vonstattenging. Marie kannte sich in diesen Dingen bestens aus, sodass ich mich wunderte, welche Rolle Elias tatsächlich bei diesem Coup gespielt hatte.

„Ohne ihn wäre ich niemals in den Zentralrechner der Bank gekommen", gab Marie lapidar zur Antwort, als ich sie danach fragte. „Und damit es ab jetzt doppelt so schnell geht, sitzt du ja im Boot."

„Wann legen wir richtig los?"

„An Land. Das WLAN auf dem Schiff ist zu unsicher."

Wir arbeiteten immer bis spät in die Nacht, stiegen danach mit derselben Regelmäßigkeit in die Kiste, und gegen Morgen schlich ich mich dann in meine Kabine zurück. Wir beschlossen, in der Öffentlichkeit miteinander nicht mehr oder weniger Kontakt zu haben als mit den anderen Reisenden. Am neunzehnten Tag auf See schmiss der Kapitän eine Barbecue-Party für alle Gäste und die Crew.

Wir entschieden uns hinzugehen, aber zu verschiedenen Zeiten einzutreffen und wieder zu verschwinden. Die Stimmung hatte wenig mit einer Party gemein, dafür hatte sich die Küchenmannschaft ordentlich ins Zeug gelegt. Ich schaufelte den ganzen Abend Hühnerspieße, Scampis, Raclette-Kartoffeln und in Zitronenöl gegrilltes Gemüse in mich hinein. Dazu trank ich reichlich chilenischen Rotwein und Bier, das nach Kaktus schmeckte, aber die zwei Millionen Scoville der Chilischoten erträglich machte. Ab und an machte ich Small Talk mit Marie, die meiste Zeit aber unterhielt ich mich mit den Goldsuchern, die ich angeheitert gar nicht mehr so abgespact fand. Es war gegen elf, als ich mich ein letztes Mal ans Büfett wagte, um mir ein Stück Käse und ein Kaktusbier mit in meine Kajüte zu nehmen. Plötzlich wurde es im hinteren Bereich des Aufenthaltsraums ungewöhnlich laut. Ich vermutete einen Streit unter der besoffenen Crew und sah mich um. Schließlich realisierte ich, dass es um Marie ging, und trat näher.

„Das ist sie. Ich schwör's euch."

Die Stimme gehörte einem jungen Bulgaren, der zu Beginn mit einem Musikstück auf seiner Hirtenflöte das Büfett eröffnet hatte.

Seine hinzugeeilten Kameraden versuchten ihn zu beruhigen.

„Wenn ich es doch sage. Das ist die gesuchte Datendiebin, die im Fernsehen kam."

Ich schluckte und überlegte, wie ich die Situation entschärfen könnte. Marie, die meiner Meinung nach überhaupt keine Ähnlichkeit mehr mit dem ursprünglichen Fahndungsfoto hatte, schienen die Beschuldigungen nichts anzuhaben. Sie horchte kurz auf und führte danach ihr Gespräch mit einer der Yoga-Tanten fort. Ich wandte mich an den Kapitän. „Finden Sie dieses Verhalten nicht ungebührlich? Die Dame ist Spanierin und studiert Architektur in Montevideo."

Er gab zwei seiner Adjutanten ein Zeichen, den Störenfried nach draußen zu befördern.

„Ich ziehe ihm einen Tag von der Heuer ab", brummte der Kapitän, dem der Vorfall sichtlich unangenehm war.

Ich warf Marie einen Blick zu, woraufhin sie mir einen Wink gab, dass ich gehen sollte. Mit einem Kloß im Hals verschwand ich in meine Kajüte und lag den Rest der Nacht wach. Was, wenn dieser Idiot seinen Verdacht nicht auf sich beruhen ließ? Gegen Morgen fiel ich in einen unruhigen Schlaf. In meinem Traum wurden Marie und ich am Hafen von Montevideo von vermummten Polizisten mit russischen Pistolen in der Hand festgenommen. *„Iidi ko mne!"*

Ich traf Marie erst wieder am nächsten Abend in ihrer Kabine. Sie wirkte aufgelöst, sprach zunächst kein Wort, deutete dann aber auf den Tisch.

„Lies das!", forderte sie mich auf.

Ich hatte Mühe, den Text zu entziffern, aber die Botschaft war unmissverständlich: *Ten thousand Dollars or I call the Police.*

„Verdammt!" Ich schob den Fetzen von mir. „Was machen wir mit diesem Vogel?"

„Sag du es mir."

„Wir können ihn doch wohl kaum umbringen?"

„Ich sehe keine andere Möglichkeit", meinte Marie, den Blick auf den Boden gerichtet.

„Zum Teufel. Es gab schon genug Tote."

„Er könnte alles zunichtemachen."

„Wenn wir bezahlen, gestehen wir ein, dass dieser bulgarische Super-Recognizer recht hat", folgerte ich.

„Und er wird eine weitere Summe einfordern", fügte Marie hinzu.

„Das ist ein Albtraum." Ich raufte mir die Haare. „Was, wenn wir dem Kapitän die Erpressung melden?"

„Damit wecken wir doch erst recht schlafende Hunde."

„Gestern hatte ich den Eindruck, dieser Sterne-General möchte jeden Ärger vermeiden."

„Selbst wenn er diesem Vollpfosten einen Maulkorb verpasst, ist das Problem nicht aus der Welt." Marie schüttelte entschieden den Kopf. „Glaub mir, es gibt nur eine Lösung."

Ich schnaubte durch die Nase. „Und wie möchtest du das anstellen?"

„Darüber sollten wir jetzt sprechen."

Ich fühlte mich jämmerlich bei dem Gedanken, einen Mordplan zu schmieden. Die Toten, die es bislang gegeben hatte, waren genug, und bislang waren alle mehr oder weniger selbst verschuldet, in einer Notwehrsituation oder einem blöden Unfall ums Leben gekommen. Aber jetzt planten wir, jemanden vorsätzlich auszuschalten, der uns in die Quere gekommen war. Das war eine komplett andere Situation und schmeckte mir überhaupt nicht. Indes hatte auch ich keine andere Lösung parat. Und in irgendeinem südamerikanischen Knast vor mich hin zu gammeln war ebenfalls keine prickelnde Vorstellung. „Es muss wie ein Unfall aussehen“, sagte ich.

„Er könnte über die Reling stürzen“, schlug Marie vor. „Beim nächsten Sturm.“

„Es sind nur noch vier Tage und drei Nächte“, erwiderte ich. „Wir müssen auf seine Forderungen eingehen und ihn irgendwohin lotsen.“

„Und dann?“

„Keine Ahnung.“

„Geiler Plan, Lex.“

„Hast du einen besseren?“

„Wenn du mir zuhören würdest.“

Maries Plan klang so plausibel wie brutal zugleich. Wir beschlossen, ihn in der letzten Nacht in die Tat umzusetzen. Dies in der Hoffnung, dass das Verschwinden unseres Widersachers erst nach dem Landgang auffallen würde und wir bis dahin längst über alle Berge wären. Am Morgen verschlief ich und rannte beim Verlassen der Kabine prompt dem zweiten Offizier in die Arme. Er lächelte freundlich und zwinkerte mir verschwörerisch zu. Ich hätte mir am liebsten in den Hintern gebissen.

Irgendwann hatte ich einmal gehört oder gelesen, dass ein Mörder während der Tatausführung wenigstens fünfzig Fehler macht. Das hielt ich bis dahin für maßlos übertrieben, und ich hätte jede Wette verloren, wenn es darum gegangen wäre, einen von mir geplanten Coup dahingehend einzuschätzen.

In dieser gottverdammten Nacht auf Freitag ging beinahe alles schief, was hätte schiefgehen können. Wir redeten uns ein, gut vorbereitet zu sein, als wir uns kurz nach Mitternacht auf getrennten Wegen zum Mitteldeck aufmachten. Ich entfernte geflissentlich die Plombe an einem der Hapag-Lloyd-Container, den wir auf unseren Erkundungsgängen ausfindig gemacht hatten. Darin befanden sich Tausende Altreifen, die fürchterlich stanken, aber gerade deswegen hervorragend für unser Vorhaben geeignet waren. Nach einer Stunde hatte ich meinen Job erledigt und einen Gang bis etwa zur Hälfte der Ladefläche freigeräumt. Dorthin würde ich den Plastiksack samt Inhalt schleppen und binnen Minuten mit Reifen zudecken. Marie war zwei Tage zuvor auf der Sanitätsstation gewesen und hatte ein paar Kanülen und Injektionsnadeln mitgehen lassen. Das war ihr Part: unserem Erpresser – im Übrigen belief sich die Forderung inzwischen auf fünfzigtausend Dollar – während der Geldübergabe eine mit Luft gefüllte Spritze ins Herz zu rammen, um mit der zu erwartenden Embolie eine rasche Bewusstlosigkeit zu bewirken. Danach würde unser hübscher Bulgare in einem Plastiksack unter dem Reifenberg verschwinden.

So weit, so schlecht.

Ich wartete im Inneren des Containers auf das Klopfzeichen, und wenn Marie es richtig anstellte, musste ich nur die Tür öffnen und den leblosen Körper ins Innere zerren. Von da an kamen mir die Sekunden wie Tage vor. Ständig meinte ich ein Geräusch zu hören, aber mit Marie war vereinbart, dass sie mit einem Metallrohr, das wir an die Seite des Containers gelehnt hatten, gegen die Tür schlagen würde, wenn es so weit war.

Viertel vor zwei vernahm ich Geräusche auf dem Zwischengang, die sich jedoch wieder entfernten. Marie müsste längst auf ihrer Position sein. Ich ärgerte mich darüber, dass wir für diesen Zeitpunkt kein Zeichen verabredet hatten. Dann ging alles ganz schnell. Von beiden Seiten näherten sich rasch Schritte. Ich hörte Stimmen. Dann ein entsetzter Schrei. Marie!

Ich stürmte nach draußen und brauchte ein paar Sekunden, um mich zu orientieren. Wenige Meter entfernt hielt der Bulgare Marie von hinten gepackt, während ein Komplize (mit dem wir nicht gerechnet hatten) im Begriff war, ihr meinen Hygienebeutel zu entreißen, in den wir Butterbrotpapier und ein paar Scheine gestopft hatten. Ich schnappte mir das Metallrohr und schlug es dem Spießgesellen über den Schädel. Er taumelte kurz und ging dann wie ein nasser Sack zu Boden. Der Bulgare schlang seinen Arm um Maries Hals und hielt plötzlich ein Messer in der freien Hand. Das Metall blitzte gefährlich im Widerschein des Mondlichts vor ihrem Hals auf. Marie sah mich angsterfüllt an. Ich duckte mich langsam nach dem Beutel und hielt ihn in die Höhe. „Ihr könnt das verdammte Geld haben."

„Open the bag!"

Ich lehnte das Metallrohr gegen den Container, öffnete den Reißverschluss und ließ den Bulgaren einen Blick hineinwerfen.

„How much?"

„Fifty thousand", erwiderte ich.

„Lay it down."

Ich legte den Beutel neben den röchelnden Kameraden.

„Go back!"

„Let her go!"

„Back."

Ich trat zwei Schritte hinter den Verletzten.

„Back!"

„No", entgegnete ich. „Let her go!"

Er zögerte, dann riss er Marie von den Beinen, schnappte sich den Beutel und verschwand, ohne sich um seinen verletzten Kumpan zu kümmern.

„Hinterher", brüllte Marie. „Worauf wartest du?"

Ich setzte dem Kerl nach und sah, wie er unten an der Treppe nach links auf das Heck zusteuerte. Ich rutschte auf dem Hintern das Geländer nach unten, eine Übung, die ich schon als Kind beherrscht hatte, und machte Boden gut. Noch konnte ich seinen Schatten ausmachen, aber mir war klar, dass ich ihn verlieren würde, wenn es ihm gelänge, hinter dem nächsten Containerblock zu verschwinden. Ich rannte so schnell ich konnte und kam näher und näher. Eine halbe Schiffslänge später hatte ich ihn eingeholt und fegte ihm mit einem Fußtritt das hintere Bein weg. Er schlug schwer der Länge nach hin. Ich warf mich sofort auf ihn. Aus Angst vor der Klinge hämmerte ich so lange mit den Fäusten auf ihn ein, bis sich kein Widerstand mehr regte und nur noch ein leises Stöhnen zu vernehmen war. Anschließend drehte ich ihn auf die Seite, nahm ihm das Messer ab und warf es in hohem Bogen über Bord. Marie kam völlig außer Atem hinzu. „Bist du okay?"

„Scheiße", fluchte ich. „Was machen wir denn jetzt mit den beiden?"

„In den Container."

Ich war völlig erschöpft. Meine Hände brannten wie Feuer, und mein Fußgelenk fing wieder an zu pochen. „Ich trag den nicht über das halbe Schiff."

„Dann werfen wir ihn über Bord."

„Und wenn er überlebt?"

„Das glaubst du doch selbst nicht."

Ich atmete tief durch. Die Sache war völlig aus dem Ruder gelaufen, und ich war mir keineswegs sicher, dass niemand die Aktion bemerkt hatte. Ich wusste von wenigstens einem Wachposten, der die Nacht über auf der Brücke saß. „Also gut."

Wir packten den regungslosen Kerl, stemmten ihn über die Reling und ließen ihn in die Tiefe stürzen. Ich besaß nicht die Courage, ihm hinterherzusehen. Wir gingen schweigend zurück. Der andere lag noch immer da und blutete aus der Platzwunde am Kopf. Ich zerrte ihn in den Container und stülpte ihm den Plastiksack über die Beine.

„Nix töten", stöhnte er. „Sagen niemand. Versprechen. Nix sagen!"

„Halt die Fresse."

Ich blickte unschlüssig zu Marie, die mir mit der Taschenlampe leuchtete. „Pack ihn in den Sack!"

Ich zog das Plastik bis knapp unter sein Kinn, dann verließ mich der Mut. Mein Blick wanderte zwischen Marie und dem Halbtoten hin und her. Dann schüttelte ich den Kopf. „Ich kann das nicht."

„Dann lass mich es tun."

„Don't kill me, please!" Dieses Gewinsel war fast nicht auszuhalten.

„Halt endlich dein Maul!"

„Verschwinde, Lex!"

Ich taumelte dem Wahnsinn nahe über die herumliegenden Reifen zum Ausgang des Containers. Der Schmerz in meiner Brust war kaum noch auszuhalten. Als ob ich mir selbst wieder und wieder eine Klinge in den Leib rammen würde. Ein Akt der Selbstbestrafung für das begangene Unrecht. Das Harakiri des Alexander Caviazel. Der gewaltsame Selbstmord des letzten Rests meiner Menschlichkeit. Der Freitod von Moral und Empathie für das Leben. Verfluchte Scheiße!

Ich trat an Deck und kotzte mir die Seele aus dem Leib.

Als wir im Morgengrauen zurück zu den Kabinen gingen, ließ die Anspannung nach und machte einer gefühlten Tonne Schuldgefühle Platz.

Ich fühlte mich schlecht. Elend. Mies.

Marie bat mich, mit in ihre Kajüte zu kommen, aber ich lehnte ab. „Später vielleicht", sagte ich und trottete einfach weiter. In meiner Kabine angekommen, verschwand ich in der Dusche und schrubbte mir das Blut und den Dreck von der Haut, bis kein heißes Wasser mehr kam. Ich funktionierte, war aber außerstande, auch nur einen einzigen klaren Gedanken zu fassen, außer: Du bist ein Mörder!

Fünf Stunden später verkündete die Schiffssirene die erlösende Botschaft: Land in Sicht!

Gegen vier Uhr Ortszeit liefen wir in den Hafen von Montevideo ein. Es war warm. Sämtliche Passagiere und die Mannschaft versammelten sich an der Reling. Spätestens jetzt musste das Fehlen der beiden Seeleute auffallen. Aber offensichtlich vermisste niemand die beiden Toten. Trotzdem hielt ich die Anspannung kaum aus, bis das Zittern des Ozeanriesen endlich zur Ruhe kam und die Gangway nach unten gelassen wurde. Ich bemühte mich, beim Verlassen des Schiffs und während der Zollformalitäten die Ruhe zu bewahren.

Endlich betrat ich den südamerikanischen Kontinent und fühlte mich ein ganz klein wenig wie ein freier Mann. Nur, dass mein Gepäck gefühlt schwerer geworden war als beim Betreten des Schiffes. Ich nahm ein Taxi und nannte die Adresse des Restaurants, in dem ich mich mit Marie treffen wollte. Dort angekommen, bestellte ich Bier und musste bereits nach dem ersten Schluck wieder auf die Toilette. Nachdem ich mich übergeben hatte, betrachtete ich mein Gesicht im Spiegel. Ich konnte weder Thor Håkansson noch Alexander Caviazel erkennen. Da waren nur die leeren und blutunterlaufenen Augen eines Gespensts, das zufällig im selben Körper zu Hause war. „Du bist ein Mörder", sagte ich zu dem fremdartigen Wesen. „Und du?", raunzte es zurück.

„Wie tief bist du gefallen?", nahm ich mein Zerrbild ins Kreuzverhör. „Wie tief gesunken?"

Ich bekam keine Antworten und ging zurück an den Tisch. Von Marie fehlte noch immer jede Spur. Ob sie womöglich vorhatte, mich hier zu versetzen? Aber wozu dann der ganze Aufwand mit den Computereinweisungen? Vielleicht hatte sie mit Zwischenfällen an Bord gerechnet und darauf vertraut, dass ich ihr behilflich sein würde. Ich hasste diesen Zustand der Abhängigkeit. Viel lieber hätte ich mein Schicksal selbst in die Hand genommen.

Ich dachte tatsächlich darüber nach, aufzustehen und das Weite zu suchen. Als ob Marie meine Fluchtgedanken erahnt hätte, stieg sie in diesem Augenblick aus einem Taxi.

„Musste kurz was klären", lautete ihre lapidare Entschuldigung.

„Schön für dich", entgegnete ich rotzig.

Marie griff in ihre Tasche und knallte zwei fabrikneue iPhones auf den Tisch. „Noch was zu meckern?"

„Mmh, bin eher so der Samsung-Typ", sagte ich, obwohl mir nicht nach Scherzen zumute war.

„Du Vollidiot."

„Danke für die Blumen."

„Hast du schon was gegessen?"

„Steak und Pizza."

„Empfehlenswert?"

„Hab alles wieder ausgekotzt."

„Du verarschst mich, stimmt's?" Marie warf einen Blick auf die Uhr. „Kann ich einen Schluck Bier haben?"

„Geschenkt."

„Lex, bist du okay?"

Ich schüttelte den Kopf.

„Das wird schon wieder, reiß dich zusammen."

„Fünf Minuten später wäre ich weg gewesen."

„Wo wolltest du denn hin?"

Ich zuckte mit den Schultern. „Taka-Tuka-Land."

„Du hast sie wirklich nicht mehr alle." Marie strich mir übers Haar. „Lex, sieh mich an. Ich brauche dich."

„Lass uns gehen."

Marie warf einen Blick auf die Speisekarte. „Ich habe aber Hunger."

„Aber ich nicht."

„Dann schaust du mir eben beim Essen zu."

Warum gelang es mir nicht einmal, mich gegen diese Frau durchzusetzen? Ich packte mein neues Telefon aus und spielte damit, während Marie tatsächlich eine Pizza und ein Steak bestellte und beide Portionen bis auf den letzten Bissen verspeiste.

„Gibt es dazu auch eine SIM-Karte?", wollte ich wissen.

„Nur, wenn du mir versprichst, keinen Scheiß zu machen."

„Zum Beispiel?“

„Irgendeinem deiner verblödeten Kumpel eine Kurznachricht zu schreiben.“

„Daran hatte ich tatsächlich gerade gedacht.“

„Idiot.“

„Lieber Rob, wie geht es dir so? Übrigens, ich bin gar nicht tot. Wenn du mal zufällig nach Uruguay kommst, kannst du mich gerne besuchen.“

Marie warf mir lachend den Umschlag mit der SIM-Karte an den Kopf. „Dir würde ich das glatt zutrauen.“

„Ich könnte mir auch ein geiles Surfbrett im Internet bestellen“, fiel mir ein, während ich das Handy zum Leben erweckte. „Wie lautet gleich die Adresse unserer neuen Villa?“

„Jetzt ist es aber gut, Lex.“

„Stimmt, ich muss ja erst für meine Millionen arbeiten.“

„Wenn du dich in Europa so kindisch aufgeführt hättest, wäre ich allein gefahren.“

„Das hättest du mir früher sagen sollen.“

„Lex! Es reicht.“

Wieder gab ich klein bei. Verdammt noch mal! Warum konnte man nicht einfach mal nur Stuss reden?

„Wir verbringen zwei Nächte in einer Pension“, sagte Marie. „Dann fliegen wir mit einer Cessna ins Landesinnere.“

„Wohin genau?“

„Alexander.“

„Hey, mir reicht es mit dieser Geheimnistuerei.“

„Reg dich ab.“

„Wenn du mir nicht sagst, wo wir hingehen, bist du mich los.“

„Manchmal ist es besser, nicht alles zu wissen."

„Wohin?"

„Ich sag es dir, wenn wir in die Maschine steigen."

„Jetzt."

„Nein."

Ich stand auf, schnappte meine Tasche und winkte ein Taxi heran.

„Lex!"

Der Fahrer hielt mir die Tür auf, und da mir nichts Besseres einfiel, gab ich an, zum Hafen zu wollen. Wir fuhren los. Marie sah mir stirnrunzelnd hinterher. Ich hatte natürlich keinen Plan, wohin ich gehen konnte, aber es musste möglich sein, sich ein einziges Mal gegen dieses sture Biest durchzusetzen. Schon überfielen mich Zweifel, was ich tun sollte, wenn sie nicht im Restaurant auf mich warten würde, als mein neues Telefon klingelte.

„Komm zurück!"

„Wohin fliegen wir?"

„Salto. Direkt an der argentinischen Grenze."

„Stimmt das?"

„Vertrau mir."

Während der Dämmerung saßen wir mit einer Flasche Champagner unterhalb des Faro de Punta Carretas, einem Leuchtturm am äußersten Zipfel Montevideos, und starrten auf die endlose See hinaus. Wir sprachen kaum ein Wort. Vor meinem inneren Auge tauchten ständig die Gesichter der toten Seeleute auf. Ich hätte zu gerne gewusst, wie Marie damit klarkam, aber ich wagte nicht zu fragen. Es war immer noch warm. Ein angenehmer Nordostwind sorgte für etwas Abkühlung. Ich massierte gedankenverloren meine

Handgelenke und Knöchel, die von der nächtlichen Aktion ziemlich ramponiert aussahen.

„Alles in Ordnung, Lex?"

„Geht so."

„Warum trinkst du nicht?"

„Meine Partylaune hält sich in Grenzen."

„Ich habe das nicht gewollt. Dieses Arschloch hätte uns nicht erpressen müssen."

„Es kann jederzeit wieder passieren."

„Was meinst du?"

„Irgendjemand, der uns wiedererkennt."

„Da, wo wir hingehen, wohl kaum."

„Marie!"

„Dann müssen wir zum Gesichtschirurgen."

„Nie und nimmer."

„Was willst du eigentlich, du Freak?"

„Wenn ich das wüsste."

„Mir fiele da schon was ein."

„Zum Beispiel?"

„Ich würde gerne auf der Stelle mit dir ficken und der Nachwelt unseren Duft hinterlassen."

„Können wir nicht ..."

Marie warf sich auf mich und verschlang meine Worte mit ihrer Zunge. Ihre Berührungen waren grob und fordernder als bisher. Sie zwickte mich in die Brustwarzen und verlangte von mir, dasselbe bei ihr zu tun. Zuerst reagierte ich aggressiv, wollte sie wegstoßen, aber dann verlor ich im Rausch ihrer Sinnlichkeit alle Hemmungen.

Danach lagen wir völlig erschöpft am Strand. Ich hatte mich noch nie auf diese Weise abreagiert, aber es ging mir tatsächlich besser. Marie schien ebenso zufrieden zu sein, und während ich meine Hand über ihren verschwitzten Körper gleiten ließ, fand ich nichts Komisches daran, wie wir es getrieben hatten. Alles wirkte mit einem Mal erlaubt und richtig. Ich wusste nicht, ob ich jedwede Moral verloren hatte, aber für den Moment fühlte es sich gut an.

Am nächsten Morgen ließen wir im abgefucktesten Internetcafé der Stadt die ersten hundert Mails an unsere Kunden vom Stapel. Ich war wahnsinnig aufgeregt und fieberte bereits nach Minuten einer Reaktion entgegen, wohingegen Marie der Überzeugung war, dass die meisten der Betroffenen sich zuerst mit ihren Winkeladvokaten absprechen würden und dies Tage dauern könnte.

„Vermutlich werden die Transfers erst kurz vor Ablauf unseres Ultimatums abgewickelt."

„Hauptsache, sie zahlen, oder?"

Marie runzelte die Stirn. „Ich denke, wir sollten ein paar Kandidaten einfach so ans Messer liefern, um den anderen unsere Entschlossenheit zu demonstrieren."

Die Idee gefiel mir gut. „Und wie wählen wir die aus?"

„Losverfahren", sagte Marie grinsend.

Als wir gegen neun am Abend an der Bar unserer Absteige noch ein Bier tranken, flimmerten die ersten Reportagen von Festnahmen in ganz Europa über den Bildschirm. Es machte einen Heidenspaß zuzusehen, wie Heerscharen von vermummten Steuerfahndern Computer und Geschäftsunterlagen aus Firmensitzen und Villen schleppten. Ein Pressesprecher von Interpol stellte in einem Interview einen möglichen Zusammenhang mit dem Datenklau aus einer Liechtensteiner Bank her, blockte aber jede weitere Frage der Journalisten ab.

Ich klopfte Marie auf die Schulter und bestellte die nächste Runde.

Sie wirkte abwesend, seitdem die Sendung lief, beinahe ängstlich. Als ich mich nach ihrem Wohlbefinden erkundigte, verschwand sie mit ihrem Telefon in einem Nebenzimmer und kehrte erst nach einer knappen Stunde zurück.

„Tut mir leid", sagte sie schroff.

„Ich kann auch allein trinken", erwiderte ich, ohne meinen Ärger zu kaschieren.

„Nein, ich meinte alles."

„Wie bitte?"

„Ich hätte dich nicht in die Sache mit hineinziehen sollen."

„Hatten wir das Thema nicht durch?"

„Doch", sagte Marie und orderte einen doppelten Tequila, den sie auf einmal hinunterstürzte. „Aber jetzt beginnt die Jagd."

Es war nicht nur der Wortlaut, der mich stutzig machte und mir Furcht einflößte, sondern der Nachklang dieser fünf Wörter, gepaart mit ihrer Mimik, hinter der sich nichts anderes verbarg als nackte Angst.

Was wusste Marie, wovon ich nicht den geringsten Schimmer hatte?

Während ich mir darüber das Hirn zermarterte, wurde mir klar, dass diese Frau eine Zeitbombe war, die mir irgendwann um die Ohren fliegen würde.

Gott, wie hatte ich mich auf den Flug über Uruguay gefreut, aber Marie blieb ihrem Grundsatz treu, mich mit unerquicklichen Plänen zu überraschen. Die Cessna war für elf in der darauffolgenden Nacht gebucht, und bereits die Fahrt zu dem Kleinflughafen am Rande Montevideos hatte etwas Verschwörerisches. Marie ignorierte alle meine Fragen mit eisigem Schweigen. Ich kam mir wie ein Spion vor, der in einer Nacht- und Nebelaktion außer Landes gebracht werden sollte.

Marie wechselte ein paar Worte mit dem kleinwüchsigen Piloten, der ekelhaft nach Knoblauch stank und auf einen Zuschlag beharrte, der offenbar nicht vereinbart gewesen war. Ich verstand nur wenig, aber Marie schien ebenso virtuos Spanisch zu sprechen wie Französisch. Schließlich drückte sie ihm ein ganzes Bündel uruguayischer Pesos in die Hand. Ein Betrag, der, soweit ich es abschätzen konnte, fast viertausend Euro entsprach. Woher Marie das viele Geld hatte, war mir immer noch schleierhaft. Ich schüttelte ungläubig den Kopf und verkroch mich auf einem der hinteren Sitze. Wenig später erhob sich die Maschine in den sternenklaren Nachthimmel über Montevideo. Mir fiel auf, dass der Pilot alle paar Minuten einen kräftigen Schluck aus einer Caña-Flasche nahm, einem hochprozentigen Zuckerrohrschnaps, und machte Marie darauf aufmerksam.

„Vermutlich fliegt er so besser als nüchtern“, meinte sie lapidar.

Ich runzelte die Stirn.

„Wie die meisten Piloten“, fügte sie hinzu.

„Beruhigend“, erwiderte ich.

Kurz nach drei landeten wir auf der argentinischen Seite des Río Uruguay, dessen Mitte die Grenze der beiden Länder darstellte. Ein rostiger Jeep brachte uns zu einer ebenso verlotterten Fähre in der Nähe der Kleinstadt Puerto Yeruá, etwa siebzig Kilometer von Salto entfernt. Mein Eindruck, mich inmitten einer geheimen Kommandoaktion zu befinden, verstärkte sich mit jedem Helfershelfer, der ins Spiel kam und von denen alle offenbar nichts anderes zu tun hatten, als mit grimmiger Miene auf uns zu warten und uns so unauffällig wie möglich von A nach B zu befördern.

Marie zeigte sich die ganze Nacht über reserviert und sprach kaum ein Wort. Auch nicht, als wir kurz vor Salto an einem Verkehrsunfall vorbeikamen. Die Szenerie wirkte in der Morgendämmerung gespenstisch. Es war wenige Meilen, nachdem wir den Airport der Hunderttausend-Einwohner-Stadt passiert hatten. Ein Lastwagen hatte offenbar einen Kleinwagen zermalmt. Überall rannten Polizisten und Feuerwehrleute aufgeregt hin und her. Sanitäter packten mit versteinerter Miene ihre Koffer zusammen. Im Scheinwerferlicht lagen fünf Leichensäcke auf der Fahrbahn, zwei größere und drei etwa halb so große. Unser Fahrer fuhr im Schritttempo mitten durch diese Tragödie hindurch. Ich schüttelte mich vor Entsetzen. Die Ahnung, dass hier eine ganze Familie von jetzt auf gleich aus dem Leben gerissen worden war, sprengte jedwede Vorstellung von Schicksal, Tod und einem Gott, der es gut mit seinen Geschöpfen meinte. Ich war kein gläubiger Mensch, aber in solchen Momenten wünschte ich mir, es gäbe so etwas wie eine berechtigte Hoffnung auf ein besseres Dasein im Jenseits. Irgendetwas Versöhnliches, von dem wir nichts wissen können, weil es außerhalb unserer Vorstellungskraft liegt. Es musste eine überirdische Macht geben, die für derartige Schicksale ein Regulativ parat hatte. Vielleicht auch für einen Mörder wie mich.

Wenn nicht, wozu sollte das alles gut sein?

Die Frage quälte mich, bis wir in dem angemieteten Appartement in der Avenida Enrique Amorim ankamen und Marie sich zwar wieder gesprächiger, jedoch keineswegs freundlicher zeigte.

„Du brauchst gar nicht erst auszupacken."

Ich war gerade dabei, meine Zahnbürste aus dem Waschbeutel zu angeln. „Wie?"

„Du wohnst in der ersten Zeit im Viviendas COVIFIS, einem netten Hotel am anderen Ende der Stadt."

„Was ist das für eine Nummer?"

„Lex, es ist viel zu früh, gemeinsam in der Öffentlichkeit aufzutreten. Verstehst du das nicht?"

„Hier, am Arsch der Welt?"

„Wir müssen vorsichtig sein, verdammt noch mal!"

„Darf ich mir noch die Zähne putzen?"

Marie schlug mit der Faust gegen den Lichtschalter. „Du kapierst es nicht, oder?"

Ich ließ die Zahnbürste fallen, schnappte mir mein Gepäck und wandte mich zur Tür. „Ehrlich gesagt, nein."

„Dann musst du es eben hinnehmen!"

Ich drehte mich im Türrahmen um. „Das weiß ich noch nicht, ob ich das muss", entgegnete ich und verschwand im Treppenhaus.

„Ich ruf dich an", rief sie mir hinterher. Ich ging nicht mehr darauf ein und sah zu, so schnell wie möglich von ihr wegzukommen.

Die darauffolgenden Wochen arbeiteten wir ausschließlich über einen gesicherten Chat. Zehn bis zwölf Stunden täglich saßen wir vor unseren Computern, warteten, wenn der andere auf die Toilette musste, bestellten Fast Food und schauten uns über die Webcams gegenseitig beim Essen zu. Abends hoben wir die Gläser in Richtung Kamera und tranken, jeder für sich, Sekt oder Wein, und an manchen Tagen hatten wir über dieses Medium sogar Sex, insofern man dies als solchen bezeichnen kann. Unsere *Sponsoren*, wie wir sie jetzt nannten, reagierten wie ein aufgeschreckter Hornissenschwarm, doch die meisten bezahlten innerhalb von zweiundsiebzig Stunden.

Anfang der fünften Woche beliefen sich die Transfers auf über dreihundertfünfzig Millionen Dollar. Dabei hatten wir noch nicht einmal ein Drittel der Datensätze abgearbeitet.

Marie strotzte vor Keckheit und machte immer wieder Andeutungen, dass wir in spätestens zwei Monaten damit aufhören könnten.

Ich war immer noch skeptisch, obwohl ich mich mittlerweile tausendfach davon überzeugt hatte, wie sicher die Arbeit mit den Wegwerfadressen und die Wechsel über die verschleierten Internetkonten funktionierten. Trotzdem wagte ich mich kaum aus dem Hotel und hätte am liebsten auf der Stelle das Land verlassen. Ich machte Marie gegenüber keinen Hehl daraus.

„Mit jeder Überweisung sinkt die Zahl derer, die uns am liebsten umbringen würden“, sagte sie im Brustton der Überzeugung.

Ich blieb argwöhnisch. „Warum sollten sie ihre Bluthunde nach den Zahlungen an die Leine legen?“

„Vertrauen, Lex.“ Marie legte den Kopf auf die Seite. „Weil ihnen nichts anderes übrig bleibt, als uns zu vertrauen. Und weil sie uns niemals finden würden. Deswegen glaube ich das. Nein, ich bin mir sogar sicher.“

Ich schwieg. Sollte Marie denken, was sie wollte. Ich hatte einfach nur Schiss. Angst davor, ein weiteres Mal zu sterben. Und dieses Mal richtig. In den Nächten träumte ich davon, wie mir irgendein angepisster Mafioso eine Handgranate in den Mund steckte und lächelnd dabei zusah, wie ich mich in meine Einzelteile zerlegte.

Hush now baby don't you cry
Mama's gonna make all of your nightmares come true
Mama's gonna put all of her fears into you
Mama's gonna keep you right here under her wing
She won't let you fly but she might let you sing
Mama's gonna keep baby cosy and warm
Ooooh, Babe! Ooooh, Babe! Ooooh, Babe!
Of course Mama's gonna help build the wall.

Pink Floyd – *Mother*

Before

Wenn ich mich an meine Kindheit und mein Elternhaus zurückerinnere, muss ich zwangsläufig an Paul Watzlawick und sein abgefahrenes Buch über die *Anleitung zum Unglücklichsein* denken. Ich kenne tatsächlich niemanden, der sich seine Vergangenheit nicht gerne schönredet, beispielsweise mit der ausgelutschten Worthülse, dass er im Großen und Ganzen eine schöne Kindheit hatte. Ich muss zugeben, dass ich selbst oft genug in diese Denkfalle tappe und meine Vergangenheit idealisiere, vor allem dann, wenn mich die Realität mit Problemen überrollt wie ein Bus. In Wirklichkeit kämpfte ich meine Jugend lang darum, etwas über mich und das wahre Leben zu erfahren und mich von dem christlich-fundamentalen Wahnsinn meiner Eltern zu emanzipieren. Als Dreizehnjähriger hatte ich die Wände meines Zimmers mit Che-Guevara-Postern, Anti-Faschismus-Sprüchen und anderem Revoluzzerkram tapeziert. Ich stand auf Nirvana und durchgeknallte Undergroundbands, versuchte gar auf einer Linkshändergitarre Kurt Cobain zu imitieren und begann ernsthaft damit, das allgegenwärtige Spießbürgertum (vorzugsweise die Briefmarkensammlung meines Vaters, die abwaschbare Wachstischdecke meiner Mutter und die Burlington-Socken meiner älteren Schwester) zu hassen und mich mit ausgefransten Klamotten und einer angedeuteten Punkfrisur davon abzugrenzen. Rob, damals wie heute mein bester Kumpel, und ich zogen mit bösen Jungs aus den höheren Jahrgängen um die Häuser, wurden auf wilde Partys eingeladen, und ich hatte kurz vor meinem vierzehnten

Geburtstag das erste Mal Sex mit einem Mädchen, das bereits mit der Schule fertig war. Sarah, oder Sandra, wie dieses blonde Biest hieß, hatte offensichtlich Spaß daran, jüngere und unerfahrenere Jungs in die Geheimnisse des Kamasutra einzuführen. Als ich das letzte Mal von ihr gehört hatte (Rob wusste immer Bescheid, was aus wem geworden war), stand sie angeblich kurz vor ihrer dritten Scheidung mit einem Typen, der schlappe zwanzig Jahre jünger war.

Es gelang mir bis zum Ende der achten Klasse, meine strenggläubigen Erzeuger in dem Irrglauben zu lassen, dass ich zwar ein wenig aufsässig sei, aber ansonsten das Dasein eines ganz normalen Jungen fristen würde. Die Alibis für die Wochenenden lieferten mir Robs Eltern, zwei ausgeflippte Altachtundsechziger, die meistens noch eng umschlungen auf dem Sofa saßen und Pink Floyd oder die Stones hörten, wenn wir in den Morgenstunden betrunken nach Hause kamen.

Wenige Tage nach der letzten Klassenarbeit vor den Sommerferien stampften meine Eltern mit einem Schreiben der Schule in der Hand in die Dorfkneipe im Nachbarort, wo ich gerade mein zweites Bier bestellt hatte. Ich hatte keine Ahnung, wie es ihnen gelungen war, herauszubekommen, dass ich und Rob dort regelmäßig ein paar Kölsch schlürften, während die anderen im Nachmittagsunterricht saßen, aber diese Frage war in diesen Minuten das kleinste Problem. Mein Vater zerrte mich in den Wagen, und meine Mutter konfrontierte mich während der Heimfahrt mit dem Inhalt des Briefes. Um es kurz zu machen: Die Lehrerkonferenz hatte nach exakt einhundert Verstößen gegen die Schulordnung meinen Rausschmiss beschlossen und in vier Fällen sogar Strafanzeige gegen mich erstattet (illegaler

Drogenbesitz, Beleidigung, Nötigung und ein angeblicher Diebstahl, den ich aber nicht begangen hatte), und zu guter Letzt hatte ich mit meinem Zeugnisdurchschnitt von 5,2 den bisherigen Spitzenreiter der Klassenstufe acht um drei Zehntel geschlagen.

Im Ergebnis landete ich auf einem freien christlichen Gymnasium in Gummersbach, wo ich garantiert noch viel tiefer gefallen wäre, hätte ich nicht in den darauffolgenden Sommerferien meine Leidenschaft fürs Surfen entdeckt.

Thank God!

The day and the night don't separate
This ache for you starts to dominate
I'm finding it hard to concentrate
I want you to be happy.

Nothing But Thieves – *Hostage*

The Other Day

Mitte der neunten Woche seit unserer Ankunft in Südamerika bat mich Marie, in ihr Appartement zu kommen. Unser Fixum war mittlerweile auf siebenhundertachtzig Millionen US-Dollar angewachsen. Sie erwartete mich in einem knallroten Negligé und mit zwei Gläsern Champagner in der Hand. Wir kamen nicht zum Trinken, stattdessen fielen wir übereinander her wie ausgehungerte Hyänen. Als wir endlich voneinander abließen, schmeckte der Schampus warm und abgestanden. Marie leerte ihn in den Abfluss.

„Das müsste genügen, Lex, oder?“ Sie lächelte mir zu.

„Jetzt, wo wir gerade warmgelaufen sind?“

„Man sollte nicht mehr Glück verbrauchen, als man produzieren kann“, sagte sie.

„Wo hast du den blöden Spruch her?“

„Von meinem Vater, woher denn sonst?“

„Du wolltest mir von ihm erzählen.“

„Jetzt?“

„Warum nicht?“

Marie sah mich mit prüfendem Blick an. Zehn, zwanzig Sekunden, dann wandte sie sich ab und verschwand im Badezimmer. Als sie zurückkam, war sie abgeschminkt und trug einen Jogginganzug. Sie hüpfte auf das Sofa und machte es sich bequem. „Würdest du dich bitte zu mir setzen?“

Ich nahm neben ihr Platz. Sie griff nach meiner Hand. Schließlich legte sie ihren Kopf auf meinen Schoß und rollte sich wie ein Embryo zusammen, den Blick an die gegenüberliegende Wand gerichtet.

„Théo, mein Vater, ist der niederträchtigste Mensch, dem ich jemals begegnet bin", begann Marie. „Alles, was ich über ihn in Erfahrung gebracht habe, hat mich in dieser Annahme bestätigt."

Ich atmete tief durch.

„Hinter allem, was er tat und bis heute tut, steckt ein bösartiges und menschenverachtendes Kalkül. Er hat weder mich noch meine Mutter oder sonst wen jemals geliebt. Nur sich selbst und sein rücksichtsloses Streben nach Macht und Geld." Sie machte eine Pause und klammerte sich jetzt mit beiden Händen an mir fest, bevor sie fortfuhr. „Mit dem Namen meiner Mutter, einer Adligen, hat er sich ein Immobilien-Imperium aufgebaut, das seinesgleichen auf dem Planeten sucht. Ich weiß nicht, auf wie viele Milliarden sich sein Vermögen beläuft, aber mir ist im Lauf der Zeit klar geworden, dass er keinen Cent davon auf ehrliche Art und Weise verdient hat. Meiner Meinung nach liegt sein einziges Geschick darin, die Menschen, mit denen er zu tun hat, über den Tisch zu ziehen und sich auf Kosten anderer zu bereichern. Darüber hinaus ist er ein beispielloser Choleriker. Beim geringsten Anlass gerät er in Zorn und wird laut. Bei solchen Gelegenheiten erinnerte er mich regelmäßig daran, dass ich ein Unfall gewesen bin und er sich diesen Fehler niemals verzeihen würde."

Marie ballte die Fäuste, während ich kaum glauben konnte, was sie mir da erzählte.

„Meine Mutter fügte sich brav in die gesellschaftliche Rolle der Vorzeigefrau und kümmerte sich kaum um mich. Stattdessen soff sie sich im stillen Kämmerlein um den Verstand. Am Vormittag meines zehnten Geburtstags fand sie eine der Zugehfrauen tot in der Badewanne. In ihrer

Verzweiflung hatte sie den ganzen im Haus vorhandenen Vorrat an Paracetamoltabletten in sich hineingestopft." Unglaublich!

„Davon kann man sterben?"

„Wenn du zweihundert Stück nimmst."

„Okay."

„Von da an drängte Théo mich dazu, in seine Fußstapfen zu treten, um später sein Imperium zu übernehmen. Dazu hatte ich aber nicht die geringste Lust und wollte so schnell es ging von ihm weg. Einmal, ich muss fünfzehn oder sechzehn gewesen sein, äußerte ich den Wunsch, Modedesignerin zu werden und ein eigenes Label zu entwerfen. Daraufhin rief er das gesamte Hauspersonal zusammen und erteilte mir, quasi vor Zeugen, einen vierwöchigen Hausarrest und drohte damit, jeden zu entlassen, der es wagen würde, während dieser Zeit mit mir in Kontakt zu treten. Ich wurde in das ehemalige Schlafzimmer meiner Mutter gesperrt, ohne Möglichkeit, mit der Außenwelt zu kommunizieren. Das Einzige, was ich zur Ablenkung bekam, waren die Jahresbilanzen seiner Firmen, die er mich auswendig lernen ließ. Du kannst dir vorstellen, dass ich während dieser Isolationshaft beinahe den Verstand verloren habe. Ich hatte Selbstmordgedanken, aber keine Möglichkeit, sie in die Tat umzusetzen. Schließlich war es der wachsende Hass gegen meinen Vater, der mich diese Zeit überstehen ließ. Und tatsächlich begann ich damit, mir die Bilanzen förmlich einzuverleiben, und bekam so ein erstes Bild seiner kriminellen Machenschaften. Gegen Ende meiner Schulzeit ließ er ein Testament aufsetzen, wonach ich nur dann als Erbin eingesetzt werden sollte, wenn ich an der Hochschule St. Gallen die Masterstudiengänge Volks- und Betriebswirtschaftslehre sowie

International Affairs absolvieren und im Anschluss daran in den Konzern eintreten würde. Allein die Vorstellung fühlte sich an, als ob ich mein gesamtes Leben an der Garderobe abgeben müsste. Aber ich hatte keine Mittel und Möglichkeiten, mein eigenes Ding zu machen. Sein Geld war mir egal. Ich wusste, dass ich es irgendwie schaffen könnte, aber er ließ mich nicht aus seinen Fängen. In dieser Zeit versuchte ich zweimal mich umzubringen, was mir jedes Mal wieder vier Wochen Zwangshaft einbrachte. Kurz vor meinem achtzehnten Geburtstag – mein Vater war am Morgen zu einer Geschäftsreise nach Shanghai aufgebrochen – setzte ich mich einer Laune folgend ohne Gepäck und nur mit ein paar Hundert Schweizer Franken in der Tasche in den nächstbesten Zug, um mich nach Italien abzusetzen. Ich weiß nicht, wie es zuging, aber vermutlich hatte er den Braten gerochen und mich überwachen lassen. Ich wurde bereits im Zugabteil vom Bahnpersonal festgehalten, an der nächsten Station von der Polizei abgeholt und wieder in meinen goldenen Käfig gesperrt. In dieser Nacht wagte ich meinen dritten und letzten Versuch, meinem Leben ein Ende zu setzen. Es war eine bitterkalte Januarnacht. Ich trank eine ganze Flasche Wodka, schluckte dazu fünfzig Paracetamol – mehr war nicht im Haus – und legte mich nackt in den hintersten Winkel der Parkanlage des Anwesens. Drei Tage später erlangte ich im Spital wieder das Bewusstsein. Kannst du dir vorstellen, wie bescheuert ich mir vorkam? Ich war zu blöd, mich ins Jenseits zu befördern. Ich flehte die Ärztin an, mich so lange es irgendwie ging dortzubehalten. Während dieser Zeit beschloss ich, mich vorläufig in mein Schicksal zu fügen. Dies aber in der einzigen Absicht, mir das notwendige Wissen anzueignen, um meinen Vater am Tag X ein für alle Mal zu vernichten. Ich studierte an der Eliteuni wie eine Besessene, genoss die Entfernung zu ihm und die daraus resultierenden Freiheiten. Ich schloss alle Studiengänge mit summa cum laude ab, und zur *Belohnung* offerierte mir mein Erzeuger einen neuen Passus in seinem Testament. Jetzt wird es übrigens komisch, Lex. Ich bin mir nicht sicher, ob du das hören willst."

„Ich bin ganz Ohr, aber entscheiden musst du."

„Es war schrecklich. Ich glaube, dass ich in meinem ganzen Leben nie so gedemütigt wurde wie damals."

Marie rang um ihre Fassung. Ich legte meinen Arm um ihre Schulter und hielt sie fest.

„Ich kehrte am Wochenende nach den Abschlussfeierlichkeiten zurück, um ihm meine Zeugnisse zu präsentieren. Als ich ankam, wurde ich in sein Büro zitiert, wo er mich im Beisein seines Notars empfing. Irgendwie hatte ich gespürt, dass etwas Hässliches bevorstand, aber mit dem, was er dann einforderte, konnte ich niemals rechnen."

Marie fing an zu zittern. Sie schien die damalige Situation in derselben Intensität noch einmal zu durchleben. Mich durchfuhr ein Schaudern, und ich war mir nicht mehr sicher, ob ich die Geschichte zu Ende hören wollte. Aber dafür war es zu spät.

„Ich sollte mich setzen, blieb aber stehen, so wie ich es immer getan hatte, einfach nur, um ihm meinen Widerstand zu demonstrieren. Mein Erzeuger lächelte süffisant und meinte, dass ich ja endlich die erste Hürde für das Fortbestehen des Unternehmens gemeistert hätte. Kein Lob, Lex, nicht den leisesten Ton einer Anerkennung für die überragenden Zensuren. Nichts. Nur dieses überhebliche Grinsen, das ich zeitlebens an ihm gehasst habe.

Dann übergab er das Wort an seinen Haus-und-Hof-Notar. Vielleicht trug dieser Umstand dazu bei, dass ich vor Scham beinahe im Boden versank. Hätte mein Vater mich im Vier-Augen-Gespräch über seine Absichten aufgeklärt, wäre ich vermutlich lachend aus dem Zimmer gegangen. Aber nun verkündete mir dieser spießige, nach Pomade stinkende Justiziar mit der abgeklärten Kälte, die er von meinem Vater übernommen hatte, dass das Testament von mir verlange, einem plastisch-chirurgischen Eingriff zuzustimmen. Er legte mir eine Einverständniserklärung vor, bat mich, sie durchzulesen und zu unterschreiben. Sinngemäß stand darin, dass ich mich verpflichten würde, mir einen *adäquaten* Busen machen zu lassen. Ich starrte meinen Vater ungläubig an. ‚Niemals!', entfuhr es mir.

‚Theresa', erwiderte er süffisant. „In diesem erbärmlichen Zustand wird dich keiner unserer Geschäftspartner jemals ernst nehmen. Das muss dir doch klar sein?' Bevor ich auf diese beschämende Bemerkung etwas erwidern konnte, mischte sich der Schleimbeutel wieder ein und faselte etwas davon, dass diese Forderung angesichts der weltweiten Reputation des Unternehmens mehr als gerechtfertigt erschiene und er und mein alter Herr meine selbstverständliche Bereitschaft und Kooperation erwarteten."

„O mein Gott!", rief ich entsetzt.

„Ich war völlig konsterniert, Lex. Ich war nicht einmal in der Lage, das Büro zu verlassen. Mir war, als ob mir mein ganzes Leben entgleiten würde. Ich schämte mich wie nie zuvor und hasste mich dafür, dass mir die Natur an dieser Stelle etwas vorenthalten hatte. Heute liebe ich meine winzigen Brüste, aber damals verfluchte ich Gott und brauchte Jahre, um mein Selbstbewusstsein in dieser Hinsicht zurückzugewinnen."

„So etwas Grausames habe ich noch nie gehört“, sagte ich fassungslos.

Marie zog die Nase hoch und verschwand auf der Toilette. Als sie zurückkam, wirkte sie gefasst. Sie tanzte barfuß und mit geschlossenen Augen durch das Appartement. Es wirkte so, als würde sie dem Rhythmus eines fröhlichen Reigens folgen. Schließlich beugte sie sich über mich und gab mir einen langen Kuss.

„Wir sind reich, Lex“, hauchte sie mir ins Ohr.

„Ergo hören wir auf mit dem Scheiß?“, fragte ich, während Marie eine zweite Flasche Schampus aus dem Kühlschrank zauberte.

„Was?“

„Mit den Forderungen?“

„Ja“, erwiderte Marie nachdenklich. „Wir hören auf, aber zuvor liefere ich noch meinen Vater ans Messer.“

„Er steht auch auf der Liste?“

„Ganz oben, aber ich habe ihn mir bis zum Schluss aufgehoben.“

„Ich meinte …“

„Schon klar“, sagte Marie. „Er wird alles verlieren und den Rest seines Lebens hoffentlich in Einzelhaft verbringen.“

„Und …“

„Das ist genau das, was ich will, Lex“, unterbrach mich Marie forsch. „Und ja, ich werde es ihn wissen lassen, wem er sein Waterloo zu verdanken hat.“

Genau damit hatte ich gerechnet. Ich wollte widersprechen, ihr sagen, dass wir uns damit verletzbar machen würden, aber ihr Gesichtsausdruck verbot jeden weiteren Kommentar. Es war ihr ganz persönlicher Krieg, wofür ich jedwedes Verständnis hatte. Aber gleichzeitig wusste ich, dass ihre Rache den Worst Case bedeuten könnte. Nein, ich war mir sicher, dass es so sein würde.

„Mach dir keine Gedanken", versuchte sie mich zu beschwichtigen. „Wir sind weit genug weg vom Auge des Sturms."

„Auf einmal", erwiderte ich spöttisch und machte mich auf die Suche nach meiner Unterhose.

Marie verschwand kommentarlos hinter ihrem Computerbildschirm. Ich entschied mich für eine Dusche, und als ich zurückkehrte, empfing sie mich mit einem verschwörerischen Grinsen.

„Was ist los?", wollte ich wissen.

„Alles paletti."

„Bitte, was?"

„Ich habe die Reißleine gezogen."

„Würdest du dich etwas klarer ausdrücken?"

„Erinnerst du dich daran, dass ich von einem Plan C gesprochen habe?"

„Noch bin ich ziemlich klar im Kopf."

Marie lachte lauthals auf. „Nun, unsere übrigen Kandidaten haben soeben eine Nachricht einer New Yorker Detektei erhalten, in der steht, dass sie die Täter im Rahmen eines Mandats ausfindig gemacht und vor der Übergabe an die Polizei sämtliche Daten gelöscht hätten."

„Zeig her!"

Marie öffnete eine der Serienmails. Das Schreiben wirkte seriös.

„Was, wenn sich einer der Empfänger an diese Firma wendet?"

„Landet er bei mir und erhält eine automatisch generierte Antwort, dass aufgrund des Mandatsvertrags keine weiteren Auskünfte erteilt werden dürfen."

„Aber es ist doch ein Leichtes, herauszufinden, dass diese Detektei gar nicht existiert."

Marie lachte lauthals auf. „Was für ein schlauer Junge du doch bist." Sie öffnete eine Suchmaschine und gab den Firmennamen ein. Prompt erschien eine professionell erstellte Website, die ebenso vertrauenswürdig wirkte wie das Anschreiben.

„Eine Briefkastenfirma natürlich." Marie grinste über beide Backen. „Vor fünf Jahren gegründet und seitdem in so etwas Ähnlichem wie einem Handelsregister von New Jersey gelistet."

„Respekt."

„Die Jagd ist vorbei, mein Lieber. Endgültig!"

„Und dein Daddy?"

„Nenn ihn bitte nicht so."

„Dein Vater."

„Brät quasi schon in der Hölle."

„Hast du ihm eine Forderung geschickt?"

„Ich habe dir gesagt, dass mir sein Geld egal ist. Keinen Cent werde ich von ihm nehmen."

„Dann hast du die Steuerbehörden informiert?"

„Nein, ist noch nicht der richtige Zeitpunkt."

„Wann soll der sein?"

„Nach dem letzten Zahlungseingang kappe ich alle Datenleitungen und verwische sämtliche Spuren."

„Und dann?"

„Beginnt unser neues Leben, falls du immer noch Lust hast mitzukommen."

„Du hast mich noch nicht in deine Zukunftspläne eingeweiht."

„Wollen wir essen gehen?", fragte Marie. „Ich lade dich ein."

„Wohin soll die Reise gehen?“

„Lex, du bist schon wieder so ungeduldig. Lass uns feiern, dann erzähle ich dir alles.“

„Einverstanden, wie wäre es mit Pizza?“

„Du hast sie wohl nicht mehr alle.“ Marie stupste mich in die Seite. „Wir gehen in den nobelsten Schuppen der Stadt.“

Es war etwa halb vier am Morgen, als wir die *Bar el Siete y Medio Casino* im Zentrum von Salto verließen. Wir hatten über Stunden hinweg gespeist wie Gott in Frankreich und viel zu viel getrunken. Ich winkte einem Taxi, aber Marie hielt mich zurück.

„Lass uns zu Fuß gehen, Lex.“

„Por qué?“, lallte ich.

„Weil wir dann vielleicht wieder Lust auf Sex bekommen.“ Sie lachte. „In diesem Zustand würdest du auf der Stelle einschlafen.“

Der Vorschlag sagte mir zu. Ich nickte, und Marie hakte sich bei mir ein. Das fühlte sich gut an, irgendwie verbindlicher als unser bisheriges Techtelmechtel. Und tatsächlich verspürte ich auf unserem Nachhauseweg so etwas wie ein Verlangen, mich auf eine Beziehung mit ihr einzulassen. Der Albtraum der vergangenen Wochen schien mit diesem Abend ein Ende gefunden zu haben. Überrascht stellte ich fest, dass ich seit Langem nicht mehr an die Toten gedacht hatte und noch viel weniger an das, was mich vormals ausgemacht hatte. Mir gefiel diese Art zu leben.

Wir schlenderten wie frisch verliebt über die Calle 19 de Abril, hielten alle paar Meter zum Knutschen an und gingen uns bereits an die Wäsche. Es war kurz vor der Plaza de Deportes, als es passierte. Daran erinnere ich mich deswegen so genau, da ich ein oder zwei Querstraßen zuvor mein altes Handy in den Fluten des Arroyo Ceibal versenkt hatte.

Das Pärchen, das geradewegs auf uns zuhielt, wirkte völlig unauffällig. Ich schätzte beide auf um die dreißig oder vierzig. Sie waren elegant gekleidet und in ausgelassener Stimmung. Als sich das Paar bis auf wenige Meter genähert hatte, sah ich, dass sie mit einer Zigarette im Mundwinkel spielte, die jedoch nicht brannte.

„Tienen fuego?“, fragte er freundlich und machte eine Handbewegung, als würde er ein Streichholz in Brand setzen.

Ich verneinte. Zu meiner Verwunderung griff Marie in ihre Handtasche und zauberte ein Feuerzeug hervor.

„Por favor.“

Die Frau lächelte dankbar, nahm einen tiefen Zug und stieß hustend ein paar Rauchwölkchen hervor.

„Lo sentimos“, sagte sie und lächelte.

Ich erinnere mich daran, dass mir im selben Moment durch den Kopf schoss, dass sie keine Raucherin war. Die Art, wie sie die Zigarette hielt und unbeholfen daran paffte. Aber es war zu spät. Das Letzte, was ich begriff, war, dass beide mit einem Mal eine Spraydose in der Hand hielten und mir ein kalter und ätzender Sprühnebel die Sinne raubte.

Als ich zu mir kam, fand ich mich in einem ausgedienten Pferdestall wieder. Ich lag im Stroh, Hände und Füße mit Kabelbindern gefesselt. Es roch nach Mist, und das Tageslicht drang nur spärlich in den Verschlag. Binnen Sekunden kehrten die Erinnerungen an die Geschehnisse der Nacht zurück. Mein Gesicht brannte wie Feuer. Weiß Gott, was für eine Substanz uns da verabreicht worden war.

Wo war Marie? Ich versuchte ihren Namen zu rufen, als ich merkte, dass mein Mund mit Klebeband verschlossen war. Mich ergriff Panik bei dem Gedanken daran, was als Nächstes passieren würde. Man musste kein Hellseher sein, um erahnen zu können, wem wir da in die Fänge geraten waren. Die alles entscheidende Frage war, wie wütend derjenige war, und ob es eine Möglichkeit geben würde, sich wieder freizukaufen. Mein Gefühl sagte mir, dass es nicht so einfach werden würde.

Komisch, dass man in solchen Situationen zu gleichen Anteilen darauf hofft, in Ruhe gelassen zu werden, und andererseits herbeisehnt, endlich seinen Peinigern ins Gesicht sehen zu können. Letzteres begründet sich mutmaßlich in der verzweifelten Hoffnung, es könne sich um ein Missverständnis handeln oder die Konsequenzen wären irgendwie erträglich. Jedenfalls geht einem eine Menge durch den Kopf, wenn man gefesselt in einer stinkenden Pferdebox am Boden liegt. Gegen Mittag mischten sich die ersten menschlichen Bedürfnisse zu dem Gedankenwirrwarr in meinem Schädel. Ich bekam wahnsinnigen Durst, und gleichzeitig drängte meine Blase nach Erleichterung. Ich versuchte, mich bemerkbar zu machen, indem ich immer heftiger gegen den Holzverschlag trat. Nichts rührte sich. Überhaupt war es in meinem Gefängnis totenstill, wie ich im weiteren Verlauf des Tages mit wachsender Sorge feststellte. Nachdem ich mich das zweite Mal in meine Jeans entleert hatte, wuchs die Gewissheit in mir, dass ich in diesem Stall elendiglich verrecken würde. Es würde zu gar keiner Begegnung mit irgendeinem angepissten Mafiaboss oder sonst wem kommen. Man hatte uns in einem Land aufgespürt, wo kein Mensch sich für uns interessierte, geschweige denn von unserer Existenz wusste, und würde uns jetzt auf diese bequeme Art und Weise aus der Welt schaffen. Eine saubere Lösung, wie ich zugeben musste. Unsere Widersacher brauchten nicht einmal einen Mord zu begehen, keine Schüsse abgeben oder sonstige Sauereien anstellen. Man musste keinen Auftragskiller bezahlen und keine Leichen entsorgen. Hier würden wir, ohne jemanden zu belästigen, den Abgang machen und mit der Zeit zu Asche und Staub verfallen. Würmer, Ratten und anderes Ungeziefer, das sich bislang fein im Verborgenen hielt, würden die Verwertung alles Essbaren übernehmen, und für den Fall, dass unsere sterblichen Überreste jemals entdeckt werden würden, so stellte ich mir vor, würde dies im entlegensten Eck von Südamerika weder Polizei noch Behörden interessieren.

Überdies würde niemand eine Vermisstenanzeige aufgeben, da Marie und ich ja bereits tot waren. Falls der perfekte Mord in der Menschheitsgeschichte bislang tatsächlich nicht geglückt war, hatte ich das Vergnügen, einer der Protagonisten der Premiere zu sein. Hell yeah!

Ich stand Todesängste aus, verlor mit jeder Stunde, die verging, zusehends die Hoffnung zu überleben, und ergab mich schließlich in mein Schicksal.

Ja, ich überlegte mir sogar, wie ich meinen Tod beschleunigen könnte, kam aber natürlich auf keinen grünen Zweig. Ich war gefesselt, rechnete mir aus, dass ich ohne Flüssigkeit maximal drei Tage überleben würde, und wagte nicht, mir vorzustellen, wie sich der Tod durch Verdursten anfühlen könnte. Gegen Abend fiel ich in eine Art Dämmerzustand und fing an zu halluzinieren. Ich hörte Stimmen, Tiergeräusche, und schließlich bildete ich mir ein, dass ein heftiger Regen auf das Dach trommelte. In der Hoffnung, dass das Wellblech undicht sein könnte, wälzte ich mich in der Dunkelheit auf dem Boden hin und her, um wenigstens einen Tropfen abzubekommen. In meinem Delirium gelang es mir irgendwie, das Klebeband an einem im Boden eingelassenen Haken abzustreifen. Dieser winzige Erfolg machte mir Mut. Ich versuchte mich an den Plastikfesseln, musste aber nach einiger Zeit erschöpft aufgeben. Ich hatte keine Kraft mehr. Schließlich wuchs der Durst zum einzigen übermächtigen Gedanken an. Mein Gehirn war zu nichts anderem mehr in der Lage, als mir dieses Bedürfnis vor Augen zu halten, immer drängender und fordernder, so als ob ich die Verantwortung dafür trüge, dass mein wichtigster Rohstoff zur Neige ging. Ich erinnerte mich an eine Reportage über einen US-Soldaten, der aus irakischer Gefangenschaft geflohen war und während seiner Flucht durch die Wüste den eigenen Urin getrunken und auf diese Weise überlebt hatte. Als mich das nächste Mal der Harndrang überfiel (warum zieht der Körper in solchen Situationen seinen Bedarf nicht von selbst aus der Blase?), nestelte ich verzweifelt an meinem Hosenschlitz und stemmte mich mit den Beinen gegen den Bretterverschlag in einen Schulterstand, sodass ich wenigstens ein paar Spritzer meines eigenen Urins abbekam. Jedes Mal, wenn ich mich an den salzigen und bitteren Geschmack erinnere, schüttelt es mich vor Ekel und Selbstverachtung. Aber in dieser Situation war es wohl das Selbstverständlichste, was ich tun konnte.

Alles reduzierte sich aufs nackte Überleben.

An die nächsten vielleicht vierundzwanzig Stunden habe ich keine aktive Erinnerung mehr. Ich weiß nur noch, dass ich zu einem gewissen Zeitpunkt angefangen hatte zu beten. Ein stummer, verzweifelter Hilferuf an eine höhere Macht, von der ich nichts wusste und die ich mein Leben lang ignoriert hatte.

Als die Folterknechte am Abend des zweiten Tages kamen, um mich zu holen, war ich außerstande zu sprechen, mich auf den Beinen zu halten oder irgendeinen klaren Gedanken zu fassen. Sie schnitten mir die Fesseln ab und ließen mich abermals allein zurück. Am Morgen darauf kamen sie mit einem Arzt im Schlepptau wieder. Durch den Nebel in meinem Kopf hindurch verfolgte ich, wie mir eine Infusion nach der anderen verabreicht wurde, bis ich nach und nach wieder klarer wurde. Als es mir endlich gelang, mich aus eigener Kraft aufzurichten, packten die Männer den besorgt dreinblickenden Arzt an den Schultern, rissen ihn von mir weg und jagten ihn gegen seinen heftigen Widerstand zum Teufel.

Die Symbolik dieses Dramas wurde mir im selben Moment klar: Es ging meinen Peinigern nur darum, dass ich für den nächsten Akt wieder halbwegs bei Kräften war und Rede und Antwort stehen konnte. Einer der Häscher zog mir einen Strumpf über den Kopf. Dann wurde ich weggeführt. Fehlte nur noch, dass jemand rief: „Dead Man walking!"

Wenig später fand ich mich in einem alten Weinkeller wieder. Jemand riss mir die Maske vom Kopf und fesselte mich mit den Knöcheln an das Bein eines massiven Eichentischs, der sich etwa in der Mitte des langen Gewölbes befand. Entlang der Wände standen Dutzende mannshohe Fässer, die von dichten Spinnweben überzogen waren. Es roch nach Holz und Feuchtigkeit und paradoxerweise nach Zimt. Letzteres weckte kurz eine schmerzhafte Erinnerung an den weihnachtlichen Duft im elterlichen Haus. Ein Nachgeschmack einer heilen Welt, die es nicht mehr gab. Die es im Grunde genommen nie gegeben hatte.

Nach einer Weile brachten sie Marie. Ich erschrak aufs Äußerste, als ihr Gesicht unter dem Strumpf auftauchte. Mir war sofort klar, dass es ihr ziemlich schlecht ging. Ihr Blick wirkte glasig und verstört. Sie starrte, von Furcht und Schrecken gezeichnet, förmlich durch mich hindurch. Ich bemühte mich vergeblich, ihr ein Lebenszeichen abzuringen. Ein Blinzeln, einen aufmunternden Blick. Aber Marie schien mich einfach nicht wahrzunehmen. Ich war besorgt, konnte aber nichts tun. Jede unserer Bewegungen wurde von drei finster dreinblickenden Typen überwacht, und beim geringsten Zucken verteilten sie nach Belieben Kopfnüsse, Ohrfeigen oder Tritte gegen das Schienbein. Der plötzlich aufkeimende Verdacht, Marie könnte während ihres Martyriums von diesen schwarz gekleideten Bestien vergewaltigt worden sein, machte mich rasend vor Wut. Aber was sonst hatte diese taffe Frau derart aus der Fassung gebracht? Ich fing an, unruhig auf dem Stuhl hin und her zu rutschen, und erntete etliche Schläge, bis ich meine Beherrschung wiederfand.

So verging eine weitere Stunde. Die Männer fingen an, Schnaps zu trinken und Possen zu reißen. Ich war mir nicht sicher, in welcher Sprache sie sich unterhielten, vielleicht Albanisch oder Bulgarisch. Letztlich spielte es keine Rolle. Klar war, dass Marie und ich verdammt schlechte Karten in diesem Spiel hatten.

Plötzlich, wie auf ein unsichtbares Zeichen hin, verschwanden die Schnapsflaschen zwischen den Weinfässern und unsere Aufpasser nahmen Haltung an. Am anderen

Ende des Kellers hallten Schritte. Ein untersetzter, bärtiger, unscheinbar wirkender Mann Ende sechzig setzte sich, von zwei Bodyguards eskortiert, auf einen Stuhl an die Stirnseite des Tisches.

Marie schien von der ganzen Arie noch immer nichts mitzubekommen. Ich hielt den Atem an, gespannt darauf, was nun passieren würde. Die Vorahnung, dass ich diesen Keller nicht lebend verlassen würde, schnürte mir die Kehle zu.

„Guten Abend." Der Mann sprach zu meiner Überraschung akzentfrei Deutsch. Seine Stimme klang weich, geradezu freundlich. Ein Umstand, der meine Angst in nackte Panik verwandelte.

„Theresa Chloé Zogg?"

Marie nickte unmerklich.

„Alexander Caviazel?"

Was blieb mir anderes übrig, als meine Identität preiszugeben. „Ja."

„Wie amüsant, Sie beide so lebendig anzutreffen."

Ich erwiderte nichts darauf.

„Dass Sie mich nicht falsch verstehen", fuhr die Stimme fort. „Ich bewundere Ihre Arbeit, und unter anderen Umständen hätte ich Ihnen vielleicht einen Job angeboten."

Der Alte wandte den Kopf zur Seite und spuckte einen schleimigen Priem auf den Boden.

„Reden wir nicht lange um den heißen Brei." Der Ton wurde schärfer. „Ich möchte alle Datensätze von Ihnen, sämtliche Kopien und … Garantien."

Die Art und Weise, wie er die letzte Forderung ausgesprochen hatte, ließ mich stutzig werden. Welche Sicherheiten sollten wir ihm bieten können? Dieser Anspruch kam einem Todesurteil gleich.

„Wer sind Sie?“

Ich erschrak aufs Äußerste. Maries Stimme klang wie die einer Untoten. Metallisch, leer und dennoch herausfordernd.

„Das, verehrte Frau Zogg …“, unser Gegenüber lachte lauthals auf, „… werden Sie leider nie erfahren, und die Gründe dafür dürften Ihnen hinlänglich bekannt sein.“

„Sie bekommen einen Dreck von uns!“ Marie starrte ihn hasserfüllt an. „Wenn Sie uns nicht auf der Stelle gehen lassen, werden Sie und Ihre Männer sterben.“

Ich biss mir fassungslos auf die Lippe. Was redete Marie da für einen Unsinn? Für den Moment hätte ich beinahe in das Hohngelächter des Alten und seiner Schergen mit eingestimmt. Diese Drohung war so dumm wie haltlos zugleich. Ich war sicher, dass ihr während ihres Martyriums sämtlicher Sinn für die Realität abhandengekommen war. Schon dachte ich darüber nach, unserem Peiniger von der Existenz der beiden Rechner zu berichten, als dieser mit der Faust auf den Tisch schlug und sich langsam erhob. Das Gelächter der Folterknechte verstummte auf der Stelle.

Einer der Männer griff auf Befehl hin nach einer Tasche, die am Boden lag, und ließ uns einen Blick hineinwerfen. Darin befanden sich unsere beiden Laptops und sämtliche externe Festplatten, mit denen Marie und ich gearbeitet hatten. Ich schauderte, und gleichzeitig wurde mir klar, warum wir so lange auf dieses Verhör hatten warten müssen. Andererseits fragte ich mich, worauf diese Inquisition hinauslaufen sollte, wo sich doch alles auf den Computern befand.

„Wo sind die Daten?“

Ich stutzte.

„Gelöscht“, sagte Marie leise.

„Das habe ich selbst festgestellt", tönte der Alte wütend. „Erzählen Sie mir nicht, Sie hätten keine Kopien davon."

„Ja."

„Was soll das heißen? Haben Sie welche oder nicht?"

„Es gibt keine Datensicherung", antwortete Marie. „Der Auftrag war abgeschlossen."

„Auftrag?"

„Eine Firma in Uljanovsk. Ich habe nur eine Mailadresse, die ebenfalls nicht mehr existent ist."

Unser Gegenüber schien nachzudenken.

„Russland", fügte Marie hinzu.

„Gottverdammt, ich weiß sehr wohl, wo das ist!"

„Wenn Sie bislang keine Aufforderung erhalten haben, sind Sie fein raus", sagte Marie. „Es wird keine mehr geben."

„Wer garantiert mir das?"

„In diesem Geschäft gibt es keine Sicherheiten", erwiderte Marie. „Aber Sie haben mein Wort."

„Ich glaube Ihnen gar nichts."

Ich verstand nur Bahnhof und schwieg. Marie schien ihrer Sache sicher zu sein, gleichsam spürte ich, wie die Stimmung zunehmend unheilvoller wurde. Wie und wann auch immer es zu einer Löschung der Daten gekommen war, der Alte dachte nicht im Traum daran, uns auf freien Fuß zu setzen. Vielmehr stellte ich mir vor, wie er hinter seiner zornigen Stirn gerade darüber nachdachte, auf welche Weise er uns am elegantesten ins Jenseits befördern könnte.

Wieder erteilte er einen harschen Befehl. Minuten später brachten seine Häscher den Doktor in den Weinkeller und fesselten ihn an einen Stuhl. Der kleine Mann wirkte um einiges verzweifelter als am Morgen, wo er sich rührend um mich gekümmert hatte. Er tat mir leid, und ich war sicher, dass er genau wie Marie und ich entführt und als Geisel genommen worden war. Was sollte das nur werden? Ich zuckte zusammen, als der Alte sich brüllend eine Pistole geben ließ, neben den Médico trat und die Waffe durchlud. Der Arzt gab einen markerschütternden Schrei von sich. Die Schergen des Alten stoben wie aufgescheuchte Schafe auseinander. Sekunden später waren wir nur noch zu viert.

„Lassen Sie den Mann in Ruhe“, sagte Marie kühl.

„Die Daten“, bellte der Alte.

„Es gibt keine Daten mehr“, mischte ich mich jetzt in das Gespräch ein.

„Halten Sie den Mund, Caviazel!“, rief er mir zu, ohne Marie aus den Augen zu lassen. „Die Daten!“

Die Mündung der Waffe klebte jetzt an der bebenden Stirn des Arztes.

„No, no, no!“, schrie der Mediziner.

Ich sah flehentlich zu Marie, die abzuwägen schien, ob der Alte seine Drohung wahrmachen würde. Ich hätte alles getan, um die Gefahr abzuwenden.

Mit einem Mal verfinsterte sich Maries Blick. „Wussten Sie, dass Ihre Männer mich behandelt haben wie ein Stück Vieh?“

Der Alte schüttelte abwehrend den Kopf. „Die Daten.“

„Es gibt keine Daten mehr, du verfluchter Hurensohn!“, brüllte Marie.

Im selben Moment krachte der Schuss.

Es war grauenhaft. Der Médico sank in sich zusammen. Von den gegenüberliegenden Fässern und der Decke tropften helle Fleischklümpchen. Ich erbrach mich auf der Stelle. Marie stierte fassungslos auf den Toten. Schließlich fing sie an zu stöhnen wie ein verletztes Tier. Ich wollte einfach nur wegrennen und zerrte an den Fußfesseln, bis meine Knöchel wundgescheuert waren. Marie gab weiterhin nur klagende Tierlaute von sich. Es war beinahe nicht auszuhalten. Der Alte wirkte völlig ungerührt. Er stand noch immer mit der Pistole in der Hand neben dem Ermordeten und strich sich durch den Bart. Schließlich wandte er sich an mich. „Nun zu dir, Caviazel", sagte er leise und machte sich auf den Weg um den Tisch. Mein Herz schlug mir bis zum Hals. Mein Körper fing an, vollkommen unkontrolliert zu zittern, gleichzeitig wurde mir heiß. Mir tropfte Schweiß von der Stirn und lief brennend über die offenen Stellen an meinen Knöcheln. Ich war außerstande, etwas zu sagen, geschweige denn, mich zur Wehr zu setzen.

In dem Moment, als er mir die Waffe an den Schädel hielt, verstummte Maries Wehklagen.

„Binden Sie mich los", forderte sie den Alten auf.

„Wozu?"

„Um das zu bekommen, was Sie wollen."

Der Alte rief nach einem der Schmierlappen, der Marie von ihren Fußfesseln befreite.

„Eine falsche Bewegung", warnte der Alte, die Pistole fest an meine Stirn gepresst.

Marie nickte unmerklich, drehte mir und unserem Peiniger den Rücken zu und begann damit, an ihrem Hosenbund zu nesteln.

„Was soll das werden?", zischte der Alte.

Marie setzte ihr merkwürdiges Tun ungerührt fort. Jetzt stand sie vornübergebeugt mit herabgelassener Hose da und machte sich, offensichtlich unter Schmerzen, an ihrer Vagina zu schaffen. Ich bemerkte, dass ihr Höschen blutdurchtränkt war. Was tat sie denn bloß?

Meine Todesangst mutierte zu einem grenzenlosen Hass. Ich ballte die Fäuste und war im Begriff, gleich zuzuschlagen, als Marie mit einem blutverschmierten Plastikring in der Hand wieder an den Tisch trat. An dem Ring, dessen Umfang etwa dem eines Kondoms entsprach, klemmte ein winziger Plastikbeutel, in dem sich wiederum eine Micro-SD-Karte befand.

Marie warf das Speichermedium abfällig auf den Tisch. Der Alte wies einen seiner Spießgesellen an, das blutige Teil an sich zu nehmen. „Wenn ihr mich über den Tisch ziehen wollt, war das euer letzter Trick." Er verstärkte den Druck der Waffe an meiner Stirn. „Und ihr werdet beide sterben, noch heute Nacht, in diesem Keller!" Unser Peiniger wandte sich zum Gehen. „Und falls nicht …", er spuckte verächtlich auf den toten Arzt, „… dann seid ihr trotzdem tot."

Seine Schergen stießen mich grob zurück in meine Pferdebox. Einer der Männer machte sich einen Scherz daraus, mich mit den Händen über Kreuz an den Fußgelenken zu fixieren. Die anderen lachten dreckig, während er die Kabelbinder so fest zuzog, dass ich vor Schmerzen aufstöhnte.

So ließen sie mich in der Dunkelheit zurück. Binnen Minuten verlor ich jedwedes Gefühl in meinen Extremitäten. Der anfängliche Schmerz wich einem Taubheitsgefühl in Händen und Füßen. Es gelang mir, mich aus der gekrümmten Sitzhaltung auf die Seite fallen zu lassen. So lag ich da und wartete auf die Vollstreckung des Todesurteils.

Immer wenn ich mich an diese Stunden erinnere, wundere ich mich darüber, mit welcher Gleichgültigkeit ich dort ausgeharrt hatte. Ich vermute, es lag daran, dass ich seit den Vorfällen im Weinkeller absolute Gewissheit über mein Schicksal hatte. Genau kann ich es natürlich nicht sagen, aber mir war klar, dass ich sterben würde. Genauso wie der freundliche Médico. Wie rasch der Tod eingetreten war. Ob er in dieser halben Sekunde Schmerzen gehabt hatte? Ich ärgerte mich darüber, dass Marie mich über ihr waghalsiges Spiel nicht in Kenntnis gesetzt hatte. Hatte sie die Daten gelöscht, oder hatte im Hintergrund noch ein unbekannter Dritter seine Hände im Spiel? Vielleicht war Elias gar nicht festgenommen worden und arbeitete ihr aus Fernost zu. Warum rückte Marie immer nur mit der halben Wahrheit heraus? Und was zum Teufel befand sich auf diesem Mikrochip, den sie aus dem Schritt gezaubert hatte? Während ich mit wachsender Beklemmung auf meine Henker wartete, wurde ich von der anhaltenden Müdigkeit übermannt und schlief ein.

Es war noch immer stockdunkel, als mich der Lärm von Gewehrfeuer aufschrecken ließ. Instinktiv kroch ich unter das Stroh und lauschte dem Feuergefecht, das mich an den Schusswechsel in dem Film *Heat* erinnerte. In der minutenlangen Schießerei nach einem Banküberfall ballern Robert De Niro und seine Kumpane mit Sturmgewehren auf die Polizisten unter dem Kommando von Al Pacino. Ich kenne mich nicht besonders gut aus, aber es war offensichtlich, dass auch hier automatische Waffen im Spiel waren. Die Polizei? Schon schöpfte ich neue Hoffnung und überlegte, ob es überhaupt klug war, sich zu verstecken. Ich versuchte mich zu befreien, aber mittlerweile war ich außerstande, meine Gliedmaßen zu bewegen. Es war zwecklos, und ich fürchtete, die mangelnde Durchblutung hätte bereits bleibende Schäden hinterlassen. Aber dieses Mal hatten die Schergen weder meinen Mund verklebt noch eine Strumpfmaske benutzt. Ich robbte unter Schmerzen in die hintere Ecke der Box, wo ich durch einen Spalt einen Blick auf das Gemetzel werfen konnte, das sich rund um das Hauptgebäude des Anwesens abspielte. Mir schwante, dass es sich bei keiner der wild aussehenden Gestalten, die ich zu Gesicht bekam, um Polizeibeamte handelte. Der Angriff auf die Gefolgsleute des Alten ließ keinerlei Taktik erkennen. Soweit ich die Lage beurteilen konnte, lieferten sich zwei verfeindete Banden auf Teufel komm raus einen Schlagabtausch. Ich dachte an einen Kampf zweier verfeindeter Drogenkartelle, jedenfalls etwas in der Art. Ständig huschten die Schatten einmal hierhin, einmal dorthin. Immer wieder wurde Bengalisches Feuer entfacht, und in diesem roten und grünen Schimmern zählte ich zu diesem Zeitpunkt acht Leichen, die über das Gelände verstreut am Boden lagen.

Ich erschrak aufs Äußerste, als zwei vermummte und schwer bewaffnete Kerle auf das Stallgebäude zuhielten. So schnell ich konnte verkroch ich mich wieder unter dem Stroh und hielt die Luft an.

Wenig später hörte ich jemand leise meinen Namen rufen, vielmehr meinen Spitznamen.

„Lex! Wo du sein?“

Ich rührte mich nicht von der Stelle. Die Schritte und Stimmen kamen näher. Ich wagte einen letzten Versuch, mich tiefer in den Berg aus getrockneten Getreidehalmen hineinzugraben.

„Wo, Lex?“

Die Worte klangen freundlich, was mich verunsicherte. Womöglich handelte es sich bei den Männern tatsächlich um Retter, die mich aus meiner Gefangenschaft befreien konnten.

Aber wie wahrscheinlich war das? Und woher kannten sie meinen Namen?

Viel wahrscheinlicher fand ich die Vorstellung, dass es sich um die Gefolgsleute eines anderen Schurken handelte, der von unserer Existenz erfahren hatte und die gleichen Absichten hegte wie der Alte. Konnte irgendetwas an meiner Situation beschissener werden als bisher?

Fuck! Fuck! Fuck!

Ich beschloss – in der Hoffnung, dass weder der Alte noch seine Henkersknechte das Massaker überlebt hatten –, in meinem Versteck zu bleiben.

„Lex!"

Verdammt!

„Müssen los. Frau schon weg."

Ich zögerte, bis sich mein Körper in den Entscheidungsprozess einmischte. Ich bekam einen jämmerlichen Hustenanfall.

Zwei der Maskierten zogen mich an den Beinen aus meinem Versteck und schnitten die Fesseln durch. Sie packten mich grob unter den Armen, nachdem sie merkten, dass ich nicht in der Lage war, mich zu rühren. Schließlich zerrten sie mich wie einen beinamputierten Kriegsveteranen ins Freie.

„Alles gut sein, Lex", murmelte einer der beiden. „Frau auch gut."

Sie schleppten mich im Schutz der Stallungen einen Hügel hinauf. Auf dem Gelände unter uns fielen immer noch vereinzelt Schüsse. Meine beiden Retter nahmen mich jetzt abwechselnd huckepack und stießen dabei wüste Flüche aus. Endlich gelangten wir auf halber Höhe des Hügels an ein winziges offen stehendes Tor, das in die Sandsteinmauer des Anwesens eingelassen war. Ich deutete an, wieder gehen zu können, fiel aber beim ersten Schritt der Länge nach hin und schlug mit der Stirn gegen einen Stein. Ich schrie vor Schmerzen laut auf. Im nächsten Moment riss einer meiner Helfer die Arme nach oben und sank röchelnd auf die Knie. Eine ganze Batterie Leuchtraketen wurde abgefeuert und tauchte die Szenerie in gleißendes Licht. Wieder knatterten die automatischen Waffen. Immer mehr Geschosse fanden ihren Weg in unsere Richtung und trafen berstend auf die Mauer. Ich musste hier weg! Als eine ganze Ladung Gesteinssplitter meine Beine streifte, griff ich instinktiv nach der Pistole des Toten und kroch auf Händen und Füßen durch das Tor in den Innenhof des Anwesens. Im Schein einer Leuchtrakete flüchtete ich mich in den Schatten eines Baumes, der in der Nähe der Umfriedung stand. Hinter meinem Rücken verebbte nach und nach das Brüllen der Gewehre. Ich atmete tief durch und massierte Fuß- und Handgelenke, die langsam wieder zum Leben erwachten. Meine Angst wurde von Neuem entfacht, als minutenlang keiner meiner Befreier den Weg durch das Tor schaffte. Waren etwa alle vier ums Leben gekommen? Was zum Teufel sollte ich nur tun?

Das Aufheulen eines Geländewagens, der sich auf einem Schotterweg längs der Mauer den Weg nach oben bahnte, riss mich aus meiner Schockstarre. Voller Zuversicht wähnte ich die Helfer in dem Jeep und trat aus dem Schatten. Einen Sekundenbruchteil später stürmte eine Handvoll Bewaffneter durch das Tor und eröffnete das Feuer auf den Wagen. Irritiert machte ich einen Satz zurück und kauerte mich unter den Baum. Wieder gelang es mir nicht, die beiden verfeindeten Gruppen voneinander zu unterscheiden.

Zitternd richtete ich die Pistole einmal auf den einen, einmal auf den anderen Banditen, der in meine Nähe kam. Mir fuhr der Schreck in die Glieder, als plötzlich einer der Kämpfer neben mir in die Hocke sprang.

„Lex, hier bleiben!“, flüsterte er mir ins Ohr.

Ich nickte und sah ihm hinterher, wie er sich wieder ins Kampfgeschehen stürzte. Aus der Ferne war jetzt das Heulen von Sirenen zu vernehmen. Wie auf Kommando erstarb das Gewehrfeuer und wich dem schrillen Zirpen von Zikaden. Jemand versuchte vergeblich, den Jeep zu starten. Ein paar harsche Befehle drangen an mein Ohr. Ich hörte die knirschenden Laufschritte schwerer Armeestiefel. Schatten, die einmal hierhin, einmal dorthin huschten. Dann war niemand mehr auszumachen. Ich vernahm ein Motorgeräusch, konnte aber in der Dunkelheit kein Fahrzeug erkennen. Ich erhob mich schwerfällig und kniff die Augen zusammen. Nichts. Von der Talseite her näherte sich eine ganze Armee von Blaulichtern, die sich wie ein Lampionzug durch die Pampa schlängelten. Bald würden die ersten Fahrzeuge eintreffen. Was sollte ich tun? Ich beschloss, mich aus dem Staub zu machen, verließ den Hof durch das kleine Tor und querte rasch den Schotterweg. Auf der anderen Seite stolperte ich in einen knietiefen Graben. Ich sah mich um und versuchte mich zu orientieren. Am Fuß der Anhöhe bog der erste Streifenwagen um die Ecke. Ohne zu wissen, was ich tat, rannte ich den Graben gebückt weiter nach oben. Keine dreißig Schritte später vernahm ich das Geräusch einer Autotür, konnte aber, so sehr ich mich mühte, kein Fahrzeug sehen. Ich hielt inne. Dann ging alles ganz schnell. Für einen Sekundenbruchteil flammte eine Taschenlampe auf, hektische Schritte, wieder wurde ich an den Armen gepackt und aus dem Graben gezogen. Ich landete unsanft auf dem Bodenblech eines Vans. Der Motor heulte auf, und der Wagen entfernte sich mit rasender Geschwindigkeit.

Bei den wenigen, hektischen Wortfetzen, die ich aufschnappte, ging es darum, welche Straßen von der Polizei überwacht und welche sich für die Flucht am besten eignen würden. Dabei führte ein Glatzköpfiger, der mir immer wieder einen aufmunternden Blick zuwarf, das Kommando. In dieser hektischen Phase wagte ich es nicht, ihn anzusprechen. Etwa eine Stunde später (für mein Zeitgefühl würde ich in dieser Nacht keine Hand ins Feuer legen) verlangsamte der Fahrer plötzlich das Tempo und lenkte den Van auf den Hinterhof einer Tankstelle. Die drei Männer im Wagen lauschten angestrengt dem eingestellten Polizeifunk. Schließlich führte der Glatzköpfige ein Telefonat, in dem ausschließlich Codewörter ausgetauscht wurden. Nachdem er den Apparat ausgeschaltet und die SIM-Karte entfernt hatte, wandte er sich mit einem Lächeln an mich. „Alles gut, Lex."

Ich lächelte zurück und gab mich beruhigt, dabei hatte ich diesen Satz seit meiner Befreiung oft genug gehört, und jedes Mal war stante pede eine Katastrophe gefolgt.

Wieder vergingen endlose Minuten des Wartens, bis neben uns ein baugleicher Van hielt. Einer der Männer führte mich hinüber, öffnete die Schiebetür, und ich erkannte Marie im Dämmerlicht einer Straßenlampe auf dem Boden liegend und schlafend. Ihr Gesicht wirkte entspannt, ganz anders als noch im Keller des Alten. Beinahe hatte es den Anschein, als würde sie lächeln. *Alles gut, Lex*, dachte ich und musste an mich halten, um nicht in Tränen auszubrechen. Marie bedeutete für mich in diesem Moment das einzig Vertraute oder die einzige Sicherheit, die sich mir nach Tagen und Nächten der Angst bot. Ungeachtet der Männer stieg ich in den Wagen, setzte mich neben Marie auf den Boden und legte ihr meine Hand auf die Schulter.

Alles gut, Lex.

Run, run, run away
Meet me in our hiding place
Find me where we'll make our escape

Megan Nicole – *Escape*

The Other Day

Um die Mittagszeit brachten uns die Männer des Befreiungskommandos zuerst in mein Hotel und später in Maries Appartement, wo wir jeweils nur ein paar Minuten Zeit bekamen, unsere Habseligkeiten zusammenzupacken. Die Schergen des Alten hatten beide Unterkünfte in Trümmerfelder verwandelt. Danach fuhren wir in ein Dorf mit dem Namen Rincón de Valentín, wo wir im Dachgeschoss einer Kneipe ein Zimmer zugewiesen bekamen. Endlich waren wir allein. Ich schloss Marie in die Arme. Minutenlang standen wir nur da, ohne ein Wort zu sagen, schließlich brach sie das Schweigen.

„Das ist nur für eine Nacht", stieß sie müde hervor. „Morgen geht es weiter."

Ich war viel zu erschöpft, um nachzufragen, was *weiter* für eine Bedeutung hatte, und ließ mich auf die schmuddelige Tagesdecke des Betts fallen. Marie wandte sich zum Fenster und starrte in die Ferne.

„Sind wir in Sicherheit?", wollte ich wissen.

„Ja", antwortete sie. „Ich kann es dir kurz erklären, wenn du magst."

„Nur zu."

„Ehrlich gesagt, hatte ich die ganze Zeit damit gerechnet, dass uns irgendeiner dieser Idioten aufspürt", druckste sie herum.

„Hattest du nicht immer …"

„Sei still, Lex, oder bist du wirklich so blauäugig?"

„Ich hatte dir vertraut."

„Was grundsätzlich nicht falsch war, wie du siehst." Ihre Stimme klang verbittert.

„Jetzt, wo du es sagst", entgegnete ich und spürte, wie ich langsam wütend wurde. „Ich habe drei Luxusnächte in einem Pferdestall verbracht, wurde beinahe exekutiert, durfte dabei zusehen, wie mein Leibarzt vor meinen Augen erschossen wurde, und stand ungefähr die Hälfte der Zeit Todesängste aus. Ganz großes Kino." Um meinem Ärger Nachdruck zu verleihen, klatschte ich dreimal in die Hände.

„Bist du fertig, Arschloch?"

„Es gibt Zeiten, da kann man sich nicht aussuchen, ob man ein Scheißtyp ist."

„Spar dir dein Gejammer, du blöder Freak. Glaubst du etwa, mir ging es besser?"

„Also?"

Marie schlug sich gegen die Stirn, entschied sich aber ausnahmsweise dazu, die Ruhe zu bewahren. „Gleich nach unserer Ankunft habe ich diese Gruppe ausfindig gemacht", fuhr sie fort. „Eine sogenannte Sicherheitsfirma, aber du hast die Kerle ja selbst gesehen."

„Eher eine verkappte Söldnertruppe", merkte ich an.

„Etwas in der Art", erwiderte Marie. „Jedenfalls befand sich an dieser Speicherkarte ein Mikrochip mit Peilsender und einem Kontakt, um Alarm auszulösen."

„Keine Daten?"

„Doch, aber völliger Stuss. Lauter erfundene Namen und Bankverbindungen."

„Wie clever."

„Findest du?"

„Dir ging es nicht besonders gut während der Gefangenschaft, habe ich recht?"

„Ich hatte einen Asthmaanfall und bin beinahe erstickt."
„Hattest du dein Spray bei dir?"
„Lex! Ich war halb nackt an einen Schweinetrog gefesselt." Marie rang Nägel kauend um Fassung. „Der Médico hat mir auf gut Glück irgendein Antihistaminikum verpasst. Mit Erfolg, wie du siehst."
Ich versuchte mir diese Tragödie vorzustellen. „Sie haben dich ausgezogen?"
Marie wandte den Blick von mir ab. „Darüber möchte ich nicht sprechen, Lex. Ich bin okay. Meine einzige Sorge galt dir. Ich hätte es mir niemals verzeihen können, wenn dir etwas zugestoßen wäre."
„Aber wenn du doch die ganze Zeit damit gerechnet hast?"
„Doch niemals mit einer solchen Brutalität …" Marie war den Tränen nahe.
„Schon gut." Ich setzte mich auf die Bettkante, unfähig aufzustehen, mich hinter sie zu stellen und sie in die Arme zu schließen. „Und was jetzt?"
„Wir müssen innerhalb der nächsten vierundzwanzig Stunden außer Landes."
„Wohin?"
„Argentinien. Es ist alles arrangiert."
„Und woher wissen wir …"
„Das werden wir nie wissen, Lex", unterbrach mich Marie. „Aber die Wahrscheinlichkeit, dass die Leute, denen wir auf die Füße getreten sind, uns aufspüren, sinkt mit jedem gottverdammten Tag."
„Wie kannst du das behaupten?"
„Ich weiß es eben, verflucht noch mal!"
Ich sagte nichts darauf. Maries Einschätzungen hatten von

Beginn an den Charakter von Wettervorhersagen gehabt, und wenn sie Gewitter angedeutet hatte, war regelmäßig ein Hurrikan daraus geworden.

„Du glaubst mir nicht?“, erriet sie meine Gedanken.

„Ich muss die ganze Zeit an den Arzt denken“, erwiderte ich. „Diese sinnlose Grausamkeit, nur um uns einzuschüchtern.“

„Willst du mir etwa die Schuld dafür in die Schuhe schieben?“

Ich schüttelte den Kopf. „Daran habe ich nicht eine Sekunde gedacht.“

„Was dann?“

„Ich versuche gerade, ein normales Gespräch mit dir zu führen und von meinen Ängsten zu sprechen.“

„Ich habe auch Schiss, Lex. Aber Angst nützt uns in dieser Situation nicht. Wir müssen von hier weg.“

„Wie stellst du dir das vor?“

„Du wirst am Morgen gegen vier abgeholt. Der Fahrer bringt dich über die Grenze nach Argentinien, direkt an den Flughafen von Rosario. Von dort nimmst du die nächste Maschine nach San Miguel de Tucumán und fährst mit einem der Überlandbusse weiter bis San Juan.“ Sie reichte mir einen kleinen Schlüssel. „Alle weiteren Informationen und deine neuen Papiere findest du in einem Schließfach. Busbahnhof San Juan.“

Auf dem Schlüssel prangte eine fette rote Dreizehn.

„Den neuen Pass musst du ab diesem Zeitpunkt verwenden“, fügte sie hinzu. „Unbedingt!“

Ich warf ihr einen kritischen Blick zu. „Ich reise allein?“

„Ich muss noch mal zurück nach Montevideo.“

„Wozu?“

„Ich treffe mich mit einem Hacker, um sämtliche Spuren im Netz zu verwischen. Das kann ich nicht allein. Dann komme ich nach."

„Woher weißt du, ob du ihm vertrauen kannst?"

„Elias hat ihn mir empfohlen und den Kontakt hergestellt."

„Wie kann ich dich in dieser Zeit erreichen?"

„Gar nicht, Lex. Es ist viel zu gefährlich geworden. In ein paar Tagen haben wir uns wieder. Und dann fängt unser neues Leben an."

„Ist es nicht riskant, in Südamerika zu bleiben?"

„Nicht mehr oder weniger als an jedem anderen Ort der Welt", erwiderte sie. „Wo wolltest du denn hin?"

„Auf irgendeine Insel vielleicht." Ich zuckte mit den Schultern. „Die Kapverden zum Beispiel."

„Da können wir immer noch hin, wenn es uns in Südamerika nicht mehr gefällt", sagte Marie und gab mir einen Schmatz. „Vielleicht heirate ich dich irgendwann."

„Und dann gründen wir eine Familie, züchten Hühner und Esel und leben glücklich bis ans Ende unserer Tage."

„Warum nicht?" Marie zog einen Schmollmund. „Findest du das etwa spießig?"

„Überhaupt nicht", sagte ich. „Nur hätte ich mir die Brautschau etwas anders vorgestellt."

„Ich habe mir mein ganzes Leben anders vorgestellt, Mister Caviazel." Marie schnaubte laut durch die Nase. „Man kann sich sein Schicksal nicht beliebig aussuchen."

Ich entgegnete nichts.

„Keine Lust mehr auf Kuscheln?"

„Wenn ich ehrlich bin, ist mir nicht sonderlich danach." Ich warf einen Blick auf die Uhr. „Abgesehen davon, dass ich in sechs Stunden abgeholt werde."

„Wie du meinst." Marie wandte sich jäh ab und verschwand im Bad.

Ich streifte die verdreckten Stiefel ab und warf mich der Länge nach hin. Das Bett roch nach Zigarettenrauch und ekelte mich an. Hier wollte ich tatsächlich keinen Sex, und gleichzeitig wusste ich, dass ich kein Auge zubekommen würde. In der Ecke neben dem Bett entdeckte ich einen kleinen, schwarzen Skorpion. Ich richtete mich erschrocken auf. Marie kam just in diesem Moment aus der Dusche. Ich deutete auf den Eindringling, woraufhin sie sich aus ihrem Handtuch schälte und das Spinnentier behutsam auf den feuchten Frottee krabbeln ließ. Schließlich rollte sie das Tuch zu einem dicken Knäuel zusammen, öffnete das Fenster und warf den ganzen Packen ins Freie.

„Die sind harmlos", erklärte sie.

„Dachte ich mir schon", scherzte ich und suchte den Raum nach weiteren ungebetenen Gästen ab.

„Magst du nicht duschen?", wollte Marie wissen, nachdem ich mich wieder aufs Bett geworfen hatte. „Oder zumindest diese Klamotten ablegen?"

„Stinke ich?"

„Mächtig. Außerdem hast du noch Blutspritzer in den Haaren und auf der Jacke."

Die Fahrt über die argentinische Grenze kam einem Albtraum gleich. Zwar hatte der rothaarige Spaßvogel am Steuer offenbar Routine und leistete sich keine Panne, aber ohne Scheinwerfer in fast völliger Dunkelheit eine unbefestigte Passstraße zuerst hinauf- und dann wieder hinunterzurasen, war in dieser Nacht nichts für mein löchriges Nervenkostüm. Anfangs wagte ich zu protestieren, erntete aber lediglich ein irrsinniges Lachen, das mir noch viel mehr Angst einjagte. Ergo ließ ich es bleiben, schloss zum ich weiß nicht wievielten Mal mit meinem Leben ab und klammerte mich wie ein Kapuzineräffchen an der Lehne des Vordersitzes fest, was den Wahnsinnigen dazu animierte, das Gaspedal komplett durchzutreten.

Um die Mittagszeit schwankte ich völlig entkräftet über den Vorplatz des Flughafens der Millionenstadt Rosario. Der Verrückte hatte mir zum Abschied einen Umschlag mit zehntausend argentinischen Pesos in die Hand gedrückt, was einer Summe von etwa tausend Euro entsprach. Ebenso das Ticket für meine Weiterreise. Bis zum Abflug nach Tucumán war ausreichend Zeit. Ich suchte eines der gehobenen Restaurants auf, um die Mahlzeiten nachzuholen, die ich in den vergangenen Tagen versäumt hatte. Zu meinem Bedauern verleidete mir mein Magen bereits nach der Vorspeise (einer köstlichen Hummersuppe) das Festmahl. Ich schaffte es gerade noch auf die Toilette und kotzte mir die Seele aus dem Leib. Anstelle meiner Empanadas Mendocinas und dem landestypischen Asado mit Fleisch und Würstchen kaute ich bis zum Boarding Magentabletten und schlürfte Matetee.

Im Flugzeug war mir immer noch speiübel. Ob ich mir etwas Ernstes eingefangen hatte? Ich gab mich mit der Erklärung zufrieden, dass mein Immunsystem durch den ganzen Stress gelitten und sich während der Spritztour über die Grenze vollends verabschiedet hatte. Dann schlief ich ein und wurde erst nach dem Touchdown von einer Stewardess geweckt.

Die anschließende Fahrt mit dem Überlandbus nach San Juan gab mir den Rest. Sechzehn Stunden lang saß ich eingepfercht zwischen gefühlt zweihundert Menschen, die ununterbrochen redeten, schwitzten, husteten und völlig ungeniert furzten. Endlich, am dritten Abend nach meinem überstürzten Aufbruch in Salto, kam ich an der Estación Terminal de Ómnibus de San Juan in der gleichnamigen Provinz an. Ich stand völlig neben mir und wusste nicht mehr, ob ich traurig, glücklich, wütend oder einfach nur kaputt sein sollte.

Das Gewusel auf dem Busbahnhof war unerträglich. Ich beeilte mich, die Schließfächer zu finden, und sehnte mich nach einem Ort der Ruhe. Dabei kam mir ausgerechnet mein letztes Trainingslager auf Sylt in den Sinn. Das war kurz bevor ich mich auf den Weg zum Weltcuprennen am Neusiedler See gemacht hatte. Die menschenleeren Strände unten am Südzipfel der Insel ... In der eisigen Kälte – die Wassertemperatur betrug vier Grad, und der Wind blies mir die Regentropfen wie kleine Glassplitter ins Gesicht – war ich für mich allein gewesen, hatte es bei der anhaltenden Brise genossen, mich jeden Tag aufs Neue völlig zu verausgaben und ungestört neue Manöver einzustudieren.

Im Augenblick wünschte ich mir, dass ich mein Leben an genau diesem Strand fortsetzen könnte. Ohne jenen Zwischenfall an dieser verdammten Raststätte in der Schweiz und die Katastrophen, die sich seit jenem Tag ereignet hatten. Die Seifenblase zerplatzte bei der ersten Frage, die sich mir aufdrängte: Was hätte ich denn anders gemacht? Anders machen können? Sollen? Ich wusste keine Antwort darauf und wurde lediglich wieder von jener Ambivalenz eingeholt, die mich bereits damals auf Schritt und Tritt begleitet und ein Leben mit Valentina unmöglich hatte erscheinen lassen. Fuck!

Ich fluchte, während ich, bei den Schließfächern angekommen, zuerst einen horrenden Betrag nachzahlen musste und anschließend den abgegriffenen Schlüssel in die Dreizehn steckte. Im Inneren lag ein Briefumschlag, in dem ein französischer Pass und ein weiterer, völlig anders gearteter Schlüssel steckten, dieses Mal mit der Nummer neununddreißig und ohne einen einzigen Hinweis auf das dazugehörige Schatzkästchen. Nach einem verzweifelten Versuch an dem Schließfach mit dieser Nummer war mir klar, dass sich das passende Türchen nicht hier befand.

Vielleicht handelte es sich bei diesem Versteckspiel um Maries letzten Trick, mich loszuwerden, schoss es mir durch den Kopf. Ich hatte nur diese Handvoll argentinischer Pesos und einen gefälschten Pass im Gepäck. Damit würde ich nicht besonders weit kommen. Ich kramte nach meinem Handy und schaltete es in der Hoffnung ein, Marie hätte mir eine Nachricht zukommen lassen.

Nichts.

Gehetzt schaltete ich das Gerät wieder aus, entnahm die SIM-Karte und redete mir ein, dass es unmöglich war, während dieser wenigen Sekunden geortet worden zu sein. Ich knetete den Schlüssel in meiner Hand und hatte nicht die geringste Idee, an wen ich mich wenden konnte, um das dazugehörige Schließfach ausfindig zu machen. Schließlich nahm ich ein Taxi zum Hauptbahnhof und versuchte dort mein Glück.

Vergeblich.

Ich wandte mich an einen Mitarbeiter der Bahnhofsmission, der mir mit verklärtem Blick klarzumachen versuchte, dass es für jeden Schlüssel auch ein passendes Schloss geben musste. So, wie es für jeden Menschen einen Weg zu

Gott gäbe und man niemals müde werden dürfe, denselben zu finden und voller Demut und Dankbarkeit bis ans Ende zu gehen. Ich bedankte mich mit einem Lächeln, gab vor, meinen Pfad der Erleuchtung bereits gefunden zu haben, und bekam zum Abschied ein Neues Testament in die Hand gedrückt.

Natürlich auf Spanisch. Halleluja.

Ich schlurfte in ein heruntergekommenes Büro, bei dem es sich laut Hinweisschild um die Tourist Information handeln sollte, fand dort aber lediglich einen Tisch mit vergilbten Prospekten vor.

Am Ticketschalter erntete ich auf meine Frage das hilflose Kopfschütteln eines mit Pickeln übersäten Teenagers mit dem Namen Selena und überlegte gleichzeitig, ob es sich bei diesem Wesen wirklich um ein Mädchen handeln konnte.

Am Ende des Tages kam ich auf die glorreiche Idee, den Schlüssel einem Taxifahrer unter die Nase zu halten. Der hagere Kerl, der mich an Clint Eastwood erinnerte, nickte blasiert und schwafelte etwas von irgendeinem Kaufhaus in der Innenstadt, gerade so, als hätte ich ihn danach gefragt, wie viel zwei mal zwei ergeben würde.

Wir fuhren zum Hipermercado Libertad in der Calle Colombia Oeste, einem riesigen Einkaufszentrum, wie ich es aus amerikanischen Filmen kannte. Der Cowboy wies mir nach einem satten Trinkgeld den Weg in einen Schalterraum der Post, die hier eine Filiale betrieb.

„La sucursal“, fistelte er. Und dann wieder: „La sucursal“. Dabei deutete er lehrerhaft hinter mich. „La sucursal.“ Ich hob beschwichtigend die Hände und gab ihm zu verstehen, dass ich verstanden hatte. Zwischenzeitlich waren einige Passanten auf uns aufmerksam geworden und beobachteten uns interessiert. Ich zog die Mundwinkel nach unten, steckte die Hände in die Hosentaschen und warf ihm einen missbilligenden Blick zu, bis er sich endlich mit einem Augenzwinkern aus dem Staub machte.

Ich sah mich rasch in der Filiale um und beschloss, später wiederzukommen. Das Gehabe des Taxifahrers hatte zu viel Aufmerksamkeit erregt. Ich schlenderte durch die schier endlosen Passagen, kaufte mir einen Strohhut, Zigaretten (mit zwölf hatte ich auf der Schultoilette – abgesehen von den Bongs – meinen ersten und letzten Glimmstängel geraucht) und genehmigte mir einen Longdrink in einer Bar mit dem Namen *Los Gómez*.

Schließlich machte ich mich auf den Weg zu den Schließfächern, in der Hoffnung, das Agentenspiel fände hier sein Ende. Ich fasste mir an den Kopf, als ich im Inneren des Fachs einen weiteren Schlüssel entdeckte, der allerdings zu einer Wohnung oder einem Haus zu gehören schien und mit einer Kennziffer und dem Namen einer Firma versehen war. Was zum Teufel sollte das?

Fassungslos blickte ich abwechselnd in das leere Schließfach und auf diesen verkackten Schlüssel in meiner Hand. Erst als eine ältere Dame mir mit ihrem Gehstock auf die Schulter tippte, löste ich mich aus meiner Starre, schloss die Klappe, verließ die Filiale und ließ mich von der Masse des einkaufenden Volks mitreißen. Ein seltsames Gefühl begleitete mich während dieser Stunden, in denen ich völlig plan- und orientierungslos durch die verschiedenen Ebenen der Shoppingmall stiefelte. Alle diese Menschen würden spätestens am Abend an dem Ort ankommen, den sie ihr Zuhause nannten. Vielleicht logierten einige als Touristen im Hotel oder waren zu Besuch bei Freunden. Es spielte keine Rolle, alle hatten ein Ziel, einen Hinwendungsort, wo sie den Abend und die Nacht verbringen würden. Und alle, stellte ich mir vor, hatten einen Freundes- und Bekanntenkreis. Angehörige, Familie, Kinder, Menschen, mit denen sie kommunizierten, Pläne schmiedeten und etwas unternahmen, und sei es nur das vertraute gemeinsame Glas Wein vor dem Einschlafen, ein Gutenachtkuss oder irgendeine Geste oder ein Wort der Aufmerksamkeit und des Miteinanders. In der Betriebsanleitung des Homo sapiens gab es nun mal kein Kapitel mit der Überschrift *Alleinsein*. Sogar ein Mörder brauchte zum Überleben ein Gegenüber, und sei es nur den Gefängniswärter, der ihm am Abend seine Suppe in die Zelle schiebt.

Die Erkenntnis, dass ich all das verloren hatte, traf mich wie ein Schlag in die Magengrube. Ich starrte in die Auslage eines Schmuckgeschäfts und fühlte mich so einsam wie nie zuvor. Hinzu kam der Eindruck, die Menschen um mich herum könnten meine Einsamkeit wie etwas Gefährliches oder Bedrohliches spüren und einen weiten Bogen um mich machen.

Dieser verfluchte Schlüssel in meiner geballten Faust holte mich in die Gegenwart zurück. Oder vielmehr der Schmerz, den er hervorgerufen hatte, nachdem ich die Hände so fest zusammengepresst hatte, als wollte ich einen Aprikosenkern zerquetschen. *Wenigstens blute ich noch*, dachte ich voller Ironie. Und erst viel später wurde mir die Symbolik des blutverschmierten Schlüssels bewusst, den ich auf dem Rückweg zur Postfiliale auf einer Toilette notdürftig reinigte. Einer spontanen Idee folgend ging ich auf den Schalterbeamten zu und erkundigte mich nach dem Inhaber des Schließfachs. Dem fettleibigen Angestellten trat der Schweiß auf die Stirn.

Das dürfe er mir auf keinen Fall sagen, stotterte er pflichtbewusst. Ich benötigte drei Minuten und zweitausend Pesos, um den Kerl weichzuklopfen. Er nannte mir die Adresse eines Schlüsseldienstes am anderen Ende der Stadt.

Der Inhaber, ein pfiffiger Kerl um die vierzig mit Nerdbrille, stellte sich als Miguel vor und bot mir, noch bevor ich mein Anliegen vortragen konnte, einen Gin an.

„Ohne Ginebra und schöne Señoritas wäre das Leben langweilig", sagte er und füllte, ohne meine Zustimmung abzuwarten, zwei Gläser. Ich überlegte mir einen coolen Spruch, aber mir fiel nichts Gescheites ein. Also ließ ich es bleiben, prostete Miguel zu und ruinierte mir mit dem ersten Schluck sämtliche Geschmacksknospen. Das malzige Zeug brannte wie Säure in meinem Mund. Miguel lächelte mitleidsvoll und reichte mir eine Wasserflasche. „Wenn man ihn nicht gewohnt ist, sollte man ihn besser verdünnen."

Ich lächelte zurück und verkniff mir die Frage, warum er mir diesen Tipp erst jetzt gab. Vermutlich handelte es sich um so etwas wie einen Härtetest. Falls es so war, hatte ich jämmerlich versagt. Ich drückte ihm den Schlüssel in die Hand. „Kannst du mir dazu etwas sagen?"

„Bist du von der Polizei?", erkundigte sich Miguel misstrauisch.

Ich verneinte. „Tourist."

„Und den hast du gefunden?" Er deutete auf den Schlüssel, an dem noch immer eine zartrosafarbene blutige Patina klebte.

„So ähnlich", gab ich zurück.

„Was möchtest du wissen?" Miguel setzte zum Nachschenken an. Ich hielt abwehrend die Hand über mein Glas.

„Ich wüsste gerne, wo er passt."

Miguel schnaufte durch die Nase und nahm einen kräftigen Schluck. „Hast du einen Ausweis dabei?"

Ich überlegte, ob es klug wäre, meine Identität preiszugeben. Miguel bemerkte mein Zögern.

„Dein Name interessiert mich nicht", fügte er hinzu. „Mir genügen die letzten fünf Ziffern am unteren rechten Rand."

Ich griff zu meiner Wasserflasche und schätzte die Risiken ab. Würde Miguel die Polizei informieren, oder gehörte er womöglich zu den Bösen? Beides war ziemlich unwahrscheinlich. Wohingegen vieles darauf hindeutete, dass dieses Spielchen zu Maries Plan gehörte, und für den Fall, dass Miguel sich im Anschluss an die Behörden wenden würde, war es ohnehin zu spät. Ich warf einen kritischen Blick auf die Überwachungskamera an der Decke.

„Die ist kaputt", klärte mich mein Gegenüber auf.

Ich zückte meinen neuen Pass und las ihm die gewünschten Ziffern vor. Miguel verschwand hinter einem Türvorhang und kehrte nach ein paar Minuten mit einem Briefumschlag in der Hand zurück.

„Du warst nie hier", flüsterte er mir zu.

Ich nickte, griff nach dem Umschlag und dem rosafarbenen Schlüssel und stolperte aus dem Laden. Mit einem Mal hatte ich es eilig, wieder in die Anonymität der Stadt einzutauchen.

Das Anwesen befand sich etwa zweihundert Kilometer von San Juan entfernt, am Ortsrand eines Dorfes namens Barreal. Ein schmuckes, zweistöckiges Häuschen mit Pultdach und einem fußballplatzgroßen Grundstück, das bis an das Ufer des Río de los Patos reichte. Ich fühlte mich vom ersten Betreten an pudelwohl und stromerte stundenlang durch die Zimmer und den Garten und angelte am Abend Regenbogenforellen. Es war perfekt! Fehlten nur noch Marie und die Gelegenheit, ein paar nette Leute kennenzulernen, Grillpartys zu schmeißen und das Leben zu genießen. So jedenfalls stellte ich mir die Zukunft hier vor, während meine Anspannung Stunde für Stunde von mir abfiel.

Am fünften Tag nach meiner Ankunft fing ich an, mir ernsthaft Sorgen über ihren Verbleib zu machen, beruhigte mich aber damit, dass Marie vielleicht eine ähnliche Ochsentour zu bestreiten hatte, um sicher nach Argentinien zu reisen. Sie hatte von ein paar Tagen gesprochen, in denen sie mit dem Hacker zusammenarbeiten wollte. Plus vier oder fünf Tage für Flüge und Fahrten.

Alles war gut.

Bis zu jenem Sonntag, meinem neunten Tag in unserem neuen Refugium, hatte ich nie viel von Vorahnung gehalten. Erzählte jemand von einem solchen übersinnlichen Erlebnis, tat ich es meist als Fifty-fifty-Phänomen ab, wobei mir die meisten sogar recht gaben. Spätestens nach meinem Murphy-Witz, wonach die Wahrscheinlichkeit, dass ein Marmeladenbrot auf der falschen Seite landet, mit dem Wert des Teppichs steigt.

Jedenfalls wachte ich am Morgen schweißgebadet und von Wadenkrämpfen geschüttelt auf. Ich humpelte ins Bad, ließ kaltes Wasser über die Beine laufen und versuchte gewaltsam, mich an die Bilder der Albträume zu erinnern, was mir nur zum Teil gelang. Gewissheit hatte ich nur darüber, dass Marie in den blutigen Auseinandersetzungen, die wir uns mit irgendwelchen Vermummten geliefert hatten, jedes Mal mit dem Leben bezahlen musste. Einmal starb sie nach einem Kopfschuss in meinen Armen, ein anderes Mal mit schweren Verbrennungen im Rettungswagen, und in der scheußlichsten Szene, in der wir mit einem Motorboot die Flucht ergriffen hatten, war sie bei einem der Sprünge über die Wellen über Bord geschleudert worden und sofort untergegangen. Während meiner verzweifelten Suche nach ihr war ich aufgewacht.

Am Vorabend war ich gut gelaunt zu Bett gegangen. Ich war keiner, der sich ständig sorgte oder mit dem Schlimmsten rechnete. Ganz im Gegenteil, ich war ein durch und durch positiver Mensch. Aber an diesem Morgen überfiel mich die Vorahnung, dass etwas Schreckliches geschehen würde, und ich hatte dem nicht wirklich etwas entgegenzusetzen. Natürlich machte ich mir Gedanken über Maries verzögerte Rückkehr. Andererseits sah ich in diesem Schlussakt unseres Coups keine wirklichen Gefahren mehr. Wir waren in diesen Wochen so oft durch die Hölle marschiert. Nein, redete ich mir ein, Marie würde in den nächsten Tagen lächelnd durch den Vorgarten hereinspazieren und mir um den Hals fallen. So einfach war das. Und ich Esel ließ mir von ein paar Traumgespinsten den Sonntag verderben.

Ich schnappte mir eine Flasche Bier und setzte mich an meinen Lieblingsplatz am Fluss.

Um die Mittagszeit schlief ich ein und wachte zwei Stunden später krebsrot wieder auf. Fluchend stampfte ich zum Haus zurück und, da ich keine passende Lotion fand, schmierte mir die verbrannte Schwarte mit Butter ein. Meine Haut brannte wie Feuer, und nachdem der Schmerz nicht weniger wurde, ließ ich mir kaltes Wasser in die Badewanne laufen und warf einen Zehn-Kilo-Beutel Eiswürfel dazu. Tatsächlich ging es mir nach einiger Zeit besser. Ich ging zurück ins Schlafzimmer und ließ mich aufs Bett fallen. In diesem Augenblick klingelte ein Telefon im Haus. Ich erschrak bis ins Mark und vermutete im ersten Moment einen Eindringling, da ich sicher war, mein Handy ausgeschaltet zu haben, abgesehen davon, dass ich einen anderen Klingelton eingestellt hatte. Ich trat in den Flur und versuchte das Läuten zu lokalisieren. Schließlich entdeckte ich im Eingangsbereich eine Wandvertäfelung, die sich wie ein Einbauschrank aufklappen ließ und hinter der sich ein Telefon verbarg, das dem ersten Apparat meiner Eltern ziemlich ähnlich war. Ich griff nach dem orangefarbenen Hörer.

„Ja?"

„Oscar, ich bin es."

Ich erkannte sofort Maries Stimme und musste grinsen. „Klar."

„Geht es dir gut?"

„Paradiesisch."

„Sei nicht albern, wir müssen über unsere Geschäfte sprechen."

„Und die Deko im Schlafzimmer."

„Ich kehre bald zurück, mach dir keine Sorgen."

„Die Verbindung ist schlecht, du klingst so, als würdest du in einer Mülltonne sitzen."

„Ich stehe in einer zweihundert Jahre alten Telefonzelle."

Wir prusteten beide in den Apparat. Es tat gut, ihre Stimme zu hören. Ich hatte das Gefühl, Marie monatelang nicht gesehen und gehört zu haben. Sie berichtete in aller Kürze über ihre Arbeit. „Es gibt keine Namen mehr. Keine Adressen. Keine Forderungen", erklärte sie mit ernster Stimme. „Und keine Spuren mehr." Im Hintergrund vernahm ich Gesprächsfetzen eines Streits zwischen einem Mann und einer Frau, die sich die übelsten spanischen Schimpfwörter an den Kopf warfen.

„Gut“, sagte ich. „Komm nach Hause.“

Marie räusperte sich, woraus ich schloss, dass sie das Gespräch kurz halten wollte. „Besorgst du uns bis dahin alle Tageszeitungen, die du kriegen kannst?“

„Bin schon dabei.“

„Ich habe viel zu erzählen.“

„Das kann ich mir vorstellen.“

Marie lachte lauthals auf.

„Was ist los?“

„Das Schwein wurde eine Stunde später festgenommen.“

Ich brauchte eine Sekunde, bis mir einfiel, dass sie auf ihren Vater anspielte. „Gut.“

„Ich habe das Drama im Liveticker verfolgt.“

„Alles okay bei dir?“

„Es geht mir verdammt gut damit.“

„Ich freue mich auf dich.“

„Und ich mich auf dich.“

„Ich besorg uns Champagner.“

„Du bist der Beste.“

Im Hintergrund heulte ein Motor auf, als ob jemand versehentlich den Leerlauf eingelegt und das Gaspedal durchgetreten hätte. Das Brüllen der Maschine ging von jetzt auf gleich in ein ohrenbetäubendes Reifenquietschen über. Ich schloss die Augen und wartete auf den Crash. Für einen Moment klickte es in der Telefonleitung.

„Oscar!“

Ich vernahm einen markerschütternden Schrei, gefolgt von einem explosionsartigen Trommelfeuer von Gewehrsalven, die mir das Blut in den Adern gefrieren ließen. Immer fünf bis acht Schüsse in schneller Abfolge, aus mehreren automatischen Waffen verschossen. Das Röcheln am anderen Ende der Leitung erstarb wenige Sekunden nach dem ersten Knall. Ich erinnere mich daran, wie ich Tausende Kilometer entfernt am Telefonhörer immer und immer wieder schreiend zusammenzuckte, als würde ich selbst getroffen. Selbst Tage danach waren diese Phantomschmerzen noch immer vorhanden.

Der Kugelhagel verstummte so plötzlich, wie er begonnen hatte. Im Hintergrund vernahm ich Polizeisirenen und das Gekreische von Passanten, das Bellen eines Hundes und eine Männerstimme, die ununterbrochen Befehle erteilte. Dann wurde die Verbindung unterbrochen. Mit der eingetretenen Stille machte sich eine unsagbare Kälte im Raum breit.

Ich lag am Boden, den Hörer in der Hand, und hoffte inständig darauf, das Gespräch käme wieder zustande. Obwohl mir klar war, was ich gerade mit eigenen Ohren mitbekommen hatte, wollte ich die Geschehnisse nicht wahrhaben. Ich versank in meiner Trauer und meinem Schmerz und war für Stunden nicht einmal in der Lage, die Augen zu öffnen. Ich wollte nichts mehr sehen, nichts mehr hören, riechen oder schmecken und wünschte mir, an Ort und Stelle sterben zu dürfen. Ja, ich flehte zu Gott, er möge meinen Herzschlag zum Stillstand bringen. Irgendwann verlor ich das Bewusstsein oder schlief ein und kam erst nach Einbruch der Dämmerung wieder zu mir. Noch immer hielt ich den Telefonhörer umklammert. Die Stille war einem nervtötenden Besetztzeichen gewichen. Ich hängte auf,schleppte mich ins Arbeitszimmer und schaltete den Computer an.

Auf der Website einer Lokalzeitung in Montevideo fand

ich einen Zweizeiler: *Unbekannte Frau auf offener Straße hingerichtet! Täter und Motiv unbekannt.*

Kein Zeugenaufruf, keine nähere Beschreibung des Opfers oder der Tat. Nichts. Ich notierte mir das Kürzel des Journalisten und die Telefonnummer der Redaktion. In der Nacht überlegte ich, nach Uruguay zu reisen, um mehr über den Mord in Erfahrung zu bringen. Aber was konnte ich dort ausrichten?

In meinem Schädel braute sich ein hässlicher Mix aus Trauer, Wut und Antriebslosigkeit zusammen. Ich begann zu trinken, schlief ein, trank weiter bis zum Abend des darauffolgenden Tages. Schließlich trieb mich eine Art blinder Aktionismus in die nächstgrößere Stadt, wo ich mir eine Prepaidkarte für mein Mobiltelefon besorgte. Ich wählte ein Dutzend Mal die Nummer der Lokalredaktion in Montevideo, bekam aber nicht mehr als einen krächzenden Anrufbeantworter ans Ohr, dessen Ansage nach der Begrüßung unterbrochen wurde und zum Besetztzeichen wechselte. Enttäuscht suchte ich eine Bar auf, bestellte Bier und Schnaps und aß eine Kleinigkeit dazu.

Ich hatte in meinem Leben noch nie aus Ärger oder Frust zur Flasche gegriffen, aber in diesen Tagen wusste ich mir nicht anders zu helfen, als die Hoffnungslosigkeit meiner Situation mit einem konstanten Alkoholpegel halbwegs erträglich zu machen. Das Fatale daran war, dass es funktionierte. Im Suff fühlte sich alles halb so schlimm an. Mein Körper stellte sich auf einen Vier-Stunden-Rhythmus ein, nach dem ich tagsüber wie nachts die Uhr stellen konnte. Saufen, schlafen und wieder saufen. Ich fing damit an, mir für die jeweils nächste Wachphase wenigstens eine Tätigkeit vorzunehmen, bevor ich mich wieder meinen Schnapsflaschen widmete. Anfangs schaffte ich es beispielsweise gerade, mir ein Brot zuzubereiten oder den Müll vor die Tür zu tragen. Nach einer knappen Woche gelang es mir, den Alkoholkonsum zu reduzieren, was mich in die Lage versetzte, zwei oder drei Stunden am Rechner zu arbeiten oder längere Spaziergänge zu machen. Schließlich gab ich das Trinken wieder auf. Marie hatte mir ein Time-Sheet mit nach Argentinien gegeben, wie und in welchen Abständen Transaktionen zu erfolgen hatten. Das Geld, hatte sie erklärt, musste noch wenigstens ein Jahr lang in Bewegung bleiben, bis wir es bei ausgewählten Banken zu festen Zinssätzen dauerhaft anlegen konnten. Es war paradox: Ich schob täglich Millionenbeträge hin und her und führte das Leben eines Einsiedlers, der sich von Tütenbrot und Dosenfleisch ernährte.

Ungefähr zehn Tage nach Maries Tod bemerkte ich einen Streifenwagen der Polizei, der zweimal im Schritttempo am Anwesen vorbeifuhr. Dabei fiel es mir wie Schuppen von den Augen, dass der Anruf aus der Telefonzelle womöglich zurückverfolgt worden war und die hiesige Polizei nun im Auftrag der Behörden von Montevideo den letzten Gesprächspartner der ermordeten Touristin (oder der Gangsterin) ausfindig machen sollte. Der Gedanke schnürte mir die Kehle zu. Wieder überfiel mich jenes beklemmende Gefühl, nirgends mehr sicher zu sein. In der Nacht plagten mich abermals Albträume. Dieses Mal war ich derjenige, der von den Verfolgern überwältigt, wenngleich nicht getötet wurde. Am Ende kauerte ich wieder in meiner Pferdebox, und der Alte drückte mir mit seinem teuflischen Lächeln den Lauf seiner Pistole gegen die Stirn.

Gegen vier wachte ich auf und beschloss, meine wenigen Sachen zusammenzupacken, um für ein paar Wochen von hier zu verschwinden. Ich fuhr mit dem Taxi zurück nach San Juan und stieg in den erstbesten Überlandbus, der mich in die zweihundert Kilometer nördlich gelegene Stadt San José de Jáchal chauffierte.

Am dortigen Terminal entschied ich mich einem spontanen Einfall folgend dazu, nach Puerto Oscuro in Chile zu reisen. Dort in der Nähe gab es einen der besten Surf-Spots am Pazifik. Ich nutzte die Wartezeit, um an einem Geldautomaten der Santander-Bank einen größeren Betrag abzuheben und die Hälfte davon bei der Banco Libertad in chilenische Pesos umzutauschen. Danach aß ich gegenüber dem Terminal einen Burger mit Fritten und trank dazu eine eiskalte Cola. Völlig überfressen setzte ich mich in den Autobus und dachte mit Bauchschmerzen an meine letzte Reise. Allein der Gedanke an den Gestank verursachte mir Übelkeit.

Zum Glück verschlief ich die meiste Zeit der knapp zwanzigstündigen Fahrt. Als ich wach wurde, kam ich mit zwei Studentinnen ins Gespräch, deren Einladung zu einer Beachparty in La Serena ich jedoch ausschlug. Während der letzten Kilometer bildete ich mir ein, die salzige Gischt des Pazifiks zu riechen – ein vertrauter Geruch nach etwas, das mir in Erinnerung rief, wer ich einmal gewesen war. Vielleicht war es möglich, mir die Haare rot zu färben und unter falschem Namen an ein paar kleineren Rennen teilzunehmen. Jedenfalls nahm ich mir fest vor, wieder an meine Leidenschaft – und damit an mein Leben – anzuknüpfen.

Ich bezog eine Pension in Canela Baja, etwas abseits der Küste, da ich Schiss hatte, von irgendwelchen Surfern erkannt zu werden. Gleichzeitig nahm ich mir vor, in den darauffolgenden Tagen an meinem Erscheinungsbild zu arbeiten.

Ich staunte nicht schlecht, als am nächsten Morgen (ich saß gerade vor einem Teller Rührei mit Speck an der Frühstücksbar) mein Mobiltelefon klingelte: unbekannter Teilnehmer.

Nach einigem Zögern nahm ich das Gespräch an. „Hallo."

„Hola."

„Mit wem spreche ich?"

„Das Gleiche wollte ich gerade fragen."

„Sie haben mich angerufen."

„Das stimmt nicht ganz."

„Wie?"

„Sie hatten vor ein paar Tagen mehrmals diese Nummer gewählt."

Jetzt fiel der Groschen. Ich nannte den Namen der Lokalredaktion in Montevideo.

„Ja, genau", antwortete der Anrufer. „Was kann ich für Sie tun?"

„Einen Moment, bitte." Ich ließ den halb vollen Teller stehen und rannte auf mein Zimmer. „Sind Sie noch dran?"

„Ja."

„Ich habe den Artikel über die ermordete Touristin gelesen …"

„… eine tragische Geschichte", fiel mir mein Gesprächspartner ins Wort.

„Mir ist aufgefallen, dass wenig darüber berichtet wurde."

„Das liegt ganz einfach daran, dass wir so gut wie keine Informationen bekamen. Es gab nicht einmal eine Pressekonferenz. Die Behörden verschanzen sich nach derartigen Vorfällen hinter einer Mauer des Schweigens, wenn Sie verstehen, was ich meine."

„Keine besonders gute Werbung für den Tourismus in Ihrem Land, nehme ich an."

„Darf ich fragen, woher Sie kommen?"

Ich überlegte kurz. „Frankreich."

Mein Gesprächspartner räusperte sich verlegen. „Kannten Sie die Frau?"

„Möglicherweise", sagte ich.

„Sie hieß Clarice. Jedenfalls trug sie eine silberne Buchstabenkette mit diesem Namen am Handgelenk. Soweit ich in Erfahrung bringen konnte, wurden keine Ausweispapiere bei ihr gefunden."

Ich erinnerte mich weder an das Armband noch daran, dass Marie jemals diesen Namen erwähnt hätte. „Mehr haben Sie nicht?"

„Zu ihrem Alter kann ich leider nichts sagen", bedauerte der Journalist. „Es gibt ein paar Handyfotos eines Gaffers, die aber nicht besonders schön sind. Wollen Sie mir nicht vielleicht etwas mehr über sich erzählen?"

„Welche Kleidung trug das Opfer?"

„Hören Sie …"

„Ist das zu viel verlangt?"

„Verdammt, das Übliche: Jeanshose, T-Shirt, Turnschuhe … alles voller Blut."

„Ich möchte die Bilder sehen."

„Glauben Sie wirklich, es handelt sich um Ihre Bekannte?"

„Wir wollten heiraten."

„Das tut mir leid."

„Ich will einfach nur sichergehen."

„Selbstverständlich."

„Können wir uns treffen?"

„Gerne. Warten Sie, ich gebe Ihnen die Adresse."

„Ich kann nicht nach Montevideo kommen", gab ich zu bedenken.

„Warum nicht?"
„Das geht einfach nicht."
„Wie wollen Sie mich sonst treffen?"
„Wäre es Ihnen möglich, nach La Serena zu kommen?"
„Wohin?"
„Chile."
„Sind Sie verrückt?"
„Ich bezahle den Flug, Ihre Auslagen und Spesen."
„Warten Sie."

Am anderen Ende der Leitung wurde es still. Ich lauschte den Atemzügen meines Gesprächspartners und fragte mich, wovon er seine Entscheidung abhängig machen wollte. Dann fiel mir etwas ein.

„Haben Sie von der Schießerei in Salto gehört?"

„Wie bitte?" Die Frage war wohl eher rhetorischer Natur, und bevor ich mich wiederholen konnte, fuhr er fort. „Wir hatten ein komplettes Team dort und kamen mit leeren Händen zurück."

„Ich könnte Ihnen die Namen der beiden rivalisierenden Gruppen und deren Anführer nennen."

„Sie wollen mich auf den Arm nehmen."

„Soll ich Ihnen das Anwesen beschreiben?"

„Mmh." Er räusperte sich. „Geben Sie mir eine Kostprobe, und verstehen Sie mich bitte nicht falsch, aber wir erhalten jeden Tag Dutzende Anrufe von Menschen, die glauben, etwas gesehen zu haben, und auf ein paar Pesos spekulieren."

„Im Weinkeller des Hauptgebäudes wurde ein, wie ich annehme, ortsansässiger Arzt kaltblütig erschossen. Haben Sie davon gehört?"

Ich nahm das Geräusch eines Feuerzeugs und den ersten

gierigen Zug meines Gesprächspartners wahr. Schließlich pustete er mir den Rauch quasi ins Ohr. „Okay, Mann, warten Sie. Ich steige in die nächste Maschine."

„Kommen Sie allein, und rufen Sie mich nach der Landung an", sagte ich und beendete das Gespräch.

Nachdem ich aufgelegt hatte, fiel mir ein, dass der Standort eines Telefons nach einer gewissen Gesprächsdauer geortet werden konnte. Ich hatte natürlich nicht die geringste Ahnung, wie lange ein professioneller Hacker dafür benötigte, trotzdem blätterte ich im Protokoll nach. Während ich mit dem Mobiltelefon hantierte, bemerkte ich, dass über die Hälfte der sechzehn Gigabyte Speicher des Geräts belegt waren. Das konnte unmöglich sein. Marie hatte es mir nach unserer Ankunft in Uruguay in der Originalverpackung überreicht. Neugierig durchforstete ich die Dateien und stieß nach längerer Suche auf einen Ordner mit dem Namen *HOROSKOPE*. Darin befanden sich, soweit ich es auf den ersten Blick beurteilen konnte, sämtliche Daten, die Marie entwendet hatte. Fuck!

Bei genauerem Hinsehen stellte ich fest, dass alle Datensätze mit tagesaktuellen Vermerken versehen waren. Die letzte Aktualisierung hatte während des Gesprächs stattgefunden, das ich gerade geführt hatte. Das kam mir unheimlich vor, nicht zuletzt, da ich das Telefon seit Maries Tod, wenn überhaupt, mit einer neuen SIM-Karte betrieb. Ein anderer Gedanke drängte sich in mein Bewusstsein. Ich wählte die Nummer des Journalisten.

„Hola."

„Ich bin es noch mal."

„Ja?"

„Mir ist noch etwas eingefallen."

„Schießen Sie los."

„Clarice … also, für den Fall, dass es sich um meine Verlobte handelt …"

„Ich höre Ihnen zu."

„Sie war vor ihrem Tod mehrere Tage mit einem Mann zusammen. Einem Computerspezialisten."

„Haben Sie einen Namen?"

Ich musste an Elias denken, der irgendwo in einem Schweizer Gefängnis vor sich hin darbte. „Leider nein."

„Dann wird es schwierig."

„Sie muss irgendwo gewohnt haben."

„In Montevideo gibt es über eine Million Gästezimmer."

„Wohin wurde der Leichnam gebracht?"

„Das weiß ich nicht."

„Verdammt, es muss doch möglich sein …"

„Haben Sie Geld?", unterbrach mich mein Gesprächspartner.

„Ich verstehe die Frage nicht."

„Es gibt verschiedene Möglichkeiten, an Informationen zu gelangen."

„Wie viel?"

„Hunderttausend vielleicht. Oder das Doppelte, ich weiß es nicht."

„Und wie wollen Sie Ihr plötzliches Interesse rechtfertigen?"

„Ich bin Journalist, so eine Frage wird niemand stellen."

„Der Fall wurde doch kleingehalten."

„Eben darum muss ich durch Hintertüren gehen."

„Und was sagen Sie, wenn man Sie fragt woher Sie das Geld haben?"

„Kein Mensch, der Schmiergeld nimmt, interessiert sich für dessen Herkunft."

„Einverstanden. Ich richte ein Konto ein und lasse Ihnen die Transaktionsnummern zukommen."

„Wie?"

Ich warf einen Blick auf die Landkarte vor mir. „Installieren Sie den Messenger Threema auf Ihrem Mobiltelefon, und melden Sie sich als *Surfspot_Tongoy82* an."

„In Ordnung."

„Es ist besser, wenn wir anonym bleiben."

„Einverstanden."

„Nennen Sie mich Jacques."

„Okay – warten Sie. Ich bin Marc."

„Rufen Sie an, wenn Sie etwas herausgefunden haben."

Ich warf mich aufs Bett und versuchte mir das letzte Gespräch mit Marie ins Gedächtnis zu rufen. Ob sie mir nicht einen versteckten Hinweis darauf gegeben hatte, wo sie sich während dieser Tage in Montevideo aufgehalten haben könnte. Aber so sehr ich mich bemühte, die Augen schloss oder die Ohren zuhielt, jede Erinnerung wurde vom Lärm der automatischen Waffen im Keim erstickt. Schließlich das Röcheln während ihres Todeskampfs, wie ein geschächtetes Tier, dem die Kehle aufgeschlitzt worden war und das nach und nach ausblutete. Mit einem Mal war ich mir nicht mehr sicher, ob ich die Bilder der Toten wirklich sehen wollte. Im Grunde wusste ich gar nicht, was mich dazu bewogen hatte, nach Antworten zu suchen, die ich längst kannte. Marie und ich hatten ein riskantes Spiel gespielt, bei dem wir von Beginn an mit dem Schlimmsten rechnen mussten. Wir hatten Dutzende Stoppschilder und rote Ampeln überfahren und waren ebenso oft mit einem blauen Auge davongekommen. Was hatte Marie dazu bewogen, die Spuren von Uruguay aus zu löschen, wo dies meinem Verständnis nach überall auf der Welt möglich gewesen wäre? Wie war es der Gegenseite gelungen, Marie trotz aller Vorsichtsmaßnahmen aufzuspüren, und was für einen Beweggrund mochte es gegeben haben, sie auf offener Straße hinzurichten?

Ich spürte, wie sich über all diesen Fragen wieder eine Wut in mir zusammenbraute, die mich beinahe wahnsinnig machte. Nachdem mir bewusst wurde, dass ich keinen klaren Gedanken mehr fassen konnte, setzte ich mir meinen Strohhut auf und ging zum Meer.

Der Pazifik roch süß und warm. Ein leichter auflandiger Wind streifte meine Haut und machte die subtropische Hitze erträglich. Am Strand tummelten sich scharenweise Touristen, auch Deutsche, wie ich einigen Gesprächsfetzen entnehmen konnte. Wie lange hatte ich mich nicht mehr mit anderen Menschen als Marie in meiner Muttersprache unterhalten? In meinen abklingenden Groll mischte sich ein Tropfen Wehmut.

Ich suchte eine der vielen Strandbars auf und bestellte mir eine Flasche mexikanisches Bier. Wie schön wäre es gewesen, hier mit Marie die Tage zu verbringen, in der Sonne zu liegen und nur noch das zu tun, wonach uns der Sinn gestanden hätte? Aber wären wir wirklich jemals sicher gewesen? Ich zweifelte mittlerweile daran, dass man nach so einem Husarenstück ein ruhiges Leben führen konnte.

Ein merkwürdiger Nachrichtenton des Mobiltelefons riss mich aus meinen Gedanken. Ich warf einen Blick auf das Display und stellte fest, dass ich die HOROSKOP(E)-Datei noch immer geöffnet und eine weitere Transaktion stattgefunden hatte. Dabei existierte das angegebene Konto gar nicht mehr. Ein reumütiger Steuersünder aus Italien, der die Zahlungsaufforderung bislang ignoriert hatte, aber sich offensichtlich noch immer vor den Repressalien fürchtete. Vierhunderttausend Schweizer Franken waren angewiesen worden. Für mich war das immer noch eine horrende Summe, auch wenn mir einen Wimpernschlag später klar wurde, dass ich mit Marie zusammen ein Vielfaches dieses Betrages mehr oder weniger verdient hatte und ich seit ihrem Tod alleiniger Verfügungsberechtigter über ein astronomisches Vermögen war.

Der Italiener würde sein Geld morgen wieder auf seinem Konto vorfinden und noch eine Zeit lang von der Sorge gequält werden, am nächsten Morgen von einem Trupp Steuerfahnder geweckt zu werden.

Warum eigentlich nicht?, kam es mir in den Sinn. Warum sollten nicht alle diese Betrüger in stetiger Angst leben müssen, für ihre Schweinereien zur Rechenschaft gezogen zu werden?

So wie ich, der überdies noch den Verlust des einzigen Menschen zu beklagen hatte, der mir nach allem, was passiert war, die Welt bedeutet hatte.

In meiner Bierseligkeit (inzwischen hatte ich die fünfte Flasche vor mir) redete ich mir sogar ein, Marie geliebt zu haben. Eine Zuneigung, die trotz holprigem Start und mitunter heftigsten Auseinandersetzungen stets gewachsen war.

Doch! Das schrie nach Rache.

Ich schob die Flasche auf die Seite und bestellte Kaffee.

Diese Verbrecher sollten bezahlen. Mit einem Mal machte ich all diese Typen, deren Namen unverhofft wieder aufgetaucht waren, für alles verantwortlich, was geschehen war. Im Besonderen für Maries Tod. Einer dieser dreißigtausend Betrüger hatte sie auf dem Gewissen, und dafür sollten alle büßen. Und ich bekam binnen Sekunden eine genaue Vorstellung davon, was ich tun würde.

Später kam es mir so vor, als hätte meine unsägliche Wut mit dem Entschluss, den ich an diesem Tag gefasst hatte, endlich ein Ventil gefunden, den Knopf für die Schleusen einer gigantischen Staumauer, die unter dem Druck des aufgestauten Wassers zu bersten drohte.

„Sind Sie sicher?“ Marc, wie ich ihn nennen sollte, schob mir am Abend desselben Tages mit seinen abgekauten Fingernägeln einen Umschlag über den Tisch.

Wir saßen auf der leeren Terrasse des Restaurants *El Muelle* an der Avenida del Mar und tranken Cola. Der Himmel über der endlosen Weite des Pazifiks zeigte sich gerade von seiner hässlichen Seite. Dunkelgraue Wolkenbänder kündigten einen Sturm an, der sich über der See zusammenbraute. Immer wieder fegten heftige Böen über den Strand und wirbelten Legionen von Sandkörnern auf. Wir hielten uns Servietten vor Mund und Nase, dennoch musste ich ständig den feinen Quarz ausspucken oder mit einem kräftigen Schluck runterspülen.

Mein Gegenüber hatte sich im Gespräch als cleverer investigativer Journalist entpuppt, allerdings (oder gerade deswegen) ohne wirkliche Perspektiven, bei einer der großen Zeitungen Uruguays unterzukommen, wovon er angeblich schon als Zehnjähriger geträumt hatte. „Meine Arbeit gleicht einem ständigen Spießrutenlauf, dennoch habe ich mir geschworen, meiner Überzeugung treu zu bleiben“, lamentierte er geknickt. „Als eine Art Ersatz für das fehlende schlechte Gewissen unserer Gesellschaft.“

„Hmm?“ Ich musste an die toten Seeleute denken,

während Marc fortfuhr: „Den meisten Menschen ist es zu anstrengend, sich mit der Wahrheit auseinanderzusetzen. Es ist leichter, sich in einer Welt von Lügen zu bewegen." Er nahm die Brille ab und pustete geflissentlich ein paar Sandkörner von den Gläsern. „Vielleicht auch deshalb, weil es einfacher ist, sich auf diese Weise durchs Leben zu schummeln", fügte er schließlich hinzu. „Dagegen kämpfe ich."

„Ich möchte sichergehen", sagte ich, während ich über seine Worte nachdachte, und nahm die Fotos an mich. Marc entschuldigte sich stirnrunzelnd, dass er die Toilette aufsuchen müsste, und berührte mich beim Aufstehen für einen Moment an der Schulter. Ich sah ihm hinterher, wie er sich gegen eine Böe gebeugt über die Terrasse kämpfte, dann öffnete ich den Umschlag.

Später dachte ich, dass ich noch nie etwas Scheußlicheres gesehen hatte. Das Wissen darum, dass es sich um Aufnahmen eines realen Geschehens handelte, wirkte wie ein lähmendes Gift. Mir wurde übel beim Anblick des zerfetzten Körpers, der kaum mehr etwas Menschliches an sich hatte, kein Gesicht und schon gar kein Geschlecht mehr erkennen ließ. Ich zwang mich dazu, die Ablichtungen genauer in Augenschein zu nehmen, um etwas Bekanntes zu entdecken. Aber ich fand nichts, was mich im Entferntesten an Marie erinnerte, und schöpfte Hoffnung, es könnte sich um eine Verwechslung handeln. Gleichzeitig formten die Gedanken an das Telefongespräch zum wiederholten Mal jene unumstößliche Gewissheit, an der nichts mehr zu ändern war. Marie war tot! Von einer Horde wild gewordener Bestien regelrecht durchsiebt und zerfetzt worden. Was war mit ihrem Leichnam geschehen? Während ich die Fotos immer wieder durchblätterte, wünschte ich mir nichts sehnlicher, als sie noch einmal berühren zu dürfen oder wenigstens ihre Beerdigung mit der gebotenen Würde auszurichten. Aber was konnte ich tun? Der Gedanke daran, dass ich nichts über den Verbleib ihrer Leiche wusste und mir die Hände gebunden waren, lähmte mich aufs Neue.

Marc kehrte mit besorgtem Blick zurück an den Tisch. Ich war froh, ihm die Fotos zurückgeben zu können, und nickte geistesabwesend, um seinen Fragen auszuweichen.

„Tut mir leid", sagte er zerknirscht, beinahe weinerlich.

„Gehen wir ein Stück?", fragte ich und deutete hinunter zum Strand.

Wir gingen schweigend nebeneinanderher und erreichten schließlich das Wahrzeichen der Stadt, den Faro Monumental. Die Anlage und der knapp dreißig Meter hohe Turm wirkten auf mich wie ein Arrangement aus dem Hause Playmobil. Wir wandten uns vom Meer ab und schlenderten über die Avenida Francisco de Aguirre auf einen Imbiss zu. Ich überredete Marc zu einem Schnaps, den ich dringend nötig hatte. Wir tranken insgesamt vier Schnäpse, bevor wir wieder ins Gespräch zurückfanden.

„Hast du herausgefunden, wo sie sich vor ihrem Tod aufgehalten hat?"

Marc zog die Mundwinkel nach oben. „Nicht wirklich. Dafür war die Zeit einfach zu knapp."

„Brauchst du mehr Geld?"

Marc schüttelte den Kopf. „Nein. Du musst nur Geduld haben."

„Was ist mit ihr geschehen?"

„Ich weiß es nicht, Jacques. Wirklich nicht."

„Ihre Leiche?"

„Jemand behauptete, dass sie noch am selben Abend verbrannt wurde, aber ich vertraue diesem Typen nicht besonders. Du solltest dir keine allzu großen Hoffnungen machen."

Ich nickte und nahm mein leeres Glas in die Hand. Marc winkte ab.

„Gehst du zurück nach Frankreich?"

„Ich weiß es nicht", sagte ich.

„Und ihre Angehörigen?", wollte Marc wissen. „Wirst du es ihnen sagen?"

„Mir wird nichts anderes übrig bleiben", log ich.

„Wovon willst du leben?" Marcs Anteilnahme an meinem Schicksal klang aufrichtig, obwohl er nicht die geringste Ahnung hatte, was mich und Marie hierher verschlagen hatte. Ich hatte auch nicht vor, ihm davon zu erzählen. Ganz abgesehen davon, dass ich mir mittlerweile Gedanken machte, ob es richtig gewesen war, ihn in die Sache mit hineinzuziehen. Es war durchaus möglich, dass er mit seinen Recherchen die Aufmerksamkeit von Maries Mördern auf sich zog und selbst Gefahr lief, aus dem Weg geräumt zu werden. Oder schlimmstenfalls gezwungen würde, mit der Gegenseite zu kooperieren.

„Vielleicht sollten wir es dabei bewenden lassen", sagte ich.

Marc sah mich mit hochgezogenen Augenbrauen an. „Wie meinst du das?"

„Du kannst das Geld behalten", entgegnete ich.

„Vorhin sagtest du …"

„Ich weiß", fiel ich ihm ins Wort. „Aber es ist besser so."

„Wenn du erlaubst, würde ich trotzdem weitermachen und versuchen herauszufinden, wer hinter dem gemeinen Mord steckt."

„Das würdest du in jedem Fall tun, stimmt's?"
Marc lächelte. „Vielleicht."

Kurz vor zehn begleitete ich ihn zum Flughafen. Wir verabschiedeten uns am Gate.

„Pass gut auf dich auf", sagte ich.

„Dasselbe wollte ich gerade dir raten", entgegnete er. Wir mussten lachen. Dann verschwand er in der Menge der Reisenden.

Ich fuhr mit dem Taxi zurück in die Stadt und besorgte mir in einem Apple-Store einen neuen Laptop. Danach schloss ich mich in meiner Pension ein und machte mich an die Arbeit. Kurz vor neun am nächsten Morgen war ich fertig. Ich packte alle Daten auf einen USB-Stick und fuhr mit dem Bus zum Flughafen. Dort buchte ich ein irrsinnig teures Ticket für die nächste Maschine nach Barranquilla im Norden Kolumbiens. Neun Stunden später saß ich mit fünf anderen Fluggästen in einer Cessna nach Puerto Rico. Kurz vor Sonnenuntergang landeten wir in San Juan. Ich nahm mir ein Taxi, ließ mich in das malerische Fajardo chauffieren, buchte ein Hotelzimmer und besorgte mir eine Fahrkarte für das erste Schiff am nächsten Morgen nach Vieques, der Hauptstadt der gleichnamigen Karibikinsel. Am Nachmittag des darauffolgenden Tages betrat ich ein unscheinbares Internetcafé in der Calle Buena Vista und setzte mich an den hintersten Rechner auf einen Plastikstuhl. Gerade als ich im Begriff war, einen anonymen Mailaccount bei einem Schweizer Softwareunternehmen namens Zwooky einzurichten, bemerkte ich, wie der Inhaber des Cafés näher kam. Ich schloss den geöffneten Tab und lehnte mich zurück.

„Coffee?“, fragte er, den Blick neugierig auf meinen Bildschirm gerichtet. Ich verneinte.

Er zwinkerte mir dämlich grinsend zu und deutete eine obszöne Handbewegung an. Offensichtlich hatte er meine Reaktion so gedeutet, dass ich mir irgendwelche Schmuddelfilmchen anschauen wollte.

„Coke“, sagte ich schließlich, um ihn wieder loszuwerden, und blätterte einstweilen auf der Homepage von CNN.

„Americano?“, fragte er, als er Minuten später wieder aufkreuzte.

„Yes“, antwortete ich.

„You want private room?“, wollte er wissen.

Ich zuckte mit den Schultern und rückte meine Sonnenbrille zurecht.

„Come with me.“

Ich folgte ihm widerwillig in den Keller, wo mit billigen Spanplatten einige Verschläge errichtet waren, wie Filmkabinen in einem Sexshop.

„One hundred percent private“, sagte der Typ und hielt die Hand auf. „No IP address.“ Er deutete auf das Icon eines besseren Verschleierungsprogramms auf dem Display.

„How much?“

Der Penner kramte eine Zwanzig-Dollar-Note aus seiner Jeans und hielt sie mir vor die Nase. Ich ahnte, dass seine Forderung maßlos übertrieben war, und gab ihm zehn, woraufhin er grinsend Leine zog. In der Kabine roch es ekelhaft nach Schweiß und Sperma. Ich zog mir mein T-Shirt über die Nase und machte mich an die Arbeit. Wider Erwarten war die Internetverbindung rasend schnell, und ich kam gut voran. Keine zwei Stunden später begann ich damit, sämtliche Mails wieder vom Server zu entfernen und den

Account zu löschen. Anschließend machte ich mich durch einen Hinterausgang des Kellers aus dem Staub. Ich beeilte mich, zurück zum Fähr-Terminal zu gelangen, und erwischte auf die Minute das letzte Schiff zurück nach Puerto Rico. Unterwegs versenkte ich den USB-Stick in der Karibischen See.

Für meine Rückreise nach Chile flog ich nach Caracas, Venezuela, und buchte von dort aus einen Gabelflug über Salvador nach Puerto Montt im Süden des Landes. Die knapp eintausendfünfhundert Kilometer lange Rückfahrt nach La Serena legte ich etappenweise mit Langstreckenbussen zurück und kam exakt fünf Tage nach meiner Abreise wieder in meiner Pension an. Völlig erschöpft warf ich mich aufs Bett und schlief auf der Stelle ein.

Am nächsten Morgen suchte ich ein Internetcafé in Tongoy auf und zappte durch die einschlägigen Nachrichtenplattformen. Die Folgen meiner Veröffentlichungen waren verheerend. Allein in Europa hatten die Mails an die Steuerfahnder und einschlägigen Pressehäuser zu mehreren Tausend Festnahmen geführt. In Deutschland und einem Dutzend weiterer EU-Staaten wurde in den Parlamenten bereits über eine Verschärfung des Steuerstrafrechts und im Gegenzug über eine Verlängerung der Frist für Selbstanzeiger diskutiert. Die europäischen Börsen verzeichneten irrsinnige Verluste, da die Anleger mit weiteren Enthüllungen rechneten. Zu meiner Verwunderung fand ich keine Verlautbarung darüber, dass es sich bei den veröffentlichten Daten um jene handelte, die vor Monaten in Liechtenstein entwendet worden waren. Auch gab es nirgendwo eine Notiz darüber, woher die brisanten Informationen stammten.

Ich lehnte mich zurück und hoffte darauf, dass die Verantwortlichen für Maries Tod hohe Haftstrafen bekommen würden. Mir war klar, dass ich es nie erfahren würde, aber allein die Vorstellung verschaffte mir Genugtuung.

Ich loggte mich aus der VPN-Software aus, löschte sämtliche Spuren im Cache und trat auf die Straße vor dem Café. Im Radio war den ganzen Vormittag über von einem Sturm die Rede gewesen, der sich im Landesinneren zusammenbraute und auf die Küste zuraste. Amüsiert beobachtete ich einen älteren Mann, der seinem Hut hinterherrannte, den ihm der Wind vom Kopf gerissen hatte und in wilden Kapriolen vor ihm her über die Straße getrieben wurde. Zwei Jungs auf selbst gebastelten Skateboards machten dem Schauspiel im Vorüberfahren ein Ende. Sie schnappten beide nach dem Filz, der zweite Bursche bekam ihn zu fassen und reichte ihn seinem Besitzer zurück. Der Alte bedankte sich mit einer tiefen Verbeugung.

Mein Blick fiel auf das Meer, auf die immer größer werdenden Wellenberge, die sich am Strand auftürmten wie außer Kontrolle geratene überdimensionale Planierraupen, um schließlich von ungeheurem Tosen begleitet schäumend in sich zusammenzubrechen. Dieser unerbittliche Kampf der Elemente zog mich unweigerlich in seinen Bann. Ich machte mich auf den Weg zum Strand. Über den leer gefegten Küstenstreifen blitzte im Sekundentakt das Leuchtfeuer der Sturmwarnleuchten. Immer zügiger ging ich auf dieses Spektakel zu. Schließlich rannte ich auf das Meeresufer zu, bis ich knietief im Wasser stand und die Arme herausfordernd in die Höhe reckte, dem Sturm entgegen.

Das mag lächerlich klingen, aber in diesem Moment musste ich diesen furchterregenden Brechern meine ganze Wut und meinen Hass entgegenbrüllen. So als wollte ich demonstrieren, dass mir nichts und niemand mehr Angst einjagen konnte. Während die Gischt mich ein ums andere Mal der Länge nach ins Wasser schleuderte und ich mich beharrlich immer wieder hochrappelte, um mich erneut der Brandung zu stellen, nahm ein Gedanke in mir Gestalt an. Ich ballte triumphierend die Fäuste und schrie mir die Seele aus dem Leib, so als hätte ich gerade den Weltcup gewonnen. Schließlich rannte ich wie ein Bekloppter zurück zu meiner Pension. Es war an der Zeit, noch eine andere Rechnung zu begleichen. Ich hatte nichts mehr zu verlieren. Hell yeah!

As you look through my window
Deep into my room
At the tapestries all faded
Their vague and distant glories
Concealed in the gloom
The icy fingers of forgotten passions
Softly brushing my lips
At the tips of my primitive soul
Born again
You'll be born again

Black Sabbath – *Born Again*

Yesterday

Ungefähr drei Monate nach meinem Wahnsinnstrip kehrte ich nach Barreal zurück. Zu diesem Zeitpunkt gab es keinerlei Presseverlautbarungen mehr über den Börsencrash und das ganze Chaos, das ich in meiner Wut vom Zaun gebrochen hatte. Ich redete mir ein, keine Angst mehr haben zu müssen; tatsächlich war es so, dass ich noch immer wie vom Blitz getroffen zusammenzuckte, wenn ich auf der Straße angesprochen wurde oder ein Fahrzeug mit Blaulicht vorüberfuhr. Mittlerweile hatte ich mich an das Alleinsein gewöhnt und mir für den Fall, dass sich irgendjemand für den Einsiedler in dem abgelegenen Anwesen interessieren würde, eine passende Legende zurechtgelegt. Mit meiner neuesten Identität (dem letzten gefälschten Pass aus Maries Fundus) hatte ich noch aus Langeweile damit angefangen, auf dem chilenischen Sekundärmarkt mit Wertpapieren zu spekulieren und binnen Wochen ein Vermögen von rund achtzigtausend US-Dollar auf einem (legalen) Sparbuch angehäuft. Außerdem hatte ich der Sporthochschule Köln anonym eine Millionenspende für deren Förderprojekte in Südamerika zukommen zu lassen. Keine Ahnung, weswegen. Vermutlich wollte ich damit mein Gewissen etwas entlasten. Etwas in der Art musste mich dazu bewogen haben.

Während ich aus dem Taxi stieg und nach dem Schlüssel kramte, überkam mich das seltsame Gefühl, dass sich jemand in meiner Abwesenheit am Haus zu schaffen gemacht hatte. Zögernd ging ich auf den Eingang zu. Blöderweise erinnerte ich mich nicht mehr daran, ob und welche Rollläden ich während meines überstürzten Aufbruchs geschlossen hatte. Ich beschloss, einmal ums Haus zu schleichen, und stellte mein Gepäck neben der Tür ab. Auf leisen Sohlen begab ich mich auf Erkundungstour, blinzelte in jedes Fenster, schielte auf die Veranda, stieß gegen eine der Schnapsflaschen, die noch wild verstreut auf der Terrasse herumlagen, und ließ den Blick über den Garten schweifen.

Nichts.

Ich tadelte mich einen Angsthasen und schloss fahrig die Tür auf. Noch immer auf der Hut, überprüfte ich jedes Zimmer. Schließlich tapste ich in die Küche, setzte den Kühlschrank in Betrieb und stapelte ein Sixpack Bier ins Gefrierfach.

Als ich mich umdrehte, stand sie plötzlich vor mir. Wie ein Geist, aber doch ganz aus Fleisch und Blut. Unversehrt und mit ihrem süßesten Lächeln im Gesicht.

Mir stockte der Atem, und wie Marie mir später berichtete, wich die Tropenbräune meiner Haut binnen Sekunden einer gruseligen Leichenblässe. Mich beschlich das Gefühl, eine tote Maus im Mund zu haben, und ich war außerstande, einen Ton von mir zu geben oder irgendeine Reaktion zu zeigen. So standen wir wohl einige Minuten voreinander, bevor wir uns in die Arme fielen und ich allmählich anfing zu begreifen, dass dies alles echt war, und zu der Erkenntnis kam, dass das Leben, je intensiver man sich darauf einließ, einer Achterbahnfahrt mit verbundenen Augen oder ganz einfach einem Possenspiel der besonderen Art glich.

Sitting in the dark, I can't forget
Even now, I realize the time I'll never get
Another story of the bitter pills of fate
I can't go back again
I can't go back again

Slipknot – *Dead Memories*

Before

Wenn ich mein bisheriges Leben vor meinem inneren Auge Revue passieren lasse, habe ich nur bruchstückhafte Erinnerungen an meine Jugend und Kindheit. Die Rückschau auf das Erlebte und die Geschehnisse seit meiner Volljährigkeit bis zu meiner Begegnung mit Marie gelingt mir meist ganz gut. Hier bekomme ich die meisten Puzzleteile zusammen: Abitur, Studium und gleichzeitig die Flucht aus dem viel zu engen Nest der Eltern, die Beziehung und der jähe Bruch mit Kim, meiner ersten Liebe, Wettkämpfe, Platzierungen, Preisgelder und die Zeit mit Valentina. Einiges bekomme ich auch noch in dem Zeitraum davor auf die Reihe, bis zu jenem Surfkurs mit fünfzehn in der Westschweiz, wo ich mein Talent und meine Leidenschaft für diesen Sport entdeckte. Aber dann wird es mit jedem weiter zurückliegenden Jahr nebulöser. Beispielsweise kann ich mich besser an den Tag meiner Einschulung erinnern als an den letzten Schultag der vierten Klasse oder den Start am Gymnasium. Hier existieren so gut wie keine Namen mehr in meinem Gedächtnis, nur dass ich von Anbeginn meiner Gymnasiallaufbahn eine Menge Strafarbeiten von meinem Klassenlehrer bekam. Aber wie dieser Kotzbrocken hieß? Keine Ahnung. Wir hatten einen ziemlich abgefahrenen Kunstlehrer, dem es gelang, mich fürs Zeichnen zu begeistern, und der ein Jahr später eine Ausstellung mit meinen Skizzen in der Stadtbibliothek organisierte. Meine Schwester hatte sich den Zeitungsartikel übers Bett gehängt. Manchmal fallen mir vereinzelt Begebenheiten ein, an die ich zwanzig Jahre nicht gedacht hatte.

Meist waren es zufällige Begegnungen oder Entdeckungen, die eine verstaubte Schublade meines bisherigen Daseins öffneten.

Etwa ein halbes Jahr, bevor diese unsägliche Geschichte mit Marie ihren Lauf nahm, wurde ich in einem Spielzeugladen (ich wollte mir, einer Schnapsidee folgend, Jonglierbälle kaufen) Zeuge eines Disputs zwischen einem Vater und seinem vielleicht achtjährigen Sohn. Der Junge wollte ums Verrecken eines dieser Spielzeugautos mit Aufziehmotoren, kurz ein Darda-Auto, und brüllte den ganzen Laden zusammen. Peng! – bekam ich einen Teil meiner Kindheit zurück. Ich war verrückt gewesen nach diesen wahnsinnig schnellen Flitzern und hatte jahrelang eine kleine Rennbahn mit vier Loopings damit bespielt. Ich musste innerlich grinsen und genoss es zuzusehen, wie der Bengel die Battle gewann und wenig später stolz wie Oskar einen Porsche 911 Cabriolet zur Kasse trug. Meist nehme ich mir an solchen Tagen vor, alles aufzuschreiben und mein Leben wenigstens stückweise zusammenzutragen. Für was auch immer. Aber dann vergesse ich es wieder. Das meiste zumindest.

Einige wenige Erlebnisse hingegen, die ich am liebsten vergessen würde, haben sich so sehr in meine Festplatte eingebrannt, dass ich viel zu oft daran denken muss und mich – zwanzig Jahre danach – in Grund und Boden schäme für mein Verhalten.

Eines dieser Ereignisse trug sich kurz vor Weihnachten zu, als ich mich (wie in jedem Jahr) viel zu spät auf die Suche nach passenden Geschenken für meine Familie machte. Als Zwölfjähriger verfügte ich über eher bescheidene finanzielle Mittel, meiner Sippschaft das Weihnachtsfest zu versüßen, aber ein paar Kleinigkeiten sollten es der Tradition geschuldet schon sein. Schließlich erhoffte ich jene Darda-Rennbahn und wenigstens zwei der besagten Autos unter dem Christbaum vorzufinden. Ich streifte planlos durch das City-Center, als ich auf einen älteren Herrn aufmerksam wurde, der gerade damit beschäftigt war, seine Einkäufe – in Plastiktüten verpackt – an seinem Rollator zu befestigen. Der Alte (offensichtlich hatte er eine Beinprothese) stellte sich dabei so unbeholfen komisch an, dass die Szene wie ein Sketch von Loriot wirkte. Ich war im Begriff, dem Ärmsten meine Hilfe anzubieten, als ich sah, wie seine Geldbörse zu Boden glitt und hinter einem der riesigen Pflanzentöpfe liegen blieb. Der Alte schien es nicht bemerkt zu haben und machte sich wenig später auf sein Gefährt gestützt davon. Ich weiß nicht, welcher Teufel mich in diesem Augenblick ritt, mich verstohlen umzusehen und das Portemonnaie an mich zu reißen. Ich rannte wie von allen guten Geistern verlassen bis zum Spielplatz an der Willi-Suth-Allee. Dort nahm ich meine Beute näher in Augenschein. Neben Ausweispapieren und Versicherungskarte – der Mann hieß Alfred Brandt und lebte im nahe gelegenen AWO-Zentrum – ein paar Fotos von Familienangehörigen und dem üblichen Kram, befanden sich fast vierhundert Euro in der Geldbörse. Komisch, was im Kopf eines Teenagers während so einer Aktion vor sich geht. Ich hatte ein furchtbar schlechtes Gewissen, und gleichzeitig malte ich mir aus, was ich mir mit diesem Geld alles kaufen könnte. Schon setzte sich die menschliche Risikoabwägungs- und Rechtfertigungsmaschinerie in Gang. Was, wenn der Diebstahl herauskäme? Bestimmt würde der Mann die Summe von der Versicherung ersetzt bekommen und so weiter. Kurzum: Ich nahm das Geld an mich – mit dem festen Vorsatz, das Portemonnaie spätestens am nächsten Tag in den Briefkasten der AWO zu werfen. Tatsächlich verprasste ich den Betrag innerhalb kürzester Zeit und hortete die Geldbörse fast ein halbes Jahr in einem Versteck unter dem Bettkasten. Ich weiß nicht, wie es anderen nach so einer Aktion geht, mir ging es jedenfalls ziemlich beschissen. Nacht für Nacht verfolgte mich der alte Mann in meinen Träumen, und mein Gewissen plagte mich ohne Feuerpause. Ich wagte mich nicht mehr in die Nähe des Einkaufscenters, bekam unverhofft Schweißausbrüche und erschrak aufs Äußerste, wenn ein Polizeiwagen vorüberfuhr. Schließlich wurde der Leidensdruck derart groß, dass ich kurz davorstand, alles zuzugeben und mich dem zu erwartenden Strafgericht der Eltern (und der Polizei) auszuliefern. Ich stellte mir vor, wie ich mit richtig üblen Jungs in einer Zelle des Jugendgefängnisses ums Überleben kämpfen musste. Der Gedanke an die Konsequenzen war derart unerträglich, dass ich letztendlich beschloss, den Geldbetrag samt Börse heimlich zurückzugeben. Ich benötigte weitere sechs Monate, um die vierhundert Euro so zusammenzukratzen, dass meine Erzeuger nichts davon mitbekamen. Wie es das Schicksal wollte, war es wieder kurz vor Weihnachten, als ich mich am Abend auf den Weg zum AWO-Zentrum machte und inständig hoffte, der Alte wäre noch am Leben. Zu meiner Verzweiflung befanden sich im Eingangsbereich keine Briefkästen der Bewohner. Ich geisterte zwei Stunden planlos in der Gegend herum, bis ich endlich allen Mut zusammennahm, mit wackligen Knien das Wohnheim betrat und mich an die Dame hinter dem Empfangsschalter wandte.

„Wohnt hier ein Alfred Brandt?“ Meine Stimme bebte.

„Was möchtest du denn?“

Ich reichte ihr die Geldbörse. „Die habe ich gefunden. Drüben im City-Center."

„Oh, du bist aber ein ehrlicher Junge." Sie lächelte mich an, als ob ich ihr die Botschaft von der Geburt Christi überbracht hätte. „Warte, ich lass ihn holen, dann kannst du sie ihm persönlich geben." Die Dame griff nach dem Telefonhörer. Ich stand wie erstarrt und lauschte dem Gespräch in dem Bewusstsein, dass meine schlimmsten Albträume jetzt Realität werden würden. Mein Herz raste wie verrückt, und mir wurde schlecht.

„Er wird gleich gebracht." Wieder dieses Lächeln. „Wie der sich freuen wird."

Ich wurde panisch und pinkelte mir vor Aufregung in die Hose. „Toilette", stotterte ich und rannte auf und davon.

Ich bekomme heute noch ein schlechtes Gewissen, wenn ich daran zurückdenke. Gleichzeitig bin ich froh darüber, den Vorfall halbwegs wieder geradegebogen zu haben. Ich war und wurde kein Heiliger deswegen, aber irgendwie habe ich das Gefühl, dass mich diese Erfahrung vor ein paar anderen Dummheiten bewahrt hatte. Nein, ich weiß es sicher. Ganz einfach deswegen, weil ich die mächtige Triebkraft der Moral in meinem Inneren spürte, dieser perfiden Schweinehündin, der es zeitlebens meisterhaft gelingt, einen mit dem Gedanken zu quälen: Du sollst anders sein!

Traces, many faces
Lost in the maze of time
Blinded by the darkness
That's the start of the seven lives

Enigma – *Seven Lives*

Today

Der Zwischenfall in Montevideo, an den ich mich am wenigsten gern erinnere, weil er so unsägliche Qualen in mir ausgelöst hatte, war bislang nur ein einziges Mal zur Sprache gekommen. Marie hatte mir Wochen nach ihrer Rückkehr eine haarsträubende Geschichte dazu erzählt, die ich weder verstanden noch geglaubt hatte. Aber am Ende des Tages zählt das Ergebnis, rede ich mir immer ein.

Es ist nur blöderweise so, dass ich jedes Mal daran denken muss, wenn mein Blick auf die Wandvertäfelung im Eingangsbereich fällt, hinter der sich dieses bescheuerte Telefon befindet, das damals geklingelt hat. Meistens passiert es dann, wenn Marie längere Zeit unterwegs ist, so wie heute. Ausgerechnet an einem Sonntag.

Die Erinnerung ist dann so präsent wie eh und je. Ebenso ihre unerwartete Auferstehung und der Moment, als sie plötzlich hinter mir in der Küche gestanden hat.

Meistens schicke ich ihr dann eine SMS mit einem Herzchen und warte gespannt auf ihres. Wenn sie nicht binnen Minutenfrist antwortet, rufe ich an, weil ich sonst wieder Atemaussetzer bekomme. Zu meinem Glück versteht und akzeptiert sie das. Marie behauptet, dass sie selbst diese Situation niemals hätte ertragen können, und entschuldigt sich im gleichen Atemzug dafür, dass es keine andere Möglichkeit gegeben hätte, heil aus der Geschichte herauszukommen. Jedenfalls war sie damals, als sich unsere Wege unmittelbar nach der Entführung getrennt hatten, erneut von einer Truppe übler Typen aufgespürt worden.

„Dieses Mal geriet ich in die Fänge der serbischen Mafia Naša stvar", behauptete Marie.

„Wie kannst du dir da so sicher sein?"

„Thiago, der Hacker, mit dem ich zusammengearbeitet hatte, fand heraus, dass es zu einer feindlichen Übernahme meines Handys gekommen war, und hat den Spieß einfach umgedreht."

„Okay."

„Wir fingen damit an, gefakte Kurznachrichten mit Treffpunkten in der Region zu versenden, um unsere Gegner zu studieren."

„Aber wenn sie doch dein Telefon angezapft hatten …"

„Gut gedacht, Lex", entgegnete Marie. „Thiago hatte mein Gerät so manipuliert, dass der Standort nur dann ermittelt werden konnte, wenn wir das wollten."

„Das fällt doch auf."

„Nicht wenn die Gegenseite mit Bewegungsdaten anderer Mobilfunkgeräte in der Umgebung gefüttert wird."

„Ergo wussten sie nie genau, wo du dich tatsächlich aufhieltest?"

„Genau", sagte Marie. „Und Mithören war ebenfalls nicht, da Thiago dieser Mörderbande ein steinaltes Samsung-Gerät vortäuschte."

„Vielleicht hätten wir deinen Hacker vor unserer Ankunft in Uruguay kontaktieren sollen und uns damit eine Menge Ärger erspart."

„Klugscheißer." Marie zog eine verächtliche Grimasse. „Hinterher ist man immer schlauer."

„Und weiter", drängte ich.

„Es gab nur eine Möglichkeit, diese Bluthunde für immer loszuwerden."

„Schon klar."

„Lex, wenn du jetzt wieder den Moralisten raushängen lässt, dann …"

„Bevor du weitersprichst …", hakte ich ein, als ich mich an die Bilder des zerfetzten Leichnams in der Telefonzelle erinnerte.

„Ich weiß, was du denkst", unterbrach sie mich. „Aber wir haben nicht irgendeine Frau für die Opferrolle ausgewählt."

„Sondern?"

„Erinnerst du dich an dieses Dreckstück im Park?"

Ich runzelte fragend die Stirn.

„Der ich an jenem Abend Feuer gegeben hatte, bevor wir …"

„Ah!"

„Wir fanden heraus, dass diese Pussy – sie hieß übrigens Clarice Pilar – jeden Morgen um neun zu einer Telefonzelle auf dem Bulevar España vor der russischen Botschaft ging und von einem gewissen Ismael Instruktionen erhielt."

„Das habt ihr alles mitgehört?"

Marie nickte und fuhr fort: „Nachdem wir sie ausfindig gemacht und den vollen Zugriff auf alle Daten ihres Handys hatten, war es ein Kinderspiel zu verfolgen, was sie so alles trieb."

Ich warf einen kritischen Blick auf mein Smartphone. „So leicht ist das?"

Marie nickte.

„Mir wird schlecht", stöhnte ich.

„Mir wurde auch schlecht", entgegnete Marie. „Jeden zweiten oder dritten Abend vögelte sie sich mit einem halben Dutzend Männer des Sicherheitspersonals die Seele aus dem Leib."

„Und da habt ihr zugehört?“

„Wir mussten doch wissen, was sie wann tut und mit wem sie spricht, um einen perfekten Plan zu entwickeln.“

„Klar.“

„Jetzt hör schon auf, ich fand es einfach nur eklig.“

„Aber sie hatte nichts mit diesen Serben zu tun?“

„Gar nichts.“ Marie schüttelte den Kopf. „Jedenfalls fanden wir heraus, dass diese Typen mich in der Öffentlichkeit exekutieren und den Mord als einen Anschlag des Sinaloa-Kartells tarnen wollten.“

„In Argentinien?“

„Das Kartell hat beinahe ganz Südamerika unter Kontrolle.“

„Drogen?“

Marie nickte. „Tatsächlich wurde auch ein mexikanisches Killerkommando damit beauftragt, mich zu liquidieren.“

„Und weiter?“

„Alles lief wie geplant. Thiago lockte meine Verfolger auf ihre Fährte, indem er den Serben und später den Mexikanern immer um die Zeit ihres morgendlichen Gesprächs in der Telefonzelle ihre Standortdaten zuspielte und sie den Rest des Tages wieder im Nirwana verschwinden ließ. Und tatsächlich planten unsere Widersacher nach wenigen Tagen, mich – vielmehr sie – während dieses Telefonats in aller Öffentlichkeit hinzurichten.“

„Hä?“

„Kapierst du es nicht?“ Marie schüttelte den Kopf. „Der ganze Datendreh hat dazu geführt, dass unsere mexikanischen Freunde sie für die gehasste Datendiebin aus Europa hielten.“

„Jetzt versteh ich.“

„Manchmal denke ich wirklich, dir fehlen ein paar Synapsen“, sagte Marie und knutschte mich auf die Stirn. „Aber ich mag dich trotzdem.“

„Wenn es so einfach war, weshalb musste ich dann dieses grausame Schauspiel mit anhören?“

„Verdammt!“ Marie trommelte mit ihren Fäusten gegen meine Schulter. „Weil wir sicher waren, dass die Telefonleitung des Hauses in Barreal abgehört wird und ich dich schützen wollte!“

„Du musst nicht laut werden.“

„Entschuldige.“

„Ich verstehe wieder nur Bahnhof“, seufzte ich. „Mit dem Anruf hast du sie doch erst recht auf meine Fährte gelockt.“

„Lex, weißt du nicht mehr, was ich dir am Telefon gesagt hatte?“

„Ich erinnere mich nur noch an das Gewehrfeuer und deinen Todeskampf.“

„Nicht meinen, du Trottel.“

„Also was?“

„Ich sprach davon, dass sämtliche Daten vernichtet seien. Damit warst du für niemanden mehr interessant.“ Marie grinste. „Außer für mich natürlich.“

„Okay.“ Ich dachte kurz nach. „Also hatte ich an jenem Morgen dich und diese Frau gleichzeitig am Apparat?“

„Du kannst dir die technische Performance wie eine Telefonkonferenz vorstellen. Mit dem kleinen Unterschied, dass sie dich nicht hören konnte.“

„Gibt es irgendetwas, was dieser Thiago nicht arrangieren könnte?“, wollte ich wissen. „Ich denke da zum Beispiel an Fort Knox.“

Marie knuffte mich in die Seite. „Du hast genug Geld für sieben Leben."

„Neun", wandte ich ein.

„Genau."

Holy water cannot help you now
Thousand armies couldn't keep me out
I don't want your money,
I don't want your crown
See, I have to burn your kingdom down

Florence + the Machine – *Seven Devils*

The Other Day

In dem Surf-Thriller *Gefährliche Brandung* mit Patrick Swayze und Keanu Reeves in den Hauptrollen gibt es eine ziemlich beeindruckende Schlussszene am Strand von Bells Beach in Australien. Swayze, gerade vom FBI-Beamten Reeves nach einer brutalen Banküberfallserie gestellt, bittet darum, eine der Superwellen reiten zu dürfen, die ein aufkommender Hurrikan an diesem Abend aufgepeitscht hat. Im Hintergrund der Szene sieht man beängstigende, turmhohe Brecher auf den leer gefegten Strand zurollen. Reeves willigt ein, was angesichts des mörderischen Sturms den sicheren Tod des Schurken bedeutet.

Mein Surferleben lang – spätestens nachdem ich diesen Film gesehen hatte – träumte ich von derartigen Monsterwellen. Und es gab Zeiten, in denen mir das Ergebnis so einer halsbrecherischen Aktion egal gewesen wäre. Mit einem ähnlichen Trotzgefühl in der Magengrube machte ich mich, nachdem ich im Hotelzimmer in frische Klamotten gehüpft war, auf den Weg zu einem der Hotspots ganz in der Nähe von Los Vilos. Der brutale ablandige Wind wehte unablässig über den Strand und verwandelte das Meer in einen brodelnden Hexenkessel. Kein Mensch war weit und breit auszumachen. Ich suchte einen der besseren Surf-Shops auf.

Ein paar ziemlich abgefahrene Typen saßen um einen Tisch, in dessen Mitte ein ganzes Arsenal leerer Bierflaschen und Red-Bull-Dosen stand. Die Stimmung war entsprechend. Ich sah mich ein wenig um und lauschte den flotten Sprüchen, die sich auf zwei Themen beschränkten: Wellenreiten und Sex.

Hinter der Ladentheke war eine junge Frau, Typ Katie Holmes, damit beschäftigt, Preisschilder an diversen Accessoires anzubringen. Als sie mich bemerkte, kam sie auf mich zu, stellte sich als Patricia vor und erkundigte sich, ob sie mir helfen könne.

„Ich möchte ein Formula-Board samt Ausrüstung leihen."

„Wir haben immer alles vorrätig", sagte Patricia. „Du kannst jederzeit vorbeikommen."

„Ich meinte heute", erwiderte ich. „Jetzt."

Sie sah mich ungläubig an und deutete mit einer Kopfbewegung zum Fenster. „Doch nicht bei diesem Sturm?"

„Warum nicht?"

Patricia entschuldigte sich, trat flüsternd an den Tisch und kehrte in männlicher Begleitung zurück.

„Hey! Ich bin Mike. Wie können wir dir helfen?"

Ich wiederholte meinen Wunsch.

„Sorry, aber du kannst bei diesen Bedingungen nicht aufs Wasser. Wir haben ablandigen Wind der Stärke acht bis neun."

„Ich denke schon, dass ich das kann", erwiderte ich. „Bekomme ich ein Brett oder nicht?"

Mike legte den Kopf auf die Seite und musterte mich von oben bis unten. „Sag mal, kenne ich dich nicht?"

Ich atmete tief durch und zuckte mit den Schultern. „Wüsste nicht, woher. Bin das erste Mal in Chile …"

„Nein, nein", fiel mir mein Gegenüber ins Wort. „Du gehörst zur Szene. Du bist ein Rider, stimmt's? Woher kommst du?"

„Ich bin Franzose", log ich. „Und mach nur mein eigenes Ding."

„Wie heißt du?"

Ich nannte mein Lieblingspseudonym: „Jacques Pontagnac."

„Pontagnac", wiederholte Mike grübelnd. „Der Name sagt mir nichts ..."

„Ich habe mal ein paar Surf-Videos gedreht und ins Netz gestellt", unterbrach ich ihn und hoffte, Mikes Überlegungen damit in eine andere Richtung zu lenken.

„Kann sein", murmelte er. „Jedenfalls kann ich dir bei diesem Scheißwetter kein Brett geben. Da kann ich es gleich in die Mülltonne hauen."

„Dann kaufe ich es eben."

Mike runzelte die Stirn. „Du willst wirklich da raus?"

„Ja."

„Es gibt schönere Arten zu sterben, findest du nicht?"

Ich schüttelte grinsend den Kopf. „Sehe ich etwa so aus?"

„Du bist verrückt."

„Ich will einfach nur Spaß haben."

Mike fixierte mich erneut und erweckte den Eindruck, als wolle er in mich hineinsehen. Mittlerweile hatte unser Gespräch die Aufmerksamkeit der Kerle am Tisch geweckt. Die Jungs fingen an, sich über mich lustig zu machen, bezeichneten mich als El Loco und begannen, die ersten Wetten abzuschließen, wie lange es dauern würde, bis ich absoff. Schließlich klopfte mir Mike auf die Schulter. „Hey, du bist ein verdammt cooler Typ, weißt du was?"

„Yep."

„Du bekommst dein Brett, und wenn du es heil zurückbringst, schenke ich es dir."

Die Jungs im Hintergrund applaudierten und stießen auf seinen Vorschlag an. Patricia sah mich von ihrem Platz hinter der Theke mitleidsvoll an, so als wollte sie mir sagen, dass es schade um mich wäre und ich mir den Plan aus dem Kopf schlagen sollte.

Mike führte mich in einen Nebenraum, wo ich mich in einen gebrauchten Neoprenanzug quälte. Nachdem ich das Board inspiziert hatte, entschied ich mich für ein Viereinhalb-Quadratmeter-Segel und erntete abermals Hohn und Spott. Mike tippte sich an die Stirn. „Amigo, du hast sie wirklich nicht mehr alle."

„Kann gut sein", entgegnete ich lächelnd.

Die ganze Gruppe sah mir gespannt zu, wie ich das Segel aufriggte und den Trimm vornahm, die Leash oberhalb meines Knöchels befestigte und mich schließlich ins knöcheltiefe Wasser legte, um den nächsten Set abzuwarten. Selten hatte ich einen derart aggressiven Wind erlebt. Ich brauchte Minuten, um das Board in den mannshohen Wellen auszurichten. Schließlich hob ich das Segel aus dem Wasser und wurde im nächsten Moment wie von einem Expander auf das Brett gerissen. Irgendwie schaffte ich es, meine Füße in die Schlaufen zu bekommen und den Trapezhaken einzuhängen. Sekunden später war ich so weit vom Strand weg, dass ich Mike und die anderen nicht mehr erkennen konnte. Ich schätzte meine Geschwindigkeit auf knapp hundert Kilometer pro Stunde und hatte alle Hände voll zu tun, gegen diese Naturgewalten anzukämpfen und den Druckpunkt des Segels so gut es ging über dem Schwert zu halten. Etwa einen Kilometer vom Strand entfernt gelang es mir, den Bug eine Handbreit aus dem Wind zu bekommen und damit die Geschwindigkeit zu drosseln. Eine Zeit lang dachte ich noch, dass es bei diesen Verhältnissen unmöglich wäre, gegen den Wind zu steuern, um irgendwo wieder das Festland zu erreichen.

Schließlich geriet ich in eine Art Flow und vergaß alles um mich herum. Mit einem Mal war mir nichts mehr wichtig, und am allerwenigsten sorgte ich mich darum, wieder heil aus dieser Nummer herauszukommen. Es gab nur noch mich und das Brett und den Wind und das endlose Meer, das mir in diesen Momenten wie das Universum vorkam.

Ich hatte keine Absichten und kein Ziel.

Ich musste niemandem etwas beweisen.

Ich war frei.

Ich war so viel Alexander Caviazel wie nie zuvor.

Ich war Gott und Teufel.

Ich war Himmel und Hölle.

Ich hatte so viele Leben wie eine englische Katze.

A-well-a bird, bird, b-bird's the word. A-well-a
bird, surfin' bird, brr, brr, ah, ah
Ah, bap-a-pa-pa-pa-pa-pa-pa-pa-pa-pa-pa-pa-pa-pap

The Trashmen – *Surfin' Bird*

Illusions

In meiner Erinnerung, die sich jeden Abend vor dem Einschlafen in meinen Schädel schleicht, halte ich nach meinem Triple-Loop auf das offene Meer zu.

Es gab keine Zuschauer.

Niemand hat den Sprung gesehen.

Nicht einmal Marie.

Nur ich weiß, dass ich es geschafft habe.

Und ein paar dieser Monstermöwen vielleicht, die mir seitdem auf dem Wasser folgen.

Hinter dem Horizont wartet mein nächstes Leben.

Schwups, da waren es noch drei.

Hell yeah!

Jochen Frech

© Foto: Giacinto Carlucci

Jochen Frech, geboren 1967 in einer bitterkalten Januarnacht am Rande der schwäbischen Alb, war fünf Jahre lang Angehöriger eines Spezialeinsatzkommandos (SEK) der Polizei und stand mit internationalen Anti-Terror-Spezialisten, Soldaten des britischen Special Air Service und Angehörigen des israelischen Geheimdienstes Mossad in Kontakt. Nach einem anschließenden Studium an der Polizeihochschule war er als Fachlehrer und Leiter der Sportbildungsstätte der Polizei des Landes Baden-Württemberg tätig; heute arbeitet er als Beauftragter für das Betriebliche Gesundheitsmanagement beim Polizeipräsidium Einsatz.

Er widmet sich, wann immer es ihm sein Dienst erlaubt, dem Schreiben von Kriminalromanen und Thrillern. Zum Schreiben hat sich Jochen Frech ein Atelier im eigenen Garten eingerichtet. Dort kommt er zwischen der realen und seinen literarischen Welten zur Ruhe. Er malt, zeichnet, frönt seiner Leidenschaft für das Fotografieren und musiziert. Er selbst sagt: „Heimat ist für mich wie ein Hafen, von dem aus ich aufbreche, die Welt zu entdecken und in den ich immer wieder gerne zurückkehre.“

Neun Fragen an ... Jochen Frech

1. **Was inspiriert Sie als Autor im Alltag am meisten?**

Menschen-Menschen-Menschen: In allen ihren Facetten ... Ihr Aussehen, Gestik und Mimik, ihre Art zu reden, ihr Verhalten in verschiedenen Situationen, ihre Skills, Konflikte zu bewältigen u. a. m. → und diese Eindrücke, Erlebnisse und Erfahrungen immer im Kontext von „Was-wäre-wenn?" – Das ist m.E. der Stoff, aus dem gute Geschichten sind ...

2. **Welches Genre lesen Sie am liebsten und warum?**

Ich ‚verschlinge' vorzugsweise (sehr) gute Spannungsliteratur, einfach weil ich im selben Genre unterwegs bin, greife aber ab und an auch zu einem literarischen Klassiker, einem interessanten Sachbuch/Biografie oder wissenschaftlichen Büchern.

3. **Mit welcher Figur aus Ihrem Roman/Ihren Romanen würden Sie am liebsten tauschen und wieso?**

Man mag und darf mich gerne für verrückt erklären, aber so durchgeknallt, dass ich mit einer meiner Romanfiguren tauschen wollte, bin ich noch (lange) nicht. Wenn überhaupt, dann vielleicht einen kleinen belletristischen Cameoauftritt als Autor ... Im aktuellen Titel könnte ich mir vorstellen, Lex eine Cola zu verkaufen ... oder ihn nach einem Weltcup-Rennen um ein Autogramm zu bitten ...

4. **Wenn Sie in einer beliebigen Zeit leben könnten (egal ob Zukunft oder Vergangenheit), wann wäre dies?**

Ich lebe gerne im Hier und Jetzt – Sollten sich Möglichkeiten ergeben, einen oder mehrere Kurztrips in die Vergangenheit zu machen, würde mir schon die eine oder andere Sternstunde der Menschheitsgeschichte einfallen, bei der ich gerne Zaungast wäre. So würde ich mich bspw. gerne unter die Zuhörer der Bergpredigt mischen und den Worten des großen Meisters lauschen oder dem Typen, der gerade zufällig ein Rad gebastelt hat sagen, dass er die großartigste Erfindung aller Zeiten gemacht hat – was er mir bestimmt nicht glauben würde.

In die Zukunft zu reisen, stelle ich mir gruselig, ja sogar gefährlich vor und ich könnte mir vorstellen, dass ich vieles gar nicht wissen wollte und stattdessen – wie gehabt - lieber fleißig selbst gestalte ...

5. Mit welcher Romanfigur, die nicht aus Ihren Büchern stammt, würden Sie am liebsten zu Abend essen und warum?

Mit Patrick Kenzie und Angela Gennaro (dem Ermittlerduo von Dennis Lehane) und Raymond Davis Garraty (aus „The long walk" von Stephen King), falls Garraty überhaupt noch lebt!?

Weil ich mit diesen drei Menschen die vielleicht spannendsten Stunden meines (Lese-)lebens verbracht habe ... und (wenn wir schon dabei sind) gerne auf ein Bier mit Lew Griffin, dem schwarzen Privatdetektiv aus der Feder von J. Sallis, in einer dieser heruntergekommenen Kneipen im French Quarter in New Orleans ... Yeah!

6. Was ist Ihr Lieblingsbuch und warum?

Puh! Nach zweieinhalb durchwachten Nächten komme ich zu dem Schluss, dass dies wohl Fernando Pessoas „Das Buch der Unruhe" sein könnte – weil Pessoa m. E. mit einem unfassbaren Gespür für die Menschen seiner Zeit gesegnet war und jeder Satz von ihm einen ganzen Kosmos bedeutet ...

7. **Was ist Ihre liebste Buchverfilmung und warum?**

The Bourne Identity (2002), nach dem gleichnamigen Roman von Robert Ludlum – einfach weil hier ein hochbrisanter Politthriller ganz großartig auf die Leinwand adaptiert wurde.

PS: Alle weiteren Folgen und Adaptionen kann man m.E. in den Mülleimer werfen und sind die reinste Zeitverschwendung ...

8. **Was ist für Sie die optimale Ausgangslage zum Schreiben?**

Ich schreibe für gewöhnlich in meinem frei stehenden Atelier auf unserem Anwesen und schaffe mir – wann immer dies möglich ist – Freiräume im Alltag (Tag und Nacht), in denen ich mich ausschließlich und ohne jedwede Ablenkung dem Schreiben (oder Recherchieren) widme. Anmerkung: Ich rauche keinen Alkohol und trinke keine Zigaretten ... weder vor noch während oder nach dem Schreiben und neben meinem Schreibtisch steht regelmäßig ein gut gefülltes Glas artesisches Wasser ... Nicht mehr und nicht weniger!

9. **Wer oder was hat Sie zum Schreiben bewegt?**

Meine Liebe zu Büchern und zum Schreiben von (vormals) Kurzgeschichten und weil ich Schreiben für mich als die intensivste kreative Tätigkeit erlebe und ich in meinen Storys schlicht und ergreifend „Gott“ bin ...

„HUNT - Kein Weg zurück“

Das Hörbuch

Jochen Frech

HUNT - Kein Weg zurück

ISBN 978-3-948346-88-1

Preis Hörbuch: 9,95 €